孤舟

渡辺淳一

集英社文庫

孤舟［目次］

孤舟

第一章　目覚め

細かい目の簾《すだれ》でおおわれている窓のまわりが、淡く白みかけている。そろそろ夜が明けはじめて、五時を過ぎた頃だろうか。威一郎《いいちろう》が想像してベッドの横に置いてある円《まる》い置時計を見ると、思ったとおり五時を十分過ぎていた。

最近は夜が早く、九時前後には休むせいか、毎朝決まって五時頃には目が覚める。といって、そのまま起きるわけではない。

このところ少し近くなった尿意を覚えてトイレへ行き、戻ってきて再びベッドにもぐり込む。

そのまま、じき眠り込むときもあるし、眠られぬまま、とりとめもなく考え込むこともあるが、今朝はその後者のほうだった。

威一郎は改めて光が洩《も》れてくる窓のほうへ目を向ける。

ベッドのすぐ脇には細長いサイドテーブルがあり、その先に机と椅子がある。小学生が使う机に毛が生えた程度の大きさだが、六畳間の広さでは、これと小さな書棚を置くだけで一杯になる。

ここで威一郎が休むようになったのは、この二子玉川《ふたこたまがわ》にあるマンションを買って移り住んだ一年後であった。

当時はバブル景気が盛り上がったときで、4LDKで五千五百万と安くはなかった。しかし世田谷《せたがや》の外れとはいえ、都心部までは三十分で行けて通勤には便利で、やや得な買物をしたと思っていた。

だがその後、値が下がり、結果として高い買物をしたと後悔したが、そのローンも三年前に終っている。

結局、二十年近く経《た》って自分のものになったわけだが、まわりは閑静な住宅地で、住んでいる分に不満はない。もっとも、大手広告代理店の営業という、忙しい部署にいただけに、いつも朝早く家を出て、夜遅く帰ってきて眠るだけだった。

それでも、住み始めた当初は奥のベッドルームで妻と休んでいたが、一年でこの部屋に移ってきた。表向きの理由は、深夜、飲んで帰ってきてテレビを見たり、大きい鼾《いびき》をかくので、すでに休んでいる妻に迷惑をかけるだけだからである。

それは威一郎のほうからいいだした理由だが、妻も異論がなかったらしく、あっさりと納得した。

それ以来、この部屋で休んでいるだけに、下着から靴下の置き場所まで、すべて自分で決めて馴染《なじ》みきっているが、朝の呆《ぼ》うっとした目覚めだけは、いまだに馴染めない。

実際、今朝も目覚めとともに時間をたしかめ、一瞬、出かけなければと思ったが、いまは何処《どこ》に出かける必要もない。

「まだ眠っていてもいいのだ」と、改めて自分にいいきかせて再び目を閉じる。

だがやはり寝つかれぬまま、また目を開き、明るくなりかけている窓に向かって独りでつぶやく。

「今日は、何処へ行こうかな……」

威一郎が広告関係の大手の会社を辞めたのは、いまからほぼ一年半前である。

正確にいうと、昨年の二月十二日の誕生日、満六十歳になったところで定年退職した。

それ自体、会社の正規の取り決めに従っただけで、なんの不満もなかった。いや、むしろ自分から望んで求めたものである。

もちろん辞めるに当って、威一郎は威一郎なりに定年後の生活を考えていた。

まずこれまで、大学を卒《お》えてから三十八年間、ひたすら働き詰めであった。途中、楽しいことも辛《つら》いこともいろいろあったが、とにかく懸命に働き、頭と躰《からだ》を駆使してきた。

まず、そんな躰をゆっくり休めてやりたい。半年か一年、充分、休養したところで、これまで読めなかった本などを読み、映画や演劇も観《み》に行きたい。

さらに学生時代、少し学んだままになっているフランス語もやり直したいし、広告の仕事で扱った出版社の本も読んでみたい。それにいま、二段の免状をもっている囲碁も、みっちり教わって五段くらいになりたい。また主に仕事の関係でやっていたゴルフも、これからは自由に暢《の》んびりやりたい。

それに新しい恋もしてみたい。むろんこれまで好きな女性がいなかったわけではないが、どちらかというと水商売の女性が多くて、社用の続きのような気がしないでもなかった。

しかし退社したら、もはや周囲の目など気にしなくていいのだから、思いきり自由に純粋な恋をしてみたい。

そして、ときには暢んびり旅にも出たい。実際、この二十年間は仕事に追われてゆっくり出かけることもなかったが、少し足を伸ばして九州とか北海道にも行ってみようか。

いままで一緒に出かけることはほとんどなかったので、妻は喜ぶに違いない。

少し考えるだけでやることが溢《あふ》れてきて、いくら時間があっても足りそうもない。

「よし、これからは俺だけの時間ができるのだ」

未来に向けて、威一郎の気持ちは羽ばたいた。


だが、辞めてみると、現実は想像したのとはまったく違っていた。

なによりも威一郎が面食らったのは、毎朝起きても、やることがないことである。

とにかくこれまでは、忙しいなかから、僅《わず》かな時間を見出《みいだ》して、趣味や遊びをやるものだと思い込んでいた。

定年になっても、日常的にはあれこれとやることがあり、そのなかから暇を見つけて、いままでやれなかったことをやるのだと思い込んでいた。

だが、いざ定年になってみると目覚めたときから眠るまで、すべて予定のない空き時間ばかりである。暇を見つけるどころか、すべてが暇で空いている。

まさしくこれは、いまだかつて予想だにしていなかった異常事態である。

とにかく、いままでなら目覚めるとすぐ跳ね起きて顔を洗い、薄く生えた髭《ひげ》を剃《そ》り、髪を整えた。起きてから十数分もすれば、ネクタイを締めたスーツ姿に変り、リビングルームに行って野菜ジュースを飲みながら新聞を読む。

前夜、遅くまで飲んでいることが多いので、朝はあまり食欲がなかった。

新聞を読み終えた頃、妻の洋子《ようこ》が起きてきてお茶を淹《い》れてくれるが、夫婦のあいだの必要な会話はほとんどこのときに交わされた。

たとえば、息子の哲也《てつや》が家を出て川崎《かわさき》の会社の寮に住むようになったことも、娘の美佳《みか》が日本橋《にほんばし》のアパレル関係の会社に採用になったことも、この時間に妻からいわれて初めて知った。

しかしほとんどの日はことさら話すこともなく、「じゃあ、出かける」という一言で立ち上がり、妻は玄関まで送ってくるのが慣《なら》わしになっていた。

その折り、「今夜は遅くなるのですか」ときかれたこともあったが、そのうち毎日遅いことに慣れたのか、なにもきかなくなった。

そのまま、朝は会社に行くことだけにとらわれ、それ以外考える余裕もなかった。

だが、いまは違う。

なにも仕事がないのだから、とくに出かける必要もない。このまま昼まで休んでいても、誰かに文句をいわれるわけでもない。まさに気ままで、これこそ定年で得た最大の自由である。

その気楽さがむしろ苦痛になってきたのは、仕事を辞めて半年くらい経ってからだった。

会社に行かないのだから、当然、家にいる時間が多くなる。ときには朝から晩まで家にいることもある。それ自体、楽といえば楽だが、それとともに当然のことながら、妻と一緒にいる時間も増えてくる。

誤算が生じたのは、ここからである。

それまで、威一郎は自分が家にいる時間が増えれば、妻は喜ぶものだと思っていた。会社勤めのあいだ、夫の自分はほとんど家に居つかず、妻とゆっくり話したり食事をすることもなかった。それが定年になったことで、二人のあいだはより密接に、親しくなるものだと思い込んでいた。

だが、現実は思っていたのとは逆の方向にすすんでしまった。

正直いって、それまで威一郎は妻の生活をまったくといっていいほど知らなかった。専業主婦だから、日々、買物や用事で出かけることはあっても、ほとんどは家にいるものだと思い込んでいた。

しかし、家にいる時間が多くなって知ったのだが、妻は意外に外出することが多い。威一郎が朝早く家を出て夜遅くまで帰らず、二人の子供たちも成人してほとんど手がかからないせいか、日中も二、三時間から、ときには五、六時間、出かけたまま帰らないことがある。

何処に行くのか、きいてみると、犬の散歩から知人との買物、そしてヨガや数年前から始めた水彩画の講習会、さらには映画や芝居見物など、結構スケジュールが一杯つまっているらしい。しかも出かける度に仲間と食事をするらしく、外食も多い。

「なんだ、また出かけるのか」

たまりかねて文句をいっても、妻は「ちょっと、行ってきます」と悪びれた様子もなく出かけてしまう。

「もしかして、外で男とでも……」と思わぬでもないが、五十半ばを過ぎていまさらもてるわけもない、と否定する。

それにしても、これまではともかく、いまは夫が定年になって、ほとんど家にいるのだから、妻ももう少し家にいるように努めるべきではないか。

不満が高じて、つい文句をいうと、妻は「別にわたしに用事がないのですから、いいじゃありませんか」と、動じる気配はない。

そこでさらに、「何時に帰るのだ？」と問い詰めると、「五時頃かしら」と曖昧である。

朝十時に出て五時までとは、いったいなにをしているのか。それでは長すぎるし、それ以上に、こちらの昼食と夜の食事はどうなるのか。改めてきくと「お昼はパスタとサラダを冷蔵庫に入れときますから、パスタはそのままレンジで温めてくださいね」という。

「晩飯は？」

「それは、帰ってきてからつくります」

しかし、五時に帰ってきてからつくるのでは、何時になるのか。

「早く帰ってこいよ」

思わず荒々しくいうと、「はい、はい」と、いかにも迷惑そうである。

そんな会話をくり返しているうちに、妻がたまりかねたようにいいだした。

「わたしが出かける度に、〝何処へ行くのだ〟〝何時に帰るのだ〟と、いちいちきかないでください」

「でも、出かけるのに、行き先をきくのは当然だろう」

威一郎がいい返すと、横にいた娘の美佳が口をはさんだ。

「お父さん、少しはお母さんを自由にしてあげて」

「別に束縛しているわけではない、出かけるというから、行き先と何時に帰るのか、きいているだけだ」

「それが、お母さんには鬱陶《うっとう》しいのよ」

「なにっ……」

思わず、威一郎は声を荒らげる。

なんという生意気なことをいうのか。それでは、妻にいわれるまま文句をいわずに待っていろ、というのか。

「おまえは、黙っていろ」

思わず怒鳴って自分の部屋に籠ったが、気持ちはおさまらない。

それにしても、これではっきりわかったことは、定年になった自分を、妻も娘も厄介な存在と思っていることである。

退職して給料を持ってこなくなったからといって、そこまで見下すとはなんたることか。

椅子に座り、腕を組んだまま怒りをこらえていると、娘がそっと入ってきた。

「お父さん、ごめんなさい」

あっさり謝ったので目を向けると、娘が諭《さと》すようにいう。

「でも、お母さんも大変なのよ。いままでお父さんはずっと家にいなくて、お母さん、いつも一人でいたから、気持ちをまぎらわすために、いろいろなことを始めたのよ。それをいまさら駄目だなんていわれたら、お母さんが可哀相《かわいそう》でしょう」

娘のいいかたは、母親が出かけるようになったのは、父親のせいだといわんばかりである。

「それより、お父さんも少し出かけるようにしたらいいわ。そうしたら、お母さんにあまり文句をいわなくてすむでしょう」

そんなことをいわれても、何処に出かければいいのか。威一郎が考え込んでいると、娘がそっと溜息《ためいき》をつく。

「お母さん、この頃、少しノイローゼらしいわよ」

「ノイローゼ……？」

「そう、お父さんがいつも家にいるでしょう。そして出かける度に、何処へ行くのだ、何時に帰るのだってきかれて。これでは監視されてるみたいでしょう」

その台詞《せりふ》なら、以前、威一郎は何度もきいたことがある。それも、二、三十年前、朝出かける度に、妻は自分にきいてきた。

「今夜は何処に行くのですか、何時に帰りますか」

それに威一郎は毎回、うるさいと思いながら曖昧に答えていた。

だが、いまは二人の立場が逆転して、自分が妻にきいている。

「お母さんのためにも、あまり家に閉じこもらず、何処かへ出かけるようにしたほうがいいわよ」

まだ二十五歳の娘が、少し憐《あわ》れむような眼差《まなざ》しでこちらを見ている。


眠るでもなく、完全に起きているわけでもなく、漫然と過して、再び目覚めると七時半だった。そのままＮＨＫなど、テレビの政治関係の番組を漠然と見てから布団を抜け出し、今日の行き先のことを考える。

これから起きて顔を洗い、軽い朝食を終えて、出かけるとすると九時過ぎである。この時間になると電車はかなり空いていて、途中からでも座れることが多い。

今朝、出かける先として、威一郎が一応考えているのはデパートである。ここなら、いつふらりと入っても見咎《みとが》められることはない。

幸い渋谷《しぶや》にはいくつかデパートがあるが、駅から数分行ったところにあるデパートが開店するのは十時からである。

この時間に行くと店員たちがみな並んで出迎えてくれる。単なるデパートのマニュアルだと思っても悪い気はしない。

それに人に頭を下げられることなど、もうずいぶん体験していない。

むろん、会社にいた当時は、頭を下げられることには慣れていた。朝、会社に入るときも、エレベーターに乗っても、社内を歩いていても、ほとんどの人が威一郎を見ると立ち止まって礼をしてくれた。

あの頃は、頭を下げられるのは当然だと思っていたが、いまは下げられるとむしろ慌てて緊張する。

でもやはり、頭を下げられるのは悪い気はしない。

ともかく初めに行く場所が決まって、威一郎は朝食のパンとサラダを食べて立ち上がる。

「行ってくる」

何処へ行くともいわないが、妻は行き先もきかず玄関口まで送ってくる。

「何時に帰りますか」

「そうだな、五時頃かな。おまえは？」

「わたしは今日、ヨガに行って、それから夕方、哲也に会ってきます」

川崎の工場の近くにある寮にいる息子に、会ってくるつもりらしい。

「じゃあ、晩飯は？」

「哲也と食べてきますので、晩ご飯はつくっておきます」

それではまた冷蔵庫に置かれているのを食べることになるのか。威一郎はうんざりしてきいてみる。

「哲也がどうかしたのか」

「別に、ただ部屋が汚くて。それに新しく買ったラグマットを見て欲しい、というので」

妻は一人息子のほうが気になるのか、半月に一度は会いに行っているようである。

それ以上きくのも面倒になって、威一郎は黙って家を出る。

今日はグレイのズボンに、白い半袖のシャツを着て、その上に淡いベージュのジャケットを重ねている。暑い盛りなので、ジャケットは要らないかとも思ったが、長年、スーツを着慣れたせいか、なかなか手離せない。さらに左肩にショルダーバッグを下げる。なかには財布と筆記用具と扇子《せんす》が入っている。

最近は頻繁に出かけているので、渋谷まででも定期券を買ったほうが得かとも思うが、買ったら買ったで、毎日、出かけねばならなくなりそうで迷っている。

そのままエレベーターで一階へ降り、エントランスの前まで来ると、告知板を整理していた管理人に会う。

この男は、自分とほぼ同じ年齢のようだが、いつからか、定年になったのを知っていて、「長いあいだ、ご苦労さまでした」といわれたことがある。

もしかして妻が教えたのか。それ以来、気軽に声をかけてきて、いまも、「お出かけですか」ときいてくる。

むろん、出口に向かっているのだから、出かけるに決まっているが、なにか行き先がないのを見透かされたような気がして落着かない。

そのまま、「ああ……」と軽くうなずくだけでマンションを出て、駅へ向かう。

このあたりは多摩川《たまがわ》に近く、堤に出ると清流に運ばれてきた風が心地いい。

威一郎は堤とは逆に車の行き交う通りを駅へ向かい、切符を買ってホームへ出る。

これまで会社に通っていた頃は、ここに立つのが、いまより二時間近く早かった。

当然、電車は満員で座れることなどなかったが、そのぎゅうぎゅう詰めのなかで会社へ向かう緊張感が高まってきた。

それに引き換え、いまは乗ると同時に、端のシルバーシートが一つ空いていて座れたが、なにか馴染めない。

むろん、座れること自体は有難いが、急に自分が年老いた気がするし、まわりの人々も座ることに納得しているような気がして落着かない。

ともかく、この時間になると、第一線で働いているサラリーマンの姿はなく、ほとんどが自由業か学生か、あとはやや年配の女性たちが多い。

自分も、こういう人々と同じグループに入ったのか。周囲を見ながら考えているうちに、電車は渋谷に着く。

思わず立ち上がり、真っ先に降りようとするが、すぐ、行く当てもないのに急いで降りることもない、と自分にいいきかす。

いったん浮かしかけた腰を落とし、それから再び腰を上げて電車を降りる。

早朝よりはるかに少ない、それでも改札へ向かう人々の流れのなかで、「何処へ行こうか」と考える。

そこで再び時計を見て、十時を過ぎているのをたしかめてから、駅前の交差点の先にあるデパートへ向かうことにする。

こんな時間は空いているかと思ったが、渋谷の街は相変らず人で溢れている。それも若者と女性たちが多く、これから何処へ行こうとしているのか。威一郎はその後ろを追ってみたい誘惑にかられながら交差点を渡り、五十メートル先のデパートに着く。

入口でいったん奥をうかがい、その先に出迎えの店員が立っているのを見届けてからなかへ入る。

途端に、左右に並んでいた数人の店員が、「いらっしゃいませ」と笑顔で迎えてくれる。

さすがに開店したばかりだけに、店内に客はほとんどいない。それだけ各売り場の出迎えの店員が目立つが、そのなかを威一郎は軽く頭を下げながら、上りのエスカレーターに向かう。

このデパートのネクタイ売り場は四階の紳士もの売り場にあるが、場所はすでに数回来て確認済みである。

そこに行けば若い女性が優しく接してくれて、話しかければいろいろ相談にのってくれる。こちらが客であるかぎり、彼女らから不快な顔をされることはない。

すすんでいく。

一瞬、威一郎は自分のやろうとしていることの卑しさに呆《あき》れるが、かまわず足は

「いらっしゃいませ」

四階のネクタイ売り場でも、数人の店員が笑顔で迎えてくれる。それらに威一郎は軽くうなずいて、まず手前の売り場に立ち止まる。

はっきりいって、いまここで買う気はない。ネクタイはもらい物も含めて沢山あるし、この暑いときに改めて買うまでもない。

それよりいまは、若い女性と身近に接して話してみたいだけである。

威一郎は、まず手前の青い格子柄のネクタイを手にして眺めてみる。

途端にすらりとした店員が近づいてきて、「いかがですか」と話しかけてくる。

瞬間、レモンのような爽やかな香りを感じて威一郎は軽くうなずき、隣りにある赤い柄のネクタイを手にとる。

いずれも柄が派手すぎて、ややメタボな威一郎には幅が少し狭いような気がする。

それをいうと、店員は即座にうなずいて、「こちらは、若い人向きのものですから、少し細くなっております」と答える。

なるほど、そういうものなのか。威一郎は一瞬、息子の哲也のことを思うが、す

ぐ右手の売り場へ移る。

こちらのコーナーは横文字で有名ブランドの名前が記されていて、値段も高そうである。

威一郎がその一つの、ややブルーがかった淡い柄のを手にすると、再び彼女が説明する。

「いま流行の、アースカラーでございます」

「アースカラー？」

「はい、地球に優しい色、ということで……」

ネクタイの柄や色にまで、そんなことが影響しているのか。威一郎がそっと胸元に当ててみると、すぐに鏡を持ってきてくれる。

「とてもお似合いですよ」

いわれて思わず値段を見ると、一万八千円と記されている。もともと買う気はないし、月々、五万円の小遣いしかもらっていない現状では買えるわけがない。

それに、クレジットカードはなるべくつかわないことにしている。

「まぁ……」

曖昧な返事をして、さらに隣りのコーナーに行くと、女性は黙ってこちらを見ている。

このままネクタイを手にするだけで買わないでいると、買う気がないことが知れるかもしれない。

実際、以前、別のデパートのネクタイ売り場を廻《まわ》ったとき、やはり六十代くらいの男性が延々と女性の店員に話しかけていた。女性のほうもそのあたりのことは察しているのか、ほどほどにうなずいているだけだった。

してみると、このあたりが退《ひ》きどきかもしれない。

「じゃあ、また……」

威一郎がいうと、彼女は慌てもせず軽くうなずいて頭を下げる。

やはり、初めから買わない客と思われていたのか。それとも途中で察したのか。なにか気まずいことをしたような気がしながら、威一郎はネクタイ売り場を離れて下りのエスカレーターに乗る。

これから何処へ行こうか。腕時計を見ると、まだ十一時を過ぎたばかりである。エスカレーター乗り場の脇にある椅子に腰を下ろして、威一郎は考える。

これから行くとしたら、図書館かドトールコーヒーである。このいずれかなら、何時間いても追い出されることはない。しかしいまはコーヒーを飲みたくないし、あそこの椅子は小さくて堅すぎる。

それからみると、図書館のほうが無難である。

それにしても、朝から時間をつぶす場所を探しあぐねているとは。

以前、会社にいるときは、こんな日がやってくるとは思ってもいなかった。

それどころか、毎日仕事に追われて、一日でも仕事のことを忘れて暢んびり過してみたいと思っていた。なにも考えず一日呆《ぼ》んやり過せたら、どれほど幸せかと夢見ていた。

だがいま暇になってみると、その暇が悪夢のようにのしかかってくる。

もう少し、この暇を有効に利用することを考えなければ駄目だ。威一郎はバッグを膝の上に置いて考える。

せっかく暇があるのだから、なにか新しいことを学んでみようか。たとえば学生のとき、第二外国語として選んで、そのままになっているフランス語とか、それとも一時、広告で関わった出版社の全集本などを読み通すとか。

しかし、それらをやったところでただ趣味として深まるだけで、いま目先の実用に役立つわけでもない。

それより妻がやっているように、ヨガとか水泳のほうがよさそうである。それなら躰にいいし、若返りに有効かもしれない。

だが次の瞬間、とくに仕事もないのに、躰ばかり鍛えても意味がないような気がしてくる。

「とにかく、慌てることはない」

威一郎は自分にいいきかせると、膝の上にあったバッグを肩にかけてゆっくり立ち上がる。

これから時間をつぶせるところといったら、やはり図書館しかない。

これまでは世田谷と渋谷の図書館に行っているが、ここからは渋谷のほうがはるかに近い。

威一郎はデパートを出て、いったん駅に戻り、そこから山手線で原宿《はらじゅく》の駅で降り、竹下口《たけしたぐち》から出る。図書館はこの左手にある東郷《とうごう》神社の先にある。

入館するだけなら自由だが、本を借りるには利用者カードを作らねばならず、それには身分証明書が必要になる。

威一郎はまず一階の受付から、左手の閲覧室に入る。

すでに数人が来て、新聞や週刊誌を読んでいるが、いずれも男性で高齢なところを見ると、やはり行くところがなくて暇つぶしにきているのか。

威一郎はそこで新聞を読むつもりだったが、彼らと同じに見られるのが嫌で、さらに奥へすすみ、書庫へ入る。

さまざまな本が並んでいるが、とくになにを読むという当てはない。それより時間をつぶせればいいのだが、といって興味のない本を借りても仕方がない。

いまはっきりしていることは、前の会社に関係のある広告宣伝関係の書物だけは読む気になれないことである。

それより高齢者の生き方や健康に関するものを読んでみようか。そう思いながら書棚を見ていると、『世代論』という題名が目につく。

そういえば、威一郎たちは団塊の世代といわれてきたグループである。

早速、その本を借り、閲覧室の奥の窓際の席に座る。

やはりここも高齢の男性が多い。斜め前に五十代の女性が分厚い本を開いて調べものでもしているようだが、他の男性たちは頁《ページ》を開いてはいても眺めているだけで、あまり真剣に読んでいるとは思えない。

威一郎は横に長い席の端に座って本を開く。

目次には、「戦前」「戦中」「戦後」派という区分けから、「べ平連」「全共闘」といった言葉に続いて、「団塊の世代」という項目が現れる。

そこをめくると、まず団塊の世代の由来が記され、続いてこの世代の特徴が記されている。

「戦後、子供の出生数は、昭和二十二年（一九四七）以降、六年連続で年間二百万人をこえたが、このうちとくに出生率の高かった昭和二十二年から二十四年までに生まれた世代を、団塊の世代といっている」

「この世代は、平成十九年には五十八歳から六十歳に達し、全部で七百万人弱、総人口の五パーセント強を占めている」

さらにこの世代のライフヒストリーとして次のように記されている。

「高度経済成長期の後期に就職、直後にオイルショックと狂乱物価に遭遇、同年代入社数が多く、競争は激しかったが、日本経済の発展とともに、企業戦士としておおむね順調な生活を送る。四十歳前後の働き盛りの時期にいわゆるバブルを経験。バブル崩壊後は企業の人件費削減のターゲットとなり、五十代になるとともに本格化した職場のＩＴ化に苦戦する」

たしかにこんなことがあった。威一郎は先を追う。

「小、中、高校時代はすし詰めの仮設教室、受験戦争をくぐり抜けた大学で、大学紛争を経験、高度成長期を経た豊かな時代に結婚（恋愛結婚が増加、専業主婦が一般的）、家族形成期には消費をけん引、3Cなど耐久消費需要を生む（ニューファミリー）、バブル前後にマイホーム取得、バブル崩壊後は住宅ローン返済の重圧と、子供の教育費負担に苦しむ」

そこまで読んで、威一郎は大きくうなずく。

「まったく、そのとおりだった」

自分の歴史を見事にいい当てられて納得するが、「それで、いまは？」と思う。

ここまで頑張ってきて、いま、われわれに与えられているのは、定年という現実である。

「これを、どう乗りこえていけばいいのか。ここから先がむしろ問題ではないか」

威一郎が考え込み、ふと横を見ると、退屈そうに本を開いていた男性が、「読書中に眠らないでください」という注意書きの前で、顔をつっ伏したまま眠っている。

多分、彼も定年になって行くところがなく淋《さび》しいのだ。

そして毎日、一人でさまざまなところをさ迷っているのかもしれない。

瞬間、威一郎は「孤舟」という言葉を思い出して目を伏せる。

第二章　プライド

玄関のドアが開く音がして、「ただいま」という妻の声がする。

自分の部屋のベッドで横たわったまま、威一郎が時計を見るとあたりは暗く、六時三十分である。

こんな遅くまでなにをしていたのか。リビングルームまで行ってみようかと思ったが、向こうから「帰ってきました」といいに来るまで放《ほう》っておくことにする。

そのまま数分経ったが、妻は現れない。

夜、食事の準備もせずに遅くなったので、言い訳でも考えているのか。

威一郎がテレビを消してリビングルームに行くと、テーブルの上に妻の茶色のバッグが置かれ、その先のベランダの手前で妻が衣類を洗濯カゴに入れている。

「遅かったな……」

ぼそりとつぶやいたが、返事がない。

そのまま文句をいうタイミングを逸して近づくと、妻は逃げるように立ち上がり、自分の部屋へ消えていく。

「なんとか、いったらどうだ」といいたい気持ちをおさえて、冷蔵庫から缶ビールを取り出して栓を開ける。

そのままソファーに座り込んで飲んでいると、妻が先程までの水色のワンピースから普段着に着替えて、エプロンの紐《ひも》を結びながら戻ってくる。

「おい……」

呼びかけたが、妻は相変らず返事をせずキッチンに行き、背を見せたままいう。

「あなた、雨だったら、洗濯物くらい取り込んでくださってもいいじゃありませんか」

そんなことをいわれても、威一郎は雨が降っていたことも、ベランダに洗濯物が干してあったことも知らなかった。

「雨だったのか……」

「あんなに濡《ぬ》れてしまったら、また洗い直さなきゃならないわ。電気代はかさむし、これでは二度手間どころか二重に損した気分だわ」

洋子は冷蔵庫を開けながらまだ文句がいい足りないようである。

それなら、こちらもいいたいことがある。

「俺の飯はどうなるんだ」

途端に「はい、はい」と、うるさそうにうなずく。

「おまえ、今日は夕方までに帰ってくるといってたろう」

妻は返事をせず、後ろ向きのまま包丁を気忙《きぜわ》しく動かしている。その冷やかな態度が、一層、空腹感をかきたてる。

「三時からのレッスンのあと、誰と遊んでいたんだ」

「誰とって、松崎《まつざき》さんと江口《えぐち》さんといっしょに決まってるじゃありませんか」

その二人と、水彩画の講習会に行くといって出ていったことは知っているが、夫のことは忘れていたというわけか。

「こんな遅くまで、何処をほっつき歩いていたんだ」

突然、洋子は包丁を動かす手を止めたようだが、一呼吸おいてから、やはり背を向けたまま答える。

「松崎さんが、デパートの北海道物産展を見に行きたいっていうから。同じ町内なのに、わたし一人だけ抜けて帰るわけにいかないでしょう」

「遅くなるならなるで、電話の一本くらいよこしたらどうなんだ」

「あら、あなたの携帯にちゃんと〝遅くなります〟って、メールを入れといたわ」

このところ、威一郎の携帯にメールが入ることはほとんどないので、いまはたしか机の抽斗《ひきだし》に入れたままになっている。

「俺が、携帯の電源を切っていることは知っているだろう」

「でも、デパートのなかでみんながいるのに、電話はかけづらいでしょう」

近頃の洋子は、威一郎がなにをいっても平然として、その場しのぎの理屈で反撥《はんぱつ》する。

とにかく、最近の妻の態度には愛らしさのかけらもない。

威一郎は空になったビールの缶を握り潰し、「とにかく、早く飯にしろ」といって自分の部屋へ戻る。

「勝手な奴《やつ》だ！」

一人でつぶやき、つい少し前まで寝転がっていたベッドの上を見ると、『ヨーロッパ古城の旅』という本が転がっている。

いままで、その本を読みながら妻と旅することなども考えていたが、いまはそんな気はすっかり失《う》せてしまった。

それからしばらくして、「ご飯ですよ」という洋子の声が聞こえてきたが、時計を見るとすでに八時である。

いつもより、二時間近く遅い夕食である。

Tシャツとグレイのズボンのままダイニングルームに行くと、テーブルの上におかずが並んでいる。

鯵《あじ》の干物を焼いたのと冷奴《ひややつこ》、それに葱《ねぎ》の味噌汁《みそしる》と白菜の漬物。

威一郎はいったん座り、箸を持ってから、キッチンで背を向けている洋子にいう。

「また、長葱と豆腐か、たまには別の具に変えたらどうなんだ」

いい終るのを待ちかねたように、洋子の声が返ってくる。

「長葱は、三島《みしま》から送ってくれたものですよ。せっかくくださったのに、食べきらないと、もったいないでしょう。うちは年金生活なのですから、あまり贅沢《ぜいたく》はいわないでください」

静岡の三島には威一郎の弟がいて、都市用の野菜をつくっている。それを放っておくのはもったいないが、なにかというと、年金生活と、いかにもこちらが悪いようないいかたが癪《しゃく》にさわる。いまのところは企業年金で食べているのだから、とやかくいわれる筋合いはない。

「じゃあ、おまえが毎月買っているサプリメントはどうなんだ。あれも年金で買っているんだから、贅沢品じゃないのか」

「あれは健康に必要だから飲んでいるのよ。健康のための生活必需品ですから」

一言いうと必ずいい返すところが、また憎らしい。

「健康、健康って、おまえの飲んでいるのはダイエット食品ばかりじゃないか。そんなものに金をかけるより、少し自分から歩いて運動したほうが、ずっと健康的だろう」

「だから、わたしは掃除をしたり買物に出かけたり、なんでもしているでしょう。主婦の仕事って躰をつかうのよ。本当なら水泳したりエステに行って痩せたいけど、年金生活だから我慢してるのよ。最近、体重が増えたのはストレス肥《ぶと》りが原因だって、お友達にいわれたわ」

「ストレスって……」

威一郎がきき返すと、妻はいきなり目の前に座って、

「だって、そうでしょう。あなたが会社を辞めてから、三度三度、ご飯をつくらな

きゃならないし、少しでも手を抜くと今夜みたいに文句をいわれるし……それに今日だって少し遅れただけで騒ぎだして。子供じゃあるまいし」

「なんだと……」

思わず、威一郎は箸をとめて声を荒らげる。

「子供だと……夫が妻の帰りを気にするのは当り前だろう。いつもの夕飯より二時間近く遅いんだぞ」

「どうして、会社に出かけるわけでもないのに、そんなに杓子定規《しゃくしじょうぎ》に食事の時間を決めなくてはならないのですか。そんなに早く召し上がりたければ、自分でつくってみたら、いいじゃありませんか」

「俺がつくる？」

「カップラーメンくらい簡単ですよ。一食くらい、それで済ませたってかまわないでしょう」

洋子に正面から睨《にら》まれて、威一郎は思わずたじろぐ。それを見抜いたように妻はさらに突っ込んでくる。

「この際、はっきりいわせていただきますけど、よそのお宅では、奥様は夜からでも平気でお芝居を観に出かけたり、外に食事に行ったりするのよ。わたしもあまり先は長くないのですから、もう少し自由にさせていただきます」

思わず威一郎は箸をテーブルに叩《たた》きつけて、腕組みする。

「我慢ならお互いさまだろう。だいたい家庭の主婦が夫に留守番させて、夜になっても遊び呆《ほう》けているなんて、聞いたことがない」

「あら、わたしはあなたに留守番を頼んだ覚えはありません。あなたが何処に遊びにいらしても、わたしは一向にかまいませんから。あなたも自由にすればいいわ」

なんということをいうのか。とにかく、こんな憎たらしい妻の前で飯など食っていられない。

「よし、わかった、じゃあ、俺はこれから飲みに行く、金をくれ」

金がないわけではないが、ここは断固、妻の財布から取りたててやる。

思いきり手を広げて差し出すと、妻はあっさり立ち上がり、テーブルの脇にある食器棚の抽斗のなかから財布を取り出す。

「いくらですか？」

「一万円でいい」

「一万円も……」

当り前だというように、妻を睨みつけてやる。

「駅の近くに安い居酒屋さんがあるでしょう。会社にいた頃のようなことを、いつまでも考えていては困ります」

「うるさい、早く……」

「待ってください。今月はあなたのゴルフのプレイ代で予算オーバーですから、いまはこれしか渡せません」

洋子は財布から五千円札を一枚取り出して、テーブルの上に置く。それをわし摑《づか》みにして、威一郎はいってやる。

「口を開けば年金生活、年金生活って……こういう生活になることは定年前からわかっていたことだろう。もう少し融通をきかせたらどうなんだ」

「それは、こちらのいいたい台詞です。あなたは会社にいた頃と、少しも変ろうとしてないじゃありませんか。相変らず威張って、家族を召使のようにつかって……」

そこまでいわれては、威一郎も黙っていられない。

「そうか、あの頃は実入りがよかったから我慢できたが、いまはもう金も持ってこない男のいうことなぞ、ききたくないというわけだな」

「そんなこと、いってないわ」

妻は一瞬、間をおいてから、

「ただ、あなたも働いていないのですから、ときには食事をつくったり、洗濯物を取り込むことくらい、手伝って欲しいといっているんです」

妻は少しいい過ぎたと思ったようだが、このチャンスを逃すわけにいかない。

「おまえはそうして、俺に指図するつもりなんだな」

「そんなつもりはありません。こちらは頼んでいるのですから」

「頼んでいるなら、頼み方ってものがあるだろう」

「もう、いいわ」

吐き捨てるようにいうと洋子はいきなり立ち上がり、威一郎が食べかけの食器を片付けだす。

そのまま沈黙が広がるなかで、威一郎は五千円札をズボンのポケットに押し込み、真《ま》っ直《す》ぐ玄関へ向かう。

そこで靴をはき、振り向いたが、妻が見送ってくる気配はない。

「勝手にしろ」

奥のほうに向かって舌打ちをして、玄関のドアを力任せに閉めてやる。

外に出ると小雨が降っている。玄関に戻って傘を取ってこようかと思ったが、たいした降りではなさそうである。

それに、これから戻って妻と顔を合わせるくらいなら、多少濡れてもかまわない。そのまま肩をすぼめて駅へ向かう。

これから何処へ行こうか。飲みに行く、とはいったが、はっきり行き先が決まっているわけではない。

さし当り、駅裏に安い居酒屋があるようだが、いまさらそんなところへ行けるわけがない。もともと、その種のところには馴染みがないし、同じマンションにいる人にでも会ったら格好がつかない。

威一郎は少し考えて、二つ先の桜新町《さくらしんまち》に行くことにする。

そこなら一度、降りたことがあるし、駅前にはいろいろな店が並んでいた。

やがて駅に着き、時計を見ると九時を少し過ぎている。

人影の少ないホームに立ちながら威一郎は改めて、いま出てきた家のことを思い出す。

「あなたも自由にすればいいわ」といったときの、洋子の冷やかな表情が頭をかすめる。

「なにを、偉そうに……」

もともと気の強い女だとは思っていたが、ここまではっきりいわれたのは初めてである。

もう、俺には用がないというのか。とにかく会社を辞めて以来、二人で穏やかに話し合ったことはほとんどない。顔を合わせれば喧嘩《けんか》の絶えない夫婦に変ってしまった。

そのまま軽く目を伏せ、ホームの黄色い線を見ていると電車が入ってくる。

さすがにこの時間、都心部に向かう電車に乗る人はほとんどいない。

威一郎は座れるのに立ったまま手摺《てすり》に摑まり、二つ目の桜新町で降りる。

地下のホームからゆっくり階段を上り、駅を出ると、目の前の通りが光であふれている。

一瞬、ここから妻と二人で通りを抜け、暮れかけた頃桜を見に行ったことを思い出す。

桜新町という名のとおり、この先の静かな住宅街は桜並木につつまれていた。あのマンションに移ってきた頃だから、もう二十年以上前である。

どちらからいいだしたのか忘れたが、二人で夕暮れの桜並木を歩いた、あの頃の妻は自分に寄り添い、頼りきっていて愛らしかった。

それがいまは……、と思い返して、ゆっくり首を横に振る。

過ぎたことを思い返してみたところで仕方がない。それより食べかけのまま出てきたので腹が空いている。

威一郎はあたりを見廻し、左手のイタリア料理らしいレストランに入る。

なかはさほど広くはない。L字形に曲がって二十席くらいあるようだが、若い男女が二組、向かい合って座っているだけである。

この時間では、客が少ないのも当然かもしれない。

メニューを見て、威一郎はスパゲティーのボンゴレと、さらにグラス五百円という白ワインを頼む。

店にはなにかテンポのいい曲が流れているが、なんの曲か威一郎にはわからない。

それにしても、こんな時間にこんなところで安ワインを飲むとは……。

会社にいるときは、ほとんどが顧客の接待や打ち合わせで、銀座《ぎんざ》か赤坂《あかさか》あたりの洒落《しやれ》たレストランで食事をするのが常だった。ワインもそれなりに一流のものを飲んでいた。

それが、こんなところで一人でグラスワインを飲んでいる。

「これも、洋子のせい……」と思いかけて、「いや」と首を横に振る。

「会社を辞めたからだ……」

定年という取り決めにしたがって、退職して無職になったからである。

もし辞めなかったら、いや、もう少し勤めていたかったら、いられたはずである。

なにもあのとき、無理して辞めることはなかった。

威一郎の脳裏にゆっくりと、あのときの自分の姿が甦《よみがえ》ってくる。

あれは忘れもしない、定年になる二年前の四月の初めであった。

毎年、六月末に開かれる株主総会に役員人事を諮《はか》るため、個人への通達はその前の四月頃におこなわれる。

威一郎は出版関係の営業局長を務めたあと、五十二歳という若さで執行役員にまで出世した。優秀な社員の多い「東亜電広《とうあでんこう》」のなかでも、かなりの出世組で、社内はもとより社外の人たちからも、それなりに認められていた。

それから三年経ち、常務執行役員に、翌年さらに上席常務執行役員に任命されたが、六十歳になる前に、これからのポストについて打診があるはずである。

はたしてどうなるのか。ここまで努力してきたのだから取締役への昇格か、本社を出たとしても、それなりの子会社に出向することになるだろう。

むろんそれらの決定権は社長にあり、これまでの実績から見ても、そう悪いことになるとは思えない。ただ一つ気がかりなのは、社長派閥に属していないことだった。

それを思うと、このまま本社に残ることはないかもしれないが、どのあたりに出向することになるのか。とにかく、ここまで頑張ってきただけに、社長派閥か否かで左右されるような、脆弱《ぜいじゃく》な関係を築いたつもりはない。

しかしそうはいっても、執行役員の天下り先は社長の一存とはかぎらない。腹心の部下や人事部長などの意見もくわわるかもしれない。

あの頃、威一郎の心のなかでは、内示日を迎えることへの期待と不安が微妙に絡み合っていた。

もちろん妻の洋子は、「躰が元気なうちは、いつまでも働いたほうがいいわ」といっていたし、威一郎自身もそのつもりでいた。

そして、いよいよ六月の株主総会を控えた二カ月前のことだった。

その朝、マンションを出て、すぐの疎水べりに咲いていた桜が朝からの風で激しく散り急いでいたのを、なぜか鮮明に覚えている。

その日いつものように勤務していると、十時過ぎに、なんの前触れもなく専務取締役の井原《いはら》が威一郎の部屋に訪ねて来た。

秘書が応接室に通したところで威一郎が出ていくと、彼はすでに黒い革張りのソファーに腰を下ろして、そこに座れというように向かいの席を手で示した。

それにうなずいて腰を下ろすと、井原はごく普通の話をするように始めた。

「実は、株主総会も迫っているので、この後のポストの件だけど……」

いきなり井原が切りだしたので、威一郎は慌てて遮った。

「専務、ちょっと、待ってくださいよ」

といって、とくにいうことはなかった。それより自分を落着かせるため一息ついてからきいてみた。

「それは、退任の内示なのですね」

井原はあっさりうなずいて、「実は、社長の代理として、内示を仰せつかったのでね」

威一郎は思わず首を横に振った。

それほど大きな人事のことは、本来、社長か、もしくは副社長が打診にくるべきではないか。それをいくら社長の腹心の部下とはいえ、井原に託したのはどういうわけなのか。

瞬間、威一郎の脳裏に暗い予感が走った。

たしかに井原は社長の派閥で有力な側近の一人である。しかも威一郎とは同期で、かつては昇格レースでも競ってきた相手である。

事実、威一郎が営業局長のときは、井原と同じプロジェクトを組み、会議でもよく顔を合わせてきた。

だがはっきりいって、彼とは気が合わず、打ち合わせの度に、目先は利くが虫の好かない奴だと思っていた。もともと上司の顔色ばかり見て要領よく立ち回るくせに、部下に対しては横柄で顎でつかい、抜け目のない男である。

しかもたいした実績もないまま、威一郎より先を越して専務にまで昇格した。とにかく井原がここまで出世できたのは、彼が入社当時から社長の派閥に、あからさまに肩入れしてきたからである。

「大谷《おおたに》常務、よろしいですか」

井原にきかれて、威一郎は改めて大きく息を吸ってうなずいた。

「社長から預かったのは、当社が大株主である大阪東亜《おおさかとうあ》の社長ポストだけど、どうでしょう」

「大阪東亜……」

声はおさえたが、顔から血の気が失せていくのがわかった。

だがこのままではいけない。顔色の変化を悟られまいと、できるかぎり冷静さを装ってきいてみる。

「俺に、大阪へ行けというのか……」

思わず、同期の男へいう口調になると、彼も同じ調子で切りかえす。

「まあ、そういうことになるな。でも、ここはうちにとっても重要なところだから、不満はないかと思うけど……」

「馬鹿なことをいうな……」と、思わず叫びそうになるのを辛うじておさえて、威一郎は腕組みした。

大阪東亜といえば、たしかに東亜電広の子会社だが、規模としては東京にある子会社のどれよりも小さい。これまでそこに出向した社員がいなかったわけではないが、せいぜい局長クラスだったはずである。

そんなところに、上席常務執行役員にまでなった自分がなぜ行かねばならないのか。

「教えて欲しいんですが」

今度は改まった口調できいてみる。

「これは、社長の意向なのですか」

「ええ、わたしが社長の代理として、通達するよう仰せつかったので」

「ということは、これまでの俺の実績を評価したうえでの決定、というわけですね。社長がそういったんですね」

「いや、そこまでは……」

井原は軽く首を左右に振って、

「俺はただ、社長に通達するよう、いわれただけで……」

思わず威一郎は立ち上がり、井原の胸ぐらを摑みあげたい衝動にかられた。

この男はたしかに今度の人事で社長から相談を受けたとき、「大谷なら、大阪でもかまわない」といったに違いない。

迷っていた社長をたきつけたのは、この男である。この人事自体が、こいつの差し金である。

社長としては、このポストでは申し訳ないと思ったから、井原にいわせたのではないか。

「どうだ、大阪に行ったら自由だし、悪くはないと思うけど」

「馬鹿にするな」

思わず威一郎は叫んだ。

黙っていると、何処までつけあがるのか。これ以上、こんな男と話したところで、どうなるわけでもない。

「じゃあ、どうするというんだ」

「………」

「俺は、社長になんという返事をもっていけばいいんだ」

そうきかれると焦る。口惜《くや》しくて不満で許し難いが、自分に関わる公式の人事である。

「明日まで考えさせてくれ、そう伝えて欲しい」

「わかった」

井原はうなずくと同時に立ち上がり、そのまま振り返りもせず部屋を出ていった。

あれからそろそろ三年半近くになる。

あのとき耐えて大阪へ行っていれば、まだまだ仕事をしていられたはずである。

だが一日考えて、威一郎はきっぱりと大阪行きを断った。

いくら社長ポストといっても、大阪の、しかもあの程度の子会社の社長になるのは屈辱的だった。

それも井原ごときに指示されて、おめおめと頭を下げて行けるわけがない。それでは負け犬がさらに媚《こ》びて、投げつけられた餌をあさるようなものである。

それにしても、あの人事はひどすぎた。同じ役員仲間に告げたら、みな一様に驚いていた。とくに一期下の村瀬《むらせ》は、「大谷さんがけむたかったんですよ」といっていた。

彼によると、いまの社長は頭はまずまずだが、小柄で冴《さ》えない。それに対して威一郎は一七〇センチを超えていて、外見はまずまずである。

そんなところが、社長のコンプレックスを誘って、外に出したかったのだという。

「井原専務も小さいでしょう」

そんなことで会社の人事が左右されるのか、威一郎は釈然としないが、いわれるとそんな気がしないでもない。

とにかく、そんなケチな奴の下で働くのはご免である。いかに落ちぶれても、そこまで卑屈になりたくない。

むろん辞める前に、大阪行きについて妻にも話したが、妻は、「あなたの好きなようにしたらいいわ」と、素っ気なかった。

というより、妻としては判断する基準がなかったに違いない。そのまま内示を蹴って、上席常務執行役員のまま、六十歳を機に威一郎は退職した。

もはや井原のような奴らがのさばっている会社に未練はなかった。なんとさばさばと、きれいさっぱり辞めたものか。最後の日、威一郎は会社を振り返って、「ざまあみろ」とつぶやいた。

少なくともそのときまで、自分のとった行動になんの疑問も不安も抱いていなかった。

だが、現実に辞めてみると、事態はまったく違っていた。辞めて自らにふりかかってきたのは、職を失った侘《わび》しさと虚《むな》しさだけだった。

それまでは、辞めてから生じる自由な時間をゆっくり楽しんでやろうと、威一郎なりに考えていた。それはそれなりに、充実した時間がくることを夢見て信じていた。

だが、現実は想像していた事態とは程遠く、日が経つとともに不安と苛立《いらだ》ちが高じてきた。

なによりも、威一郎の大きな誤算は、妻との関係の悪化である。

それまで、仕事を辞めさえすれば、妻は喜ぶものだと思っていた。いままでほとんど家にいず、家族サービスなどしなかっただけに、これで妻も安心し、穏やかな夫婦関係が復活するのだと思い込んでいた。

だが威一郎が会社を辞めたことで、妻の生活は大きく変ったようである。

それまで夫は朝早く出かけて、夜遅くまで帰らない。いわば夫が不在という状態に慣れ親しんできただけに、いつも夫がいることに戸惑い、馴染まぬうちに、苛々《いらいら》が高じたようである。

今夜、喧嘩になったのも、まさしくそれが原因だった。

こんなことなら、辞めなければよかった。あのまま内示を受けていたら、いま頃は大阪に単身赴任して、自由気儘《きまま》な生活を送り、妻もこれまで通りの生活を満喫できたに違いない。

それが、なまじ変なプライドにとらわれて突っ張ったばかりに……。

「いや、やめよう」

威一郎は自らにつぶやき、ワインを飲む。

奥の右手の席にいた二人連れが立ち上がり、店を出ていくが、通りすがりに威一郎をちらと見ていく。

こんな時間に、こんなところで一人でワインを飲んでいるおじさんは、どういう人なのか。不審に思ったのか、それとも淋しそう、とでも思ったのか。

「冗談じゃない、俺だって元は……」といいかけて、思わず頭をかかえる。いまさら、そんなことをいいだしたところで、どうなるわけでもない。過ぎたことは過ぎたことで、もはや返らない。

残ったワインを一気に飲み干して時計を見ると、十時である。

妻からもらった五千円には、まだ少し余裕がありそうだが、そろそろ帰ろうか。いまなら、妻も少しは反省して、優しく迎えてくれるかもしれない。

威一郎は立ち上がり、レジで会計すると二千三百二十円である。釣銭をもらい、ショルダーバッグのなかの財布におさめて外に出ると、まだかすかに雨が降っている。

そのなかを、なにか急に見すぼらしくなった自分を感じながら駅へ向かっていく。

第三章　秋　思

明け方、目覚めてトイレに行き、再び眠ったせいか、目覚めたときは七時を過ぎていた。

「大変だ……」と思って上体を起こし、次の瞬間、「もう、会社に行かなくてもいいんだ」と、自分にいいきかす。

退職して一年半以上経っても、朝、時間に追われる悪夢から、まだ抜け出せないらしい。

「まったく……」

威一郎は自分に苦笑して、枕元にあったリモコンでテレビをつける。

各局で朝のワイドショーをやっているが、とくにどれを見たいというわけでもない。初めにつけたところがコマーシャルになるのを待って、次々とチャンネルを替えていく。

昨夜から今朝にかけて、都内で火事があり、大阪のほうでは女子中学生が行方不明になっているようだが、それ以外、大きなニュースはなさそうである。

サイドテーブルの時計が八時になったところで威一郎は起き上がり、寝間着からズボンとシャツに着替えて洗面所に行く。

以前は毎朝、髭を剃っていたが、いまは慌てて剃るまでもない。まず歯を磨き、簡単に顔を洗ってダイニングルームに行くと、妻が背を向けてキッチンに立っている。

威一郎はテーブルにある朝刊を開いて見るが、朝食はもちろん、お茶も出てこない。

「おい……」

なにをしているのか。妻に呼びかけてキッチンを覗《のぞ》くと、流しの端でしゃがみ込んでコタロウにブラシをかけているようである。

今年五歳になるビーグル犬だが、気持ちよさそうに妻にされるがままになっている。

「まったく……」

威一郎は朝はだいたい八時に食事をとることにしているが、すでに三十分近く過ぎている。

「飯はまだか」

途端に、妻の素っ気ない声が返ってくる。

「待ってくださいよ、ちょっと……」

しかし、なにもいま急いで犬にブラシをかけることもないだろう。これでは夫より犬のほうが大事だ、といわんばかりである。

仕方なく威一郎は立ち上がり、自分で冷蔵庫からウーロン茶を取り出してグラスに注ぐ。

それを飲みながら新聞を見ていると妻がようやく姿を現し、テーブルの上に朝食を並べだす。

青汁とトースト、それにハムエッグとコーヒーと、献立は毎日ほぼ決まっている。いかにも手軽な朝食だが、最近は慣らされているのでとくに不満はない。しかし、苦味のある青汁だけはいまだに馴染めない。

「俺は野菜ジュースのほうがいい」といっても、「こちらのほうが躰にいいですか康にはいいのだそうだ。

この半年、妻はこの青汁がお気に入りらしく、ときには二、三杯飲んで、さも健康になったつもりでいるらしい。

「それより、運動したほうがいいだろう」と、やや太くなった腰のまわりを見て思うが、それをいうと、なにをいい返されるかわからないので黙っておく。

そのまま一人で食事をして終りかけたとき、コタロウが近づいてきて小さく吠《ほ》える。

それでも気がつかないふりをして新聞を見る。

いつものように、政治面から社会面を見て、株式面を見る。

会社を辞めたのだから、もうどうなってもいいようなものだが、やはり「東亜電広」の株価が気になる。

瞬間、威一郎は「おっ」と声を上げてその株価を見詰める。

昨日からのニューヨークの株価の暴落を受けて、日本株も落ちているようだが、とくに東亜電広の株価は前日値と比べて百二十円の落ち込みである。

「よしっ……」

威一郎は思わずうなずく。

このところ、広告業界はインターネットなどの影響を受けて不景気だが、今回はとくに落ち込みが激しいようである。

かつて自分が働いていたところの株が落ちるのは淋しい気がするが、実をいうとさほどでもない。それどころか、最近は下がるとなにか「ざまあみろ」といいたい気がしないでもない。

もちろん企業年金をもらっている立場として、あまり下がると不安だが、倒産しない程度に下がるのは、むしろ歓迎である。

「俺の知ったことじゃない」

正直いって、それは自分のような優秀な人材を裏切った井原たちへの、見せしめのような気がしないでもない。

「うんと、困るといいんだ」

ひそかにつぶやき、改めて紙面を見ていると妻が犬にいっている。

「そうそう、散歩はまだだったわね。お父さんに連れていってもらいなさい」

べつに、俺が散歩に連れていくなどといっていない。そういいたい気持ちを抑えてコーヒーを飲んでいると、コタロウはわかったのか、威一郎の足元に頭をこすりつけてくる。

会社を辞めて暇になるまで、威一郎はコタロウとはほとんど関係がなかった。朝早く出かけて夜遅く帰ってくるので、食事を与えたことも散歩に連れていったこともない。ゆっくり会うのは休みの日くらいだが、そのときも、とくに世話をしたり話しかけることもほとんどなかった。

当然、コタロウのほうも威一郎にはあまり懐かず、この家にいて、なんとなく偉そうにしているが、自分にはほとんど関係のない人間だと思っていたようである。

それが定年になり、ときどき散歩に連れていくようになってから懐くようになってきた。

もっとも、それも初めは妻にすすめられたからである。

「あなた、もう暇になったのですから、たまにはコタロウを散歩に連れていってくださいよ」

いわれたときは、「俺が犬の散歩係か」とうんざりしたが、何度かいわれているうちに仕方なく出かけることにした。

最初のうちは、リードを持っただけでコタロウは不安そうに威一郎を見上げて後ずさりした。

その目は、「おまえで、大丈夫？」と、きいているようでもあった。

だが妻の、「コタロウちゃん、いってらっしゃい」という声で出かける気になったようだが、外へ出ても不安そうに威一郎を振り返った。

「心配するな、黙って歩け」

気合を入れてやるがやはり落着かないのか、ときどき後肢《あとあし》を上げて小便をしたが、ともかく小一時間、散歩してくることができた。

それ以来、何度散歩へ連れていったことか。

俺は犬の散歩係ではない、と思ってはいたが、妻から、「あなた、お願いします」といわれると、特別、用事でもないかぎり断る理由がない。

そのまま続いて、いまではコタロウのほうが慣れてきて、威一郎の部屋の前で、「連れていってくれ」とせがむこともある。

その声をきくと腰を上げざるをえないし、散歩自体、会社に行かなくなった威一郎には、ほどよい運動にもなる。

それでも初めの頃は、朝から犬を連れて散歩している自分が、いかにも職を失った惨めな老人になったような気がして戸惑った。さらに誰か、自分の以前の立場を知っている人と会うのではないかと落着かなかった。

しかし、何度か出かけるうちに、そんな不安も薄れて、コタロウと一緒に爽やかな外の空気に触れる楽しさもわかってきた。

さらに、ほぼ同じ時間に同じ場所に行くと、犬と、犬を連れているさまざまな人に出会って、顔馴染みもできてくる。

その人たちに、「ビーグルですね」「男の子ですか、女の子ですか」などときかれて、「はい、ええ……」とうなずくだけだった。

だが次第に相手の犬のこともわかるようになり、少しずつ話がはずむようになる。といっても、威一郎のほうから積極的に声をかけることはなく、軽く挨拶を交わすだけだが、なにか癒されたような、穏やかな気持ちにはなる。

そこで知ったのだが、犬を連れている人同士は、こと改めて名前や住んでいるところを紹介し合うわけではない。それより連れている犬で相手を知り合うだけで、威一郎の場合は、「ビーグルのおじさん」か、「コタロウのおじちゃん」ということになるらしい。

大事なのは、人間より犬、というわけだが、それもさっぱりしていていいかと納得する。

とにかく、今朝は元の会社の株価が下がったこともあって、気分は爽快である。

「よし、行くぞ」

コタロウに声をかけて家を出る。

平日の午前で、河川敷は閑散としているが、昼近くになると犬や子供を連れた主婦たちが増えてくるはずである。

威一郎はコタロウに引かれるように川べりに行き、そこから上流へ向かう。途中、草叢《くさむら》から鳥や虫たちが飛び立ち、その度にコタロウが駆けだし、それに引きずられて威一郎も早足になり、かなりの運動にはなる。

そのまま緑地運動場の近くまで来たところが折り返し地点で、立ち止まると、コタロウも仕方なさそうに立ち止まる。

ここまで来ると、下流の方向に新二子橋《しんふたごばし》が、さらにその先に田園都市線《でんえんとしせん》の鉄橋が見え、その上をしきりに電車が行き来している。

以前はあの電車に乗って朝早く出かけて、こんなところに河川敷があって犬が散歩していることなど、まったく気がつかなかった。

威一郎はいまさらのように自分の立場の変化に驚き、コタロウにつぶやく。

「さあ、戻ろうか」

言葉がわかったようにコタロウは下流へ向かい、それに引かれるように威一郎も歩きだす。

見知らぬ人が見たら、朝から暢《の》んびり犬と散策する恵まれた人、と映るかもしれない。それとも犬好きのおじさんと見えるだけなのか。

しかし実態は、行くところがなく、暇で妻に追い出された男に過ぎない。

いや、そこまで考えるのは行き過ぎである。秋晴れの一日、犬と余暇を楽しんでいる初老の男、と思えばいいのである。威一郎は自分にいいきかせて、ゆっくり、河川敷を下っていく。

やがて行く手に小高い茂みが見えてくる。

かつて新田義興《にったよしおき》の軍勢が矢口《やぐち》の渡しから多摩川を渡る途中、敵の襲撃を受けた。このとき、主君とともに命を落した、由良兵庫助《ゆらひょうごのすけ》の死体が流れついたことから、兵庫島公園《ひょうごじまこうえん》と名付けられたようだが、多摩川八景の一つになっているらしい。

コタロウはその丘に向かう階段を勝手に上り、その先の藤棚の下のベンチの前で立ち止まって振り返る。

「おまえは、ここで休みたいんだろう」と、こちらの気持ちを察しているようである。

促されるまま座り、小さく伸びをして膝のあたりをさする。

まわりには他に三つのベンチがあるが、その一つには男が一人、仰向《あおむ》けに横たわり、もう一つのベンチには白髪《しらが》の男が背を丸くして座っている。

みなそれぞれ、行くところがなくここに集まってきたのかもしれない。

想像していると突然コタロウが飛び出し、つられて立ち上がると、右手の茂みのなかを猫が逃げていく。

薄茶色の子猫だが、さらに追いかけようとするコタロウを落着かせて、威一郎は再びベンチに座る。

そういえば、ここにはよく犬や猫が捨てられるときいていた。このあたりを動物好きの人が散策するので、拾ってもらえると期待して捨てていくようである。

いや、それだけではない。先日、偶然きいたのだが、犬と猫にくわえて、おじさんも捨てられる場所だ、といっていた。

たしかに、いま、ベンチに休んでいる二人はそれに近いかもしれない。そして自分も……と思いかけて慌てて頭を横に振る。

「俺ともあろうものが、そんなことになるわけはない」

思わず威一郎は背筋を伸ばして、空を見上げる。

そのまま秋らしい薄い雲の流れを見ていると、突然、騒々しい声がして、色とりどりの服を着た子供たちが階段を上ってくる。なかほどにエプロンを着けた保母さんがいるところを見ると、近くの保育園の園児たちのようである。全員上がってきたところで、保母さんはなにか注意したようだが、そのあとはみな自由行動になったらしい。

主にベンチとは反対側にいるようだが、そのうち男の子が二人、コタロウを見つけて近づいてくる。

「なんていう名前?」ときくので、「コタロウだよ」と答えると、「コタロウ」と呼んで手を差し出す。

あっさり馴染むコタロウの頭を一人が撫《な》で、もう一人がお尻のあたりに触れ、「つるつるだよ」という。

そのまま交互に撫で合うので、「仲良しなんだね」と話しかけると、やや大きめの男の子が「僕たち親友だもん」といい、「なあ」と相槌《あいづち》を求める。それにもう一人の子が「うん」とうなずき、「どうだ」というように胸を張る。まだ五、六歳かと思うが、親友などという言葉を知っているとは、ませた坊やである。とにかく覚えたばかりなので、つかってみたかったのかもしれない。

威一郎が苦笑すると、突然、大きいほうの男の子がきいてくる。

「おじさん、親友いる？」

「なにっ……」

一瞬、威一郎は戸惑い、改めて考えてみるが、親友らしい顔は浮かんでこない。

そのまま黙り込んでいると、保母さんの呼ぶ声がして、二人は、「バイバイ」といって去っていく。

園児たちは午前の散歩を終えて、これから帰っていくのかもしれない。

その後ろ姿を追い、みなが高台から消えたところで、威一郎はかすかにうなずく。

いま突然、子供にきかれたが、たしかに考えてみると、自分には親友と呼べる友人はいないかもしれない。

いや、かつてはいたはずである。高校生の頃、そして大学生の頃は、親友と呼べる友達が二、三人はいた。それが減ってきたのは会社に勤めだしてからである。それでも当初は、同期入社組として、それなりに親しかった男はいた。

だが年齢《とし》を経るとともに仕事が分かれ、立場も変って疎遠になってしまった。そして四十代に入ると、同期も競争相手《ライバル》となり、ピラミッドの頂点を目指すとともに、争いはさらに激しくなるばかりであった。

「そして、あの井原のように……」

彼とも入社当時は一緒に飲んだこともあったが、部署が変るとともに急速に離れ、気がつくとライバルになっていた。

そしてあのとき、彼の差し金で会社を追われるように定年で退職することになってしまった。

彼との関係は特殊だが、そんなことがなくても、男は年齢とともに親友を失い一人になっていく。

稀《まれ》に親友がいたとしても、社会的地位と、経済力も同じくらいでないと成り立たないが、六十歳を過ぎると、そんなケースはまずありえない。

なんとも、男は孤独な生きものである。

一瞬、淋しさにとらわれ、斜めうしろのベンチで座り込んでいる白髪の男を見る。

彼は退職していて俺も退職して、お互いやることもなく昼前から、こんなところで時間をつぶしている。地位というか境遇も同じだから、彼とならむしろ親友になれるのかもしれない。

「馬鹿な……」

どうしてあんな男と親友になれるのか。一瞬の妄想を追い払って、威一郎は立ち上がり、「行くぞ」とコタロウに声をかけて、丘から下る階段に向かって歩きだす。

午後、威一郎はソファーに腰を下ろして、「にこたまカルチャークラブ」という雑誌を手に取ってみる。

一週間前に娘の美佳が持ってきてくれたのだが、この多摩川地区に住む人々のために出しているサークル案内誌のようである。

「お父さんも、あまり家でぶらぶらしてないで、少しサークルにでも参加するようにしたら」といって渡されたのだが、いまさら娘に指示されることはないと放っておいたのである。

なかを開いてみると、実に多くのサークルが開かれている。

まず、バレエ入門からヨガ、太極拳。社交ダンス、フラメンコなど。さらに英会話、フランス語講座、そして「『源氏物語』を読む」「詩の朗読の会」から俳句、短歌、川柳の会もある。

なかでも、生け花からさまざまな茶道、着物の着付け、編み物、刺繍《ししゅう》、木彫りに「愛犬の服づくり」など、女性向きのものが多いようである。

妻はこのうちの、「気軽にはじめる水彩画」と「ヨガ」に通っているらしい。

むろん同じところに行く気はないが、なにか自分に向いた面白いものでもあるだろうか。

ざっと見て、一応興味がそそられたのは、「フランス語講座」と「英会話クリニック」そして「世界の美術館」「『古事記』を読む」などである。

しかしその頁を開いてガイダンスを読むうちに、少しずつ気が萎《な》えてくる。いずれも数十人が集まってやるようだが、どこの誰ともわからぬ人と机を並べて初歩から学ぶのは気が重い。しかもこちらは一流大学を出ているのに、いまさら若者や主婦と一緒というのもおかしなことである。これでは基礎的な学力差をどうして埋め合わせていくのか。

いや、それよりやる気になれないのは、たとえフランス語や英会話がうまくなったり、『古事記』を知ったところで、それを実用に活かすことはまずありえない。学んだだけで、その知識を実際につかう場がないのでは徒労に終るだけである。

威一郎は軽く溜息をつき、「でも……」と思う。

サークルで学んだことを、すぐ今後のプラスになるか否かと考えるから、やる気になれないのである。いまの自分にとって、得か損かといった視点で考えず、やってみて楽しいか否かで選ぶべきではないか。

自分で自分に諭しながら、「まったく……」とつぶやく。

これまで会社にいて三十八年間、いや、高校から大学まで含めると四十年以上、すべて自分にとってプラスになること、有意義なことだけを追いかけてきた。はっきりいうと会社で地位が上がり、まわりから一目《いちもく》おかれて評価される、そのためにだけ学び、努めてきたようである。

しかし定年で辞めたいま、そんな考え方はもはや捨てるべきである。いまから地位や収入を求めたところで意味がないし、実際、求められるわけもない。

それより気楽に、好きなことだけをやればいいのである。

自分にいいきかせて、テーブルの上にあるウーロン茶の残りを飲んで再び案内誌を開く。

「俺がやりたいものはなんなのか」

心のなかでつぶやきながらめくっていくと、二つのコースが目に留まる。

一つは俳句で、いま一つは囲碁である。

俳句は昔、高校生の頃、国語の教師につくらされたことがある。山下《やました》という教師で、当時から俳誌の同人にくわわっていたようだが、威一郎がつくった三句を見て、

「おまえはまだ、技巧は不充分だが、素直に詠《よ》んでいるところがいい」と褒めてく

れた。

それがきっかけで、その後、何気なく新聞や雑誌にのっている俳句を見るうちに、次第に馴染んできた。

もっとも、だからといってとくに学んだり、俳誌の同人にくわわったわけではない。ここでも、そんなことをしても仕事の上でプラスになるわけではない、という考えが頭を占めていた。

しかし、いまなら暢んびり楽しんでできるかもしれない。

そしていまひとつ、囲碁も覚えたのは高校生の頃である。初めは父に教えられたのだが、やっているうちに強くなり、大学を出る頃は初段の父に勝てるようになっていた。

その後、会社に入っても、囲碁好きの仲間とやることもあったが、とくに教わったり学んだわけではない。本気でやれば強くなることはわかっていたが、上司とやるときは少し弱めのほうが好まれるし、そういう意味からいうと、二段くらいで充分であった。

あの頃の囲碁は楽しみというより、自分の立場をよくするための一つの手段、といえなくもなかった。

でもこのあたりで、もっと素直に、自分のやりたいことをやるのもいいかもしれない。

自らにいいきかせて時計を見ると、午後三時である。

これから、夕食までまだ三時間近くある。

そのあいだに、ぶらりと駅前の「にこたまカルチャークラブ」にでも行ってみようか。

ワイシャツにジャケットを着て再びリビングルームに行くと、妻が電話をかけている。

会社に行かなくなってわかったのだが、妻はよく電話をかけていて、しかも長い。もういい加減に切ったらどうかと思うのに延々と話して、途中で大きくうなずいたり、笑っている。

あれでは電話代も馬鹿にならない、と注意したことがあったが、「そんなの自由でしょう」と切り返され、「じゃあ、いちいちお友達のところまで出かけていってもいいんですか」と凄《すご》まれた。

それ以来、文句をいうのはやめたが、この分では当分終りそうもない。

そのまま黙って出かけようとすると、それを察知したように妻は電話を切り、

「何処に行くんですか」ときく。

「ちょっと、駅前のカルチャークラブに行ってみる」

「ようやく行く気になったのね。なにをやるつもりなの？」

「まだわからないが、俳句か囲碁かな」

途端に妻は辛気臭《しんきくさ》いとでも思ったのか、軽く眉を顰《ひそ》める。ともかく趣味まで、おまえに指図されることはない。威一郎は心のなかでつぶやくと、ショルダーバッグを持って家を出る。

クラブが入っている、にこたま会館は、駅を越えた右手の小さい坂の上にあるが、二階の受付は閑散としている。

そこで出てきた女性にきくと、いずれも新規募集は一カ月前に終ったばかりだが、途中からでもよかったら空いているクラスもあります、という。

威一郎は、「今回はあきらめます」と答えて会館を出たが、といって、これから行くところはない。

どうしようか。考えるうちに駅前のビルの端に、「定石《じょうせき》」という碁会所の看板が出ていたのを思い出す。

以前から、一度行ってみたいと思ってはいたが、行くだけの勇気がなかった。

でもこんな機会だから行ってみようか。

威一郎は再び駅へ戻り、看板を頼りにビルの二階の碁会所のドアを押すと、なかで十人前後の人が碁盤を囲んで対局している。

見渡したところ、高齢の男性がほとんどのようである。

入口に受付があり、三十代の男性が、「入会ご希望ですか?」ときく。

どういう意味なのか尋ねると、このまま打つこともできるが、正規の会員になったほうが、今後、随時来て打つことができるし、料金も安くてすむらしい。

そこで、今回は一応様子を見たいので、というと、住所と名前と段位と、職業欄が記された申込用紙を差し出される。

「無職なのですが」ときくと、「それで結構ですが、できたら、前のお仕事も書いていただけますか」という。

いわれるまま段位は二段として、前の職業と役職を記すと、男が「東亜電広におられたんですか」と、感嘆したような声をあげる。

もしかすると、この男は広告関連の仕事でもしたことがあるのか。

ここできくのもおかしいので黙っていると、「もしよろしかったら、空いている人がいますから、一局打たれますか。入会はいま決めなくても結構ですから」といってくれる。

奥を見廻して威一郎がうなずくと、受付の男がなかに案内してくれて、みなに紹介してくれる。

「大谷さんです。入会を希望されているのですが段位は二段で、東亜電広の重役をなさっていた方です」

途端にみな振り向いたので、威一郎は慌てて頭を下げる。

「よろしく……」

「じゃあ、そうですね、小池《こいけ》さんとやってみてください」

受付係は右端の椅子で休んでいた男を指さし、「小池さんは五段ですから、三目置かれたらどうでしょう」という。

威一郎は、右端の空いていた碁盤をはさんで、小池という男と向かい合って座る。

年齢は七十歳くらいだろうか、痩せて髪の毛も薄く、なにか陰気な感じの男である。

いわれたとおり三目置き、軽く頭を下げると、男は「うん」というようにうなずき、それからひとつ咳払《せきばら》いをしてからいう。

「なにか、お偉い方のようだけど、碁はそれと関係ありませんからな」

そんなことはいわれなくてもわかっている。威一郎が黙っていると男が白石を置く。

そのまま交互に打つが、会話はまったくない。

他の席からは、「あっ、やられた」とか、「そんな手があったの？」などと明るい声がきこえてくるが、こちらはうなずくことも、つぶやくこともない。

かわりに、男はしきりに煙草《タバコ》をふかし、その煙がこちらの顔にふりかかってくる。

威一郎も煙草を喫《す》わないわけではないが、なくても平気なくらいなので、いささか気になる。しかも咥《くわ》える度に、男の黄ばんだ歯が見えて不潔っぽい。

だが碁は滅法強い。煙を吐きながら指す一手一手が、こちらの弱点を的確に突いてきて、三十分経ったところで、右端の石をとられてしまった。

さらにしばらく頑張ってみたが、挽回《ばんかい》できそうもなく、「ありません」といって投了する。

瞬間、男は欠けた歯並びを見せながら笑い、「重役さんは弱いなぁ」という。

なにも、いまは重役ではない。それに会社での地位と囲碁の強さとは関係ないはずである。

しかし、この男にそんなことをいったところで始まらない。

威一郎は軽く一礼して立ち上がり、入口へ行くと受付の男がきく。

「どうでした？」

「いや、負けました」

「他にも、沢山いますから」

男は申し訳なさそうにいって、先程の書類を見ながら、「入会は次回でも結構ですから、また、来てください」と軽く頭を下げる。

威一郎はうなずき、いま一度先程の男がいるほうを見てから部屋を出た。

べつに碁会所の雰囲気が悪いというわけではない。いま打った小池という男とは馴染めなかったが、他の人たちは明るい穏やかな人たちのようである。

しかし、こういう見知らぬ人たちと楽しく打てるには、もう少し時間がかかりそうである。

「そしてなによりも……」と、威一郎はビルを出ながら自分につぶやく。

あそこで一生懸命、囲碁に打ち込んだところで、どうなるわけでもない。会社にいたときは、上役《うわやく》や同僚と打つことで親しくなり、さらにはそれが縁で仕事がやり易《やす》くなったこともあった。勝ち負けより、そちらのメリットも見逃せなかった。

だがいま、あんなところであんな男とやっても無駄である。いまさら彼等と親しくなったところで、今後の自分にプラスになるわけではない。

「もういい……」

威一郎は自分で自分につぶやいて、家路に向かう。

第四章　西　陽

もう十一月だというのに、どうしてこんなに暑いのか。しかも湿度が高いせいか、腋《わき》から胸のあたりが汗ばんでいるのがわかる。

「暑い……」と思わずつぶやいて、グレイのスーツにネクタイを締めていたことに気がつき、首元を緩める。

こんなきちんとした格好をしたのは一年半ぶりか。会社を辞めてからは、ラフなジャケットかセーターしか着たことがないので、とにかく疲れる。

会社にいた最後の頃は上席常務執行役員だったこともあって、ほとんど毎日、ダークスーツを着続けていた。

この無地のスーツは安物を買うとすぐにわかってしまうので、高価なものを誂《あつら》えていたが、退職したいまは着る機会がないまま洋服箪笥《だんす》にぶら下がったままになっている。

いまさら細くて長身な息子には合うわけもないし、といって捨てるわけにもいかない。

こんなものより、もっと身軽な遊びっぽいものを買っておいたほうがよかったのに、と見る度に後悔していた。

それが今日、たまたま役に立ったのである。

今朝、珍しくスーツを着たのは会社の面接を受けに行ったからである。

新聞の求人欄を見ているうちに見つけたのだが、オフィスビルの設備管理会社で正社員を募集していた。

仕事の内容は管理業務で、月給は二十万前後だが、社会保険も完備してボーナスも年二回出るようである。

はっきりいって、給料はかつての十分の一以下だが、いま重要なのは金額ではない。それより仕事の内容だが、ここなら机に座っていてもできそうである。さらに威一郎が惹《ひ》かれたのは、定年が六十五歳で、「定年後の再雇用制度あり」と記され、「中・高年の方が活躍中です」というキャッチフレーズが添えられていたからである。

そのとおりかどうかはともかく、この会社なら自分の年齢でも働きやすいかもしれない。

これまで、妻の洋子にはいっていないが、自分なりに再就職先を探してきた。

だが、人材派遣会社に登録してもなかなか連絡が来ない。さらに就職情報誌で求人募集を調べてみても、威一郎が希望するような職種はほとんど見つからなかった。むろん年収を最低賃金で登録しても結果は同じで、六十歳をこえていると年齢の壁に阻まれ、会社の求めている人材とは条件が折り合わないようである。

威一郎は改めて厳しい現実を目《ま》の当りにしたが、といって就職先がないわけではない。年齢を規定していない求人もあるが、そのほとんどは駐車場の整備係とかスーパーの警備員、さらにはビルの清掃員といった職種ばかりである。

これまで四十年近くにおよぶ会社人生で培ってきた経験豊かな自分が、この程度の簡単な職場で働くことなどできはしない。

そんな気持ちで見過してきたが、オフィスビルの管理なら、かなりいいほうである。そう思って履歴書を送ると、面接したいという連絡があって行ってきたが、正直いってここもあまり気がすすまない。

まだ仕事の内容はよくわからないが、それよりまず、面接した男たちの態度がしっくりこなかった。

もちろん、相手側は履歴書で威一郎の前職がわかったらしく、応対は丁重だったが、初めに「まだ、働かれるお気持ちがあるのですか」と、なにか驚き、呆れたようなききかたをされて気が萎えた。

それでも「ええ……」とうなずいて質問に答えているうちに、自分がひどく惨めな、落ちぶれたような気がして、居たたまれなくなった。

さらに面接した相手が、せいぜい四十歳から五十歳くらいで、前の会社でいえば主任か課長クラスである。そんな若造に頭を下げて、顎でこきつかわれる姿を想像しただけで気が滅入《めい》る。

とにかく、いまさら安月給の職場に勤めるくらいなら、家にいるほうがましかもしれない。

そんなことをいっていては、いつまでたっても仕事にありつけないと、自らにいいきかせながら、やっぱりやめようと思う。いや、それ以上に、採用通知が来るとは思えない。

結局、朝早くから出かけたが、見知らぬ男たちの前で恥をかき、くたびれもうけだっただけである。

もっとも、威一郎は今日、面接を受けに行ったことを妻に告げていない。

朝、きちんとスーツを着て出かける夫を、妻は少し不安気に見ていたが、といって、「何処に行くのですか」ときくわけでもない。

その無関心さのおかげで、失敗しても、とやかくいわれることもないが、かなり気が滅入ったことはたしかである。

ともかく、久しぶりに人と会って疲れて昼過ぎに家に戻ったが、妻は何処にいるのか、見当らず、コタロウだけがすり寄ってくる。

それにうなずき、少し待ってみようかと思うが、珍しくスーツを着て汗ばんでいるので、シャワーを浴びたい。

そこで自分の部屋でスーツを脱ぎ、下着だけで浴室に行き、裸になってシャワーの栓をひねると、威勢のいいしぶきが全身に当って心地いい。

湯を浴びたあと、シャンプーの容器を手にとって頭に振りかけたが、中身がほとんど出てこない。

どうやら空のようである。

「おーい」

呼んでも、やはり返事がない。

しかし、いまさっきキッチンのほうで物音がしていたから、妻は家にいるはずである。

威一郎は髪を洗うのをあきらめ、もう一度呼んでみるが、やはり返事がない。

「いったい、何処にいるんだ」

仕方なくバスタオルを腰に巻きつけてリビングルームに行くと、妻がソファーに
腰を下ろしたままテレビを見ている。

「おい、呼んでいるのに聞こえないのか」

思わず声を荒らげると、妻は振り返り、きょとんとした表情できく。

「ごめんなさい、なんだったの？」

「俺のシャンプーがないんだ」

「あら、すみません。今度、買っておくわ」

「それだけか……」と喉元まで出かかったのを抑えると、妻は再びテレビを見てい
る。

「そんなに、面白いのか」

たまりかねて威一郎が舌打ちすると、妻は画面を見たまま「韓国ものはいいわ」とつぶやく。

そんなことは、どうでもいい。

「おい……」と、威一郎はさらに叫ぶ。

「水をくれ」

「はい、はい」

目は画面に向けたまま、妻は億劫《おつくう》そうに立ち上がるが、いかにも動作が鈍い。もう少し、てきぱき動いたらどうなのか。

見ていると腹が立つのでタオルで胸元の汗を拭く。

そこでダイニングテーブルの前に座ると、妻は氷の入ったグラスを無言で威一郎の前に置き、再びテレビに目を向ける。

その横顔を見ながら、威一郎は以前、勤めていた頃のことを思い出す。

あの頃、妻はこんな態度をとることはなかった。何時に帰ってきても出迎えて服を脱がせ、ズボンをハンガーに掛け、「お風呂に入りますか」ときいてきた。むろん浴室のシャンプーを切らすことなど一度もなかった。

それがこの無神経というか、無関心さはどうだろう。

とにかく、妻と一緒にいても苛立つだけなので、いったん自分の部屋に行き、再び浴室に行き、ズボンとシャツを着てリビングルームに戻ると、妻はまだテレビを見ている。これが韓国ドラマなのか。二人の女が激しく睨み合っている。

昼間はいつもこんなものを見ているのか。呆れながら、妻の背中にいってみる。

「郵便物、来てなかったか」

「まだ取りに行ってないわ……あなた行ってきてくださる？」

威一郎は小さく舌打ちしてから立ち上がる。

こんな女に頼むより、自分で取ってきたほうが余程すっきりする。

無言のままサンダルを履き、一階へ降りて、エントランスにある郵便受けに行く。

そこの「大谷」と記されたポストから郵便物を取り出してざっと見る。

会社を辞めた当座、威一郎宛《あて》のものは減ったように思ったが、最近はあまり変らない。日によってはむしろ増えていることもあるが、そのほとんどが銀行や証券会社からの投資を誘うダイレクトメールか、有料老人ホームの案内書などである。

今日も個人からのものは一通もなく、一つは証券会社からで、他の嵩張《かさば》って大きいのは施設の案内書で、内容は見るまでもなくわかっている。

「第二の人生をご一緒に……」「老後の安心のため、ゆとりある人生設計を……」

といった謳《うた》い文句まで、ほとんどが同じである。

どうせ勧誘するなら、もう少し知恵を絞れば、定年退職者の関心を惹きつける魅力的なキャッチコピーを創《つく》り出せるのに……。

長年、広告業に携わってきただけに、広告や宣伝の類《たぐい》を目にすると、決まってプロ意識が頭をもたげる。

「この癖は、一生、直りそうもないな」

苦笑いをしながら、ダイレクトメールを指先で弾《はじ》く。

それにしても、こちらの退職をいち早く嗅《か》ぎつけて送ってくるとは、そこだけは抜け目がない。

「でも、退職金目当てに群がってくる企業のたくらみに、この俺が簡単にのるとでも思っているのか」

郵便物につぶやきながら、再びエレベーターに乗る。

これまで威一郎は、自分の金を他人に運用させることなぞ、博打《ばくち》に近いものだと思っていた。

それだけに、いま持っている有価証券類は、すべて会社がらみで仕方なく買い付けたものである。たとえわずかな金額にしても、確実に増えるものならともかく、保証のない商品に賭けるような勇気も野心も抱いたことはない。

その点では堅実な、信頼できる夫で、それだけでも妻は感謝するべきである。

そういいたい気持ちを抑えてリビングルームに戻ると、妻は洗濯機から洗濯物でも取り出しているのか、浴室にいるようである。

そのまま威一郎がソファーに座って、いま取ってきた郵便物を見ていると、妻が戻ってくる。

「おまえが、シャンプーの買い置きをしていないなんて、珍しいな」

これでも穏やかにいったつもりだが、妻はまったく別のことをいう。

「毎日が慌《あわただ》しくて……落着かないわ」

妻はソファーの端に座って、大きく溜息をつく。

「それに、近頃、夜も寝つきが悪いうえに目覚めもよくないのよ」

妻が顳顬《こめかみ》のあたりを指先で押し、目を伏せる。

なにやら、これでは自分が家にいるのが迷惑で気が滅入ると、いわんばかりである。

「運動不足じゃないのか」

途端に、妻が睨み返すので、威一郎は目をそらす。

「なにも、そんなに目くじらを立てるようなことじゃないだろう」

いいかけたついでに、さらにいってやる。

「つまらぬことを、考えすぎるんだ」

「じゃあ、この際はっきりいわせてもらいますけど、この頃、なにか損をしているような気がするんです。あなたは定年になって、晴れて気儘《きまま》なご身分でも、わたしのほうは急に家事の仕事が増えて落着かなくて。正直いえば、お風呂の掃除くらいは手伝っていただきたいわ」

「俺に、風呂を洗えというのか……」

「それくらい、してくださってもいいでしょう」

黙っていたら、どこまでつけ上がるのか、威一郎は妻を睨み返す。

「そんなにおまえが大変なら、美佳にやらせたらいいだろう」

娘の名前を出すと、即座に妻がいい返す。

「美佳にさせるのは可哀相ですよ。毎晩、疲れて帰ってくるのに、どうしてお風呂洗いなんか、させられるんですか」

娘は日本橋にあるアパレル関係の会社に勤めているが、今年二十六歳である。その娘より、あなたのほうが暇人だ、といわんばかりのいいかたが癪にさわる。

「そうやって、おまえは美佳を甘やかすだけだ」

「でも、あの子は毎月、生活費を五万も入れてますよ」

「なにっ……」

あなたは生活費を入れていない、とでもいいたいのか。

「そんなこと、当り前だろう。だいたい二十六にもなって、ろくに料理もできないじゃないか。あいつの婚期を遅らせているのは、なにも仕事のせいばかりじゃないだろう……あのままでは嫁にもいけないぞ」

「その話は、もう何度もきいてます。美佳の不出来はわたしのせいだといいたいのでしょうけど、話をすり替えないでください」

「すり替えてなんかいない。ただ、もう少し家事を手伝わせたほうがいい、といっているだけだ」

途端に、妻は笑ったような表情になって、

「あなたは、よくわかってないわ」

「なんだと……」

「美佳は仕事をしているほうが、家庭を持つより楽しいんですよ、現代っ子ですから」

それがどうしたのかと解《げ》せずにいると、さらに続ける。

「わたしたちの時代は、結婚適齢期をクリスマスケーキになぞらえて、二十五歳を過ぎると売れ残りだって、世間から後ろ指を指されるような思いをしたわ。わたしだって親から肩身の狭い思いはさせたくないっていわれたわ。でもいまは適齢期なんて言葉は死語ですよ」

そんなこと、いまさら説教されなくてもわかっている。呆れて黙り込んでいると、妻が改まった口調でいう。

「それより、これからお風呂洗い、お願いできますか」

「ああ……」

言葉が急に丁寧になったので、思わずうなずくと、素早く畳みこんでくる。

「じゃあ、さっそく明日からお願いします」

これでは、まんまとのせられた感じだが、妻のいいたいことも、なんとなくわかる。

洋子も、六十歳を目前にして、若いときのように躰が動かなくなってきたのか。それが苛々の原因だとしたら、風呂の掃除くらいは仕方がないかもしれない。

「掃除といっても、どうすればいいんだ」

「じゃあいま、覚えてくれますか」

妙なことになったが、妻は早くも立ち上がって浴室へ向かう。

仕方なく威一郎があとに従うと、妻が浴槽の棚にあるスポンジと洗剤を取り出す。

「これでお願いします。いつもここにありますから」

スポンジがあることはわかっていたが、まず洗剤を手にして、容器の裏の説明書を読もうとするが、字が小さくて読めない。

「おい、眼鏡を持ってきてくれ」

「それより、まずやってみてください」

洋子は浴槽の壁面に洗剤を吹きつけ、スポンジで泡立てながら洗う仕草をする。

「それから、排水口の汚れはこれを使ってください」

今度は古歯ブラシを突き出されて、「どうするのだ」ときくと、妻は円い排水口の金具を取って、指さす。

「ここを洗うのに、使ってください」

こんなことまでやっていたのか。威一郎が仕方なくうなずくと、妻は「じゃあ、いいですね」といって去っていく。

一人残されて、威一郎は改めてパンツ一枚になって浴槽に入る。

まずいわれたとおり、浴槽に洗剤を吹きつけ、スポンジで泡立てながらごしごしとこすってみる。

生まれて初めての風呂洗いだが、いざやってみると思ったより大変である。床に膝をつき、前屈《まえかが》みのまま同じ姿勢で浴槽をこすっていると、腰から足元にかけて鈍い痛みを感じる。

仕方なく途中で立ち上がって背を伸ばし、痛みが治まったところで、また身を屈めてこすりだす。

この年齢では思っていた以上に大変だが、それにしても妻や娘が入る風呂を掃除するとは……。

これでは、浴室の掃除係になったと同じではないか。

なにやら惨めな気分になり、ほどほどのところでやめて、「おーい」と呼んでみる。

しばらくして、「なんですか？」と、顔を出した妻に、「これでいいか？」ときいてみる。

洋子はざっと見廻してうなずく。

「はい、まあまあです」

せっかく頑張ったのに、まあまあとは失礼ではないか。

「とにかく、やった」

威一郎が顔に滲《にじ》んだ汗を拭くと、妻がきき返す。

「それだけですか……」

「なにが？」

「お父さんの仕事は、それだけですか」

「ああ……」

「よかったですね」

そのまま妻は浴室の扉をぴしゃりと閉じて去っていく。

「なんだ……」

閉じられた扉に向かって威一郎はつぶやく。

あの口のきき方は、とやかくいっても、あんたが家事をやるのはその程度じゃありませんか、といわんばかりである。わたしのやる量に比べると比較にならないわ、といいたかったのかもしれない。

しかし、こちらも初めてやった風呂掃除である。いままで家事などまったくやっていなかったのに、ともあれ手をつけたのだから、「ご苦労さま」くらいいうべきだろう。

「馬鹿にするな……」

とにかく定年になって以来、妻はあらゆる点でこちらを馬鹿にして、威丈高《いたけだか》である。

自分の部屋に戻って、ベッドで横になっているうちに、少し眠ったようである。慌てて目を覚ますと、机の上の時計は午後三時を示している。午前中、ビルの管理会社の面接に行き、戻ってきて、妻といい争いをしているうちに、風呂の掃除をさせられた。

その結果はともかく、いつになくよく動いたような気がするが、まだ午後の半ばである。

会社を辞めて改めて思うことは、一日がやたら長いことである。

こんなに時間が経つのが遅いのに、いままではあっという間に一日が過ぎると思っていた。余程、仕事に追われていたのか、それとも振り返る余裕もないほど忙しかったのか。

ともかく、この一日の長さは耐え難い。

威一郎はゆっくり起き上がり、レースのカーテンを開ける。

途端に、やや西に傾きかけた秋の陽《ひ》が眩《まぶ》しいほど射し込んでくる。

会社にいる連中は、まだ仕事に追われている時間だろう。威一郎の脳裏にゆっくり、先程見た、東亜電広のビルが甦ってくる。

あのとき、なぜ急に行ってみる気になったのか、いま、思い返してもよくわからない。

ただ面接の帰りに地下鉄に乗っているうちに銀座から新橋《しんばし》の駅に近づいた。その「新橋」という文字と、「次は新橋」というアナウンスをきくうちに、急に降りなくてはという衝動にかられて人々のあとを追うように電車から出てしまった。

もしかすると、あれは三十年以上、毎日、新橋で降りていた。その習慣が甦って、つい降りてしまったのか。

実際、降りてからも、威一郎はごく当り前のように、会社のほうへ向かっていた。いまは定年になって、なんの用事もないのに、なにか重要な仕事でもあるように歩いていく。

1番ゲートから地上に出て、中央通《ちゅうおうどお》りを築地《つきじ》のほうへ折れ、二つ目の交差点を渡ると、目の前に、東亜電広が入っている、大きな白いビルが迫ってきた。

その正面玄関に近づく直前、二、三十メートルのところで、威一郎は思わず立ち止まった。

「おいおい、何処へ行くつもりなのだ」

自分で自分にきいて、後ずさりする。

そろそろ昼に近く、あと二、三十分もすると、大勢の社員が外へ出てくるに違いない。そのなかには当然、威一郎を知っている者もいて、見つけたらすぐ話しかけてくるかもしれない。

そう気がついて、咄嗟《とっさ》に中華料理店の看板が出ているビルの陰にかくれて、白いビルを見上げた。

会社を辞めてから、ここまで来たのは初めてである。定年になった時点で、もはやここに来ることは二度とないと思っていたし、実際、来る気もなかった。

それが何故《なぜ》、来てしまったのか。やはり会社が忘れられなくて、などとは思いたくはない。それより長年の習慣の故で、ついふらふらと来てしまった。ただそれだけのことに過ぎない。

「こんなところで立ち止まらず、早く帰ろう」

そう自分にいいきかせて、一歩踏み出した途端、中年の男が近づいてきた。

「あの、大谷さん、大谷さんじゃありませんか」

男はまさしく、威一郎が辞めるとき、出版営業局にいた杉山《すぎやま》部長である。

「どうしたんですか、会社にお見えになったんですか」

「いや、ちょっと、そこまで……」

「もう、用事はおすみですか」

思わずうなずくと、杉山は斜め前のビルを指さす。

「よろしかったら、そこに喫茶店がありますから、いかがですか」

杉山は威一郎が出版営業局の局長のとき、マーケット局から引き抜いて、目をかけてきた男である。会社を辞めてから、まったく声をかけていなかったので、懐かしく思ってくれたのかもしれない。

「時間はありますか?」

もちろん、溢れるほどあるが、かすかにうなずくと、杉山は足早に喫茶店に入り、奥の席に向かい合って座る。

「役員、本当にお久しぶりです。お会いできて嬉《うれ》しいです」

いきなり、役員と呼ばれて、懐かしさとともに緊張した。

彼はさらに「おかげさまで元気にやっています」と、頭を下げた。

「よかった」

威一郎もそれに合わせてうなずいた。

「どうなさっているのか、お電話でもしてみようかと思っていたのですが」

杉山はそういってから、「でも、全然お変りありませんね」といってくれた。

はたしてそうなのか。自信はないが、悪い気はしない。

だが次の瞬間、「いま、なにをされているのですか」ときかれて戸惑った。

むろんなにもしていないが、そう正直にいう気にはなれない。

「結構、忙しくてね……」と、まるで違うことをいったが、「やっぱり、役員ほどの方なら、いろいろ頼まれるのでしょうね」といわれて、慌ててうなずいた。

さらに「ミーティングルームには、いらっしゃらないのですか」ときかれて、今度はゆっくりと首を横に振った。

ミーティングルームは、定年退職した者のために会社が用意した部屋である。ここに退職者は自由に出入りして、備え付けのパソコンをつかうことも、書棚にある本を読んだり、囲碁や将棋を楽しむこともできるようである。

しかし、威一郎はまだ一度も行ったことがないし、今後も行く気はない。

噂《うわさ》では、ときどきつかっている退職者もいるようだが、正直いって、そこまで落ちぶれたくはない。

「これから、もっと顔を見せてくださいよ」そこまでいわれて、威一郎は思わずうなずきかけたが、「いや……」と自らを戒めた。

いまさら、会社に顔を出したところで、煙たがられるだけだし、自分を追い落とした井原にでも会ったら、「何か用事ですか」と、からかわれるに違いない。

そんな会社に、未練たらしく顔を出したくない。

それより一番嬉しかったのは、出版営業局の現状をきいたときだった。

威一郎の後任になった沢田《さわだ》に対して杉山は、「あの人は全然わかってなくて、やりにくくてたまりません」といいきった。

たしかに沢田は井原の乾分《こぶん》で、その関係で自分の後任に抜擢《ばってき》されたのだが、それを杉山はきっぱりと否定した。

「でも、頑張っているんだろう」

「頑張ったって、大谷さんとはぜんぜん違いますよ」

威一郎はかすかにうなずきながら、全身から笑いがこみあげてきた。

やっぱり、あいつは駄目かと納得したが、それ以上に、自分の後任がけなされることが、これほど嬉しいこととは思わなかった。

正直いって、それをきいただけで、来た甲斐《かい》があったと思う。

「ともかく、頑張ってくれ」

もう少し杉山と話していたかったが、やがて昼休みになり、社員に会いそうなので、威一郎は立ち上がった。

瞬間、杉山は「わたしが払います」といって伝票を持ち、威一郎が「いや……」というのにかまわず払ってくれて、店を出た。

「じゃあ、役員、いつまでもお元気で」

そこで握り合った手の感触は、いまもたしかに残っている。

威一郎は改めて、握られた手を見ながら、大きくうなずく。

俺も捨てたものではない。まだまだ俺のやったことを評価し、慕ってくれる者がいる。

三十八年間、あの会社でやってきたことは間違っていなかった。

「そうだろう……」

自分にいいきかせ、自分で納得する。

だが目の前のハンガーに、つい少し前に脱いだグレイのスーツとネクタイが掛かっている。

そういえば、朝方、浅草橋《あさくさばし》にある会社へ面接に行き、そのあと帰ってくると、いきなり風呂の掃除をさせられた。

そんな状態で、どうして日々充実している、などといえるのか。杉山には、「結構、忙しくてね……」と答えたが、それが真っ赤な嘘《うそ》であることは、誰よりも威一郎自身が一番よくわかっている。

「あんな嘘までついて……」

そうまでして、自分をよく見せたいと思った。

昔の部下の前では、精一杯、背伸びをして強そうに見せる。

そんな自分がいまとなっては、むしろ憐《あわ》れで情けない。

そのまま視線を窓に向け、傾いていく西陽を見ているうちに、威一郎の眼《め》に自然に涙が滲んでくる。

第五章　去年《こぞ》今年《ことし》

毎年、大晦日《おおみそか》の夜、大谷家では家族全員が集まって、年越しの食事をすることになっている。

普段は子供たちもいろいろ予定があり、全員揃《そろ》って夕食をとることができないので、年の暮れくらいは一家団欒《だんらん》を楽しもう、というわけである。

今年の暮れもそれにならって、みなが揃ったところで、威一郎が食卓に着く予定であった。

だが、いまは会社を辞めているので朝から暇である。

夕方、六時半になったところで、そろそろ時間かと思ってリビングルームに行ってみると、息子の姿は見えないし、妻と娘はまだキッチンで食事の準備をしているらしい。

御節《おせち》料理といっても、ほとんどは買ってくるだけなのに、どうして時間がかかるのか。

コタロウだけが首を傾《かし》げて近づいてくるが、このまま一人で座って待っているのは格好が悪いので、また自分の部屋に戻り、しばらくテレビを見る。

そのまま、三十分経ったところで再びリビングルームに行くと、テーブルの上に旨煮《うまに》や膾《なます》など、御節料理が並んでいるが、息子の哲也はまだ帰ってきていないようである。

威一郎は一通り料理を見廻してから、黒豆を運んできた妻に、「哲也は遅いな」というと、「そうね……」と、気のなさそうな返事をする。

大晦日など仕事もないのになにをしているのか。そのまま新聞を読んでいると、玄関のドアが開いて哲也が現れる。

一瞬、文句をいいかけて黙っていると、哲也は威一郎に軽くうなずいただけで、すぐキッチンにいる母親のほうに行って、なにか話しかけている。

「まったく、どいつもこいつも俺を無視して……」そういいたい気持ちを抑えてさらに新聞を読んでいると、「さあ、いただきましょうか」という妻の声で、みなが席に着く。

リビングルームのテーブルは低いので、座椅子が用意されているが、横長のテーブルの右端に威一郎が座り、それと向かい合って息子と娘が、さらに威一郎の横に妻が座る。

この座り方は子供たちが物心ついたときから同じで、まず全員の盃《さかずき》にお屠蘇《とそ》を注《つ》ぐ。

そこで威一郎が、「今年も、ご苦労さん」といい、それに応《こた》えるようにみなが、「ご苦労さま」といって、酒を飲み干す。

そこまでは毎年のことで同じだが、そのあと威一郎は一つ息をのむ。

これまで、大晦日の夜には子供たちに、一通の封筒を渡すことになっていた。

なかには息子に一言、「今年も躰に気をつけて、頑張りなさい」とか、娘には、「ときどきお母さんを手伝って、そろそろ結婚相手はいないのか」などと書いて、各々《おのおの》の封筒に一万円札を入れておく。

額は少ないが、それが父親としての権威の証《あか》しで、子供たちも現金を貰《もら》えるせいか、喜んで受け取っていた。

しかし、いまは退職して小遣いに余裕がないし、子供たちは、すでにそれなりの給料を貰っているので、とくに与えることもない。

そこで、「今年からは、ないからな」というと、子供たちも納得したのか、黙って食事をはじめる。

親爺《おやじ》も退職したから仕方がないか、と思っているのかもしれないが、それ以上に威一郎のほうは辛い。

正直いって、年の暮れに一万円くらい渡せぬわけではない。だが、それで父親の権威を保とうとしても、所詮《しょせん》限りがある。いずれ難しくなることは目に見えているのだから、それならこのあたりで、きっぱりやめたほうが無難かもしれない。

そう思って中止したのだが、なにか急に自分の存在が軽くなったような気がしないでもない。

そのまま食事がすすむうちに、威一郎は息子にきいてみる。

「おまえのところは、どうなんだ？」

「どうって……」

「会社の景気だ」というと、「まあまあさ」と、つまらなさそうに答える。

息子の会社は家電メーカーで、就職するときはいろいろ相談にきていたが、いまは父親に話しても仕方がない、とでも思っているのか。

無愛想な奴だと呆れて、今度は娘の美佳のほうに尋ねてみる。

「おまえのほうは?」

「やっぱり大変よ」

即座に答えるだけ、娘のほうが可愛《かわい》いが、すぐ、「最近、人が足りなくて、その分、残業が多くて……」

それは妻からもきいていたのでうなずくと、「今度、職場の近くにお部屋を借りようかな」といいだす。

「ここで、充分だろう」

「でも、会社まで一時間かかるのよ。電車も混むし」

「部屋代はどうするんだ」

「大変だけど、そのほうが躰も楽だし……」

はたしてそうなのか。それより、みな自分の許《もと》から去っていこうとしているのではないか。一瞬、淋しい思いにとらわれて妻を見るが、妻はしきりに膾を食べている。

娘がこんなことをいいだしても、妻はなにも感じないのか。とにかく、息子も娘も、そして妻の気持ちも一向にわからない。

威一郎は一つ咳払いをして酒を飲む。

今年の旨煮はまずまずだが、膾は少し酸味が利きすぎている。それをいおうかと思うが、「それなら食べないで」といわれそうなので黙っておく。かわりに黒豆をつまんでいると、テレビで歌が流れはじめる。

早くも紅白が始まったらしく、娘が歌に合わせて軽く口ずさみ、息子と妻が歌手のことを話しているが、威一郎には歌も歌手もほとんど馴染みがない。

それより、空になった盃に酒を注いで欲しいが、誰も注いでくれないので、仕方なく自分で注ぐ。

そのうちコタロウが近づいてきたので、旨煮をとって渡すと、妻が素早く見つけて、「あっ、だめよ」という。

ドッグフード以外のものを与えると、癖になって躾《しつけ》が悪くなる、といいたいのだろうが、いま相手になってくれるのはコタロウしかいない。

威一郎は聞こえぬふりをしてコタロウの頭を撫で、また酒を飲む。

おかげで紅白が盛り上がりだした頃には少し酔ってきたが、相変らず知らない歌手が知らない歌を歌っている。

仕方なく恒例の年越しそばをもらい、それを食べ終えると、ようやく一年が終ったような気がしてくる。

それからさらに銚子《ちょうし》を一本飲み干したところで自分の部屋へ戻り、そのまま眠ったようである。

翌日、元日の朝、威一郎は午前七時に目が覚めた。

その前、五時少し前にトイレに行ったので、二度目の目覚めだが、よく眠ったせいか気分は爽快である。

いよいよ今日から新しい年が始まるが、今年はどんな年になるのか。カーテンを開けてみると、やや雲が多いがまずまずの天気のようである。

哲也や美佳が幼かった頃には、元日の朝はみなを連れて初詣《はつもうで》に出かけるのが慣わしになっていた。いや、その前は妻と二人だけで行ったこともあったが、いまはみな、そんなことはとうに忘れて眠っているようである。

昨夜、あのまま紅白を見続けて、みなが寝たのは十二時を過ぎていたのだろうか。

そういえば、以前は自分もみなと一緒に起きて除夜の鐘もきいていたが、最近は一人だけ早く寝るようになってしまった。

それだけ年齢《とし》をとったということだが、同時に一人だけ、みなと外れていくような気がしないでもない。

いずれにせよ、まだ誰も起きていないのにリビングルームに行っても仕方がない。しかし新聞は来ているようなので、エントランスに行き、分厚い朝刊を手にして再び自分の部屋へ戻る。

今年は世界同時不況の影響で、それに関した記事が冒頭から紙面を飾っている。とにかく、先進諸国はもちろん、新興国も大変なようである。

そうした暗い記事を見ていると、自分は、一応いい時期に辞めたのかもしれない、と思えてくる。

実際、広告業界も不況の波をかぶって、かなりの人員整理をするといわれている。そんな状態で会社に残っていても苦しいだけだし、これからは退職金も満足に払われないようになるかもしれない。

辞めた当座は、「早まったか」と後悔していたが、あれはあれで正しい判断であったのかも、と思っている。

しかし、だからといって、安心してもいられない。

いまは会社からの企業年金が頼みの綱だが、それも今後どうなるのか。それ自体、退職金をプールしたものから取り崩しているのだから、運用益が怪しくなると減ることも考えられないわけではない。

なんとか、うまくやって欲しいと思うが、いまの社長たちでは難しいかもしれない。

いずれにせよ、こんな状況では六十歳を過ぎた高齢者の再就職はますます難しくなるに違いない。

威一郎は先日、就職の面接に行った会社のことを思い出す。

そこからは十二月初めに不採用の通知が届いたが、とくに不満はない。もし採用通知がきても、受けるつもりはなかったし、受けたところで大変なことは目に見えていた。

それより、気になるのはこの一カ月の株価の暴落である。

辞めた当座、退職金の一部として一千万少しをもらったが、その残りはすべて年金の元手として預けたままになっている。

あのとき、半分は株でも買おうかと思ったが、もともと威一郎は株を買うのは博打みたいであまり好きではなかった。それに妻も反対だった。

といっても、妻がいまの状態を予測していたわけではない。それより単純に、お金は銀行に預けておくもの、としか思っていないようである。その単純さが、結果としてプラスに働いたようである。

もしあのまま株でも買っていたら、激減していたに違いない。

実際、威一郎と同時期に退職して株を買い、大損した男がいる。

それから見ると、妻のおかげで助かったともいえるのだから妻に感謝すべきかもしれない。

しかし問題は、その金が未《いま》だに妻の手でがっちり管理されていることである。

以前から、威一郎の給料からボーナスまで、すべて銀行の口座に振り込まれたため、すべて妻の管理下にあった。

夫たるもの、収入はすべて妻に委ねる。それが男らしさの証しだと思っていた。

だがいま退職してみると、万事が不都合で、妻の承諾なしには大金はもちろん、小金も容易に持ち出せない。

「今年は少し、金を自由に費《つか》えるようにしなければいかん」

これも年頭の新しいテーマだと、威一郎は自分にいいきかせる。

元日の朝、みなが起きて朝食が始まったのは、午前十時を過ぎていた。

さすがに今日だけは早くから出かける者もなく、みなで「明けまして、おめでとうございます」と挨拶を交わして、お屠蘇を飲む。

いま、哲也は二十八歳で美佳は二十六歳である。そろそろ一人ぐらい、結婚してもいい年頃だが、まだ相手はいないのか。

きいてみたいが、改めてきいても、しらけるような気がして黙っておく。

それにしても四、五年前までは、もっと気楽に話しかけられたのに、最近はどうして話し辛くなったのか。むろん二人とも大人になり、あまり口出しするのは悪いかと思って、つい遠慮してしまう。

この点、妻はごく自然に二人に話しかけ、子供たちも素直に答えているようである。ときどき文句をいい合い、喧嘩もしているようだが、それだけ親しげでもある。

それに比べると自分だけ、みなから離れて浮いている。これも父親の威厳といえばきこえはいいが、正直いってつまらない。

もっとも、この孤立感は他の退職した男たちも同じらしく、つい先日、威一郎の二年先に退職した長田《ながた》という男に会ったときも、「最近は、子供たちと話すこともなくてね」といっていた。

してみると、これは退職した男の、そして年齢をとった男に共通する淋しさなのか。

それにしても、父親が母親と同じように、子供たちとぺらぺら喋《しゃべ》っていてはおかしいかもしれない。やはり父親は一段高いところから、広く家族を見守っているべきである。

そう自らにいいきかせてお茶を飲むと、美佳が「ああ、もう年賀状がきているかも」といって立ち上がる。

たしかに、毎年、年賀状は元旦の十時から十一時くらいのあいだに配られてくる。

「そうだ、取ってきてくれるか」

哲也がいい、美佳がそのまま一階の郵便受けまで取りに行く。

正直いって、威一郎も年賀状のことは雑煮《ぞうに》を食べたときから、そろそろ届いているかと気になっていた。

いつもはそのまま哲也に、「おい、年賀状を取ってこい」と命じていたが、今年はそこまでいう気になれなかった。

退職したいまは、これまで以上に年賀状が懐かしい。それだけが外の世界と直接つながる情報だけに、去年の暮れ、年賀状を書いているときから気持ちが浮き立っていた。

それなのに自分で取りに行かず、哲也にも命令しないで、誰かが気づくのを待っていた。

しかし、いかにも年賀状を待っている、という態度をみなに見せたくなかった。それよりいままでのように、年賀状のような儀礼的なものはくだらぬ、といったポーズをとり続けていたかった。

実際いまも、威一郎は年賀状のことは忘れたように悠々とお茶を飲んでいる。

やがてばたばたと慌しい足音がして、美佳が両手で抱えるように年賀状を持ってくる。

「丁度、配達の人が配っているところだったの」

美佳はそういいながら、テーブルの上に年賀状を置き、宛名毎《ごと》に選《よ》り分けていく。

そこに哲也も、「どらどら……」と割り込んで分けはじめる。

妻は食事の後片付けをしているのか、キッチンにいるようである。

「ええと、これはお父さん、これはお兄ちゃん、そしてわたし」

一枚ずつ分けながら年賀状が重ねられていくのを、威一郎は黙って見ている。

去年の元旦は、会社を辞めてから初めての正月だったが、届いた枚数はこれまでとあまり変らなかった。

少し減りはしたが、毎年、五、六百枚は来るうちの、ほぼ一割程度減っただけだった。

そのことに威一郎は安堵《あんど》したが、今年はどうなるのか。

そのまま見ていると、やはり自分の山が一番高いようである。

他に、哲也と美佳、そして妻への分もあるようだが、いずれもかなり低い。

「俺のは、寮にも来ているからな」

二年前から川崎の寮に住んでいる哲也は、そんなことをいいながら年賀状を手にして、「あいつ、子供と一緒の写真なんか刷り込んで、所帯くさいなぁ」とつぶやいている。

「えっ、りかちゃん、結婚したんだ」

美佳も、友達の結婚を年賀状で知って驚いているようである。

若い者たちは、それぞれ互いの変化を報《しら》せ合っているようだが、威一郎の年齢になると、そんな明るい報せはほとんどない。

それより、元気でいることがわかれば充分で、病気などしないように祈るだけである。

「ようし、終った」美佳の声でテーブルを見ると、ほとんど選り分けられて、二つの山だけが残っている。

そのうちの高い山のほうを、美佳が「はい、お父さんの分よ」といって渡してくれる。

「ありがとう」

礼をいいながら、威一郎の気持ちはざわめく。いったい、この軽さはどうしたのか。去年よりまた減って、半分の二百枚にも達していないようである。

「これだけか……」と、口から出かかるのを抑えて見ていると、妻が現れる。

まず自分への年賀状を手にしてから、次に威一郎の手元を見て、「ずいぶん少ないじゃない」という。

思わず、「そんなこと余計なお世話だ」といい返そうとすると、「五百枚も印刷したのにどうするの」ときく。

妻は届いた賀状の少なさより、それで無駄になる買い置きの賀状のことが気になっているようである。

「そのうち、会社から送られてくるかもしれない」

去年は四、五日経ってから、会社に届いていた賀状が百枚以上転送されてきたが、今年はどうなのか。

ともかく、そんなことで妻といい争っても仕方がない。

威一郎はもういいとばかり、年賀状を持って自分の部屋へ引きあげる。

正直いって、年賀状が減ったことを子供たちに知られたくなかった。いや、すでに気づいていたかもしれないが、自分一人でゆっくりたしかめたい。

改めて一枚ずつ見ていくと、これまで個人的に知り合いだったり、際《つ》き合っていた人からの年賀状はほとんど来ている。

さらに銀行や近くの商店などからのダイレクトメールの枚数も去年とあまり変らない。それより、これまで仕事で関わっていた関係各社や、それにつながる部署からの年賀状が大きく減っている。さらに以前際き合っていた役職者やスタッフからのも、ほとんど見当らない。

去年の正月まではさほどでもなかったのに、この落ち込みようは何故なのか。

威一郎は宙を見たままゆっくりとうなずく。

去年は退職したばかりで、まだほとんどの人が、会社を辞めたことを知らなかったのかもしれない。しかし昨年の年賀状には、無事、退職した旨を刷り込んだので、今年の年賀状を出す時点ではみなわかっていた。

その結果、もう送る必要はないと見做《みな》されてリストから外されたのではないか。

「そうか……」

改めて、威一郎は今年届いた年賀状の上に手を重ねてみる。

俺が退職しても、なお忘れないで送ってくれた人はこれだけなのか。いや、これからも、賀状は少しずつ減っていくかもしれない。

しかし思い返してみると、たしかにそれと同じことをかつて自分もやってきた。取引先の関係で、退職した人に賀状を送るのは当り前のように止めてきた。かわりに、新しくその役職に就いた人に送り始めたのだから当然だと思っていたが、それがこれほど相手の心を傷つけることだったとは。

威一郎はそっと窓から、穏やかな正月の空を見上げる。

これから初詣や、親しい友達同士集まって、飲みあう人もいるかもしれない。そんなとき、減っていく賀状を見て、一人淋しくなっている男もいる。

こんな気持ちは誰に話してもわかってもらえるとは思えない。妻も哲也も美佳にしても、「そんなこと、気にする必要ないわよ」といわれるだけかもしれない。

実際、賀状のことなど気にしなければいいのだ。これで初めて会社から解放されて、自由な正月を迎えることができたのだ。

だからこそ、今年の威一郎の年賀状には、「謹賀新年」という言葉とともに、次のような俳句を添えた。

　初春や一人で生きるさわやかさ

もうこれからは会社や組織に属さず、一人で生きていく。好むと好まざるとにかかわらず、それが現実だが、そこにはそれなりの爽やかさがある。

句の真意はそういうことだが、ここにはあきらかに無理がある。一人で生きていくことが爽やかだ、といいきったのは、正直いって強がりである。

だがそう書くことで気弱く、くじけそうになる自分を励ましたい、という願いも込めていた。

そのあたりは、気づいてくれるかもしれない。

しかし、現実が厳しいことはよくわかっている。爽やかといっても、実際は気が滅入ることばかりである。

威一郎の脳裏に半月前のことがゆっくりと甦る。

毎年、十一月の末から十二月にかけて、さまざまな人からお歳暮が送られてきた。

そのなかには食品の詰め合わせや菓子類、さらにはネクタイやマフラー、そしてさまざまな花まで含まれていた。

それらは、広くもない玄関から哲也が使っていた部屋まで占領して、妻は毎年、

「お礼状を書くのが大変」と悲鳴をあげていた。

だが去年の暮れから、様相が一変した。

お歳暮の数が急激に減って、哲也の部屋を塞ぐどころか、クリスマスを過ぎても玄関のわきに数個並んでいるだけだった。それもすべて個人的な知り合いからで、会社とつながる人々からのお歳暮は、まったくといっていいほど消えていた。

それを見た妻が、「今年は少ないわね」といっていたが、威一郎は聞こえないふりをして黙っていた。

「俺が退職したのだから、仕方がないだろう」といいたかったが、そこまでいいきる勇気はなかった。

「そしていまや年賀状も確実に減って、やがてみなから忘れられるのか……」

威一郎はそっと、自分でもうひとりの自分につぶやいて目を閉じる。

リビングルームのほうから、妻と娘の笑い声が聞こえてくる。なにが可笑《おか》しいのか。そんな声をきいていると、夫婦といい、親子といっても、自分とはまったく別の生きもののように思えてくる。

その賑々《にぎにぎ》しい声がおさまったところで、威一郎はゆっくりと手を伸ばし、抽斗《ひきだし》から煙草を取り出して火をつける。

会社にいたときは、役員になったのを機に煙草を止めていた。さまざまな打ち合わせや会議で煙草を喫《す》っていては相手に迷惑をかけるし、仕事にならない。地位が上がれば、禁煙は当然だと思っていたが、退職してから少しずつ喫うようになっていた。

すでに禁煙に馴染んでいて、とくに欲しいわけではないが、手持ち無沙汰なまま、つい喫ってしまう。

躰に悪いとはわかっていても、なにもしないでいると孤独感がつのるばかりである。

不思議なことに、煙草を手にして煙の先を追っていると、まだ仕事をしているような錯覚にとらわれる。

そのまま一本喫い終ったところで、再び年賀状を一枚ずつ見直していく。

ダイレクトメールは一方に除《よ》け、残りの年賀状を見ていくと、威一郎が辞めたのを、まだ知らない人もいるようである。

そういうところには、改めて辞めたことを報せるべきなのか、それとも放っておいたほうがいいのか迷う。

しかしなによりも嬉しいのは、印刷された賀状の端に、近況などを報せる言葉が記されているときである。

「お変りありませんか」「いろいろお世話になりました」など、何気ない言葉だが、直筆の文字に触れただけで気持ちが和《なご》む。

さらに見ていくと、勤めていた頃、自分の下で秘書をしていた大浦《おおうら》という女性からの賀状が出てくる。

飼っている猫と一緒の写真とともに、「明けましておめでとうございます」と刷り込まれているが、その横に、「また、お顔を見せてください」と記されている。

彼女は威一郎が辞めたあとも、新しい役員の秘書をやっているはずだが、まだ自分のことを忘れていなかったようである。

また、顔を見せてくれといわれても、いまさら会社に行くことはできないが、もし会う気があるのなら、食事くらいご馳走《ちそう》してもいいのだが。

そういえば、彼女はバレンタインデーには、必ずチョコレートをプレゼントしてくれた。あまり高いものではないが、渡すときの照れたような笑顔が可愛かった。

だが、去年のバレンタインデーにはなにも送ってこなかった。

こちらが辞めて、上司でなくなったのだから当然といえば当然だが、やはり淋しい。

「まあ、仕方がないか……」

つぶやきながら、次の賀状を手にして、慌てて目を凝らす。

大きな金箔《きんぱく》の字で「賀正」と記され、その横に、花が飾られたクラブの入口と、和服のママの写真がのっている。

銀座にある「まこと」というクラブからの賀状である。

「年明けは一月五日から営業いたします」という文字の下に、「ママ、村岡《むらおか》まこと」と記されている。

そういえば、仕事をしていた頃、この店には何度も行ったことがある。

とくにいまから十年前、ママが「パンテオン」という店から独立して、この店を出した頃は、頻繁にこの店を接待の場としてつかっていた。

あの頃、いったいどれくらい費《つか》ったのか。いまさら、思い返しても仕方がないが、もちろんすべて会社の金である。

ママに、「なんとか応援して、助けて」といわれて通い始めたのだが、むろん彼女に好意を抱いていた。

実際、デートを重ねて一度だけ、一緒にホテルに泊まったこともある。

北九州《きたきゅうしゅう》の出身だといっていたが、色白の美人で頭も良かった。もっとも二人でいると意外にさばさばしていて、あまり情緒的ではなかったが、それでもママと親しくなったことが、威一郎には嬉しく、自慢であった。

といっても、そんなことは表に出せるわけもなく、二人だけが知っている秘密であった。

はっきりいって、大阪の子会社に行かないかといわれて断ったのも、このママに逢《あ》えなくなるのが一つの原因でもあった。

そのあと退職することになり、ママに告げるのが一番辛かったが、思いきっていうと、ママはあっさり、「そうなの、残念ねぇ」とうなずいただけだった。

威一郎が辞めることは、すでに同じ社の役員からでもきいていたのか、その素っ気なさに気落ちした記憶がある。

その後、退職の送別会のあとに行ったが、なにかさばさばした感じで、もうママの心のなかでは、二人の思い出は終ったことなのかと、淋しい思いにとらわれた。

ともかく、それが「まこと」に行った最後で、その後退職してからは、そんな派手なところに行けるわけもない。

それでも、威一郎はときどきママを思い出し、電話でもかけてみようかと思ったがいまの立場を考えてあきらめた。

そして去年の正月、やはり年賀状が来たが、同じようなママの写真の下に達筆な字で、「お変りありませんか」と記されていた。

それから一年経っていま、再び届いた賀状には「賀正」という印刷された文字と写真がのっているだけで、自筆の文字はなにもない。

「一言くらい、書けなかったのか」

写真のママにいってみても、もちろん言葉は返ってこない。

この賀状とともに、現役時代の熱く華やかな思い出は確実に消え、遠ざかっていく。

それも仕方がないと納得していながら、心の片隅には、なお受け入れるのを拒否している、もう一人の自分がいて、威一郎は目をつむる。

第六章　いさかい

年が改まり、定年を迎えて三年目に入ると、夫婦の生活パターンはほぼ定まってきたようである。

朝、威一郎が起きてリビングルームに行き、新聞を読み始めると、妻はキッチンで娘の美佳に朝食を出しながら、なにやら話し合っている。

やがて美佳が出勤し、威一郎が犬の散歩に出かけると、妻は待っていたように掃除を始め、そのあと朝食をとるようである。

そこに威一郎が戻ってきても、「おかえりなさい」という言葉もなく、朝のドラマかワイドショーを見ている。

「おい、帰ってきたんだぞ」といいたくなるが、いっても、妻が不機嫌になるだけだと思って黙ってしまう。

実際、妻も顔を見合わせる度に文句をいわれるのでは、煩わしいに違いない。そんな妻の不機嫌な顔を見て過すのは、こちらの精神の衛生にもよろしくない。

結局、お互いあまり近づかないのが無難とばかり、威一郎がリビングルームに行くと、妻は逃げるように掃除や洗濯を始め、威一郎が外へ出かけると待っていたように休んでいるようである。

妻にしてみれば、これも夫が家にいすぎるストレスから逃れるため、ということになるのかもしれないが、はたしてこんな状態を続けていていいのだろうか。威一郎は不安になるが、といっていま直《す》ぐうまい方法が見つかるとは思えない。

それにしても、今度、図書館から借りてきた健康雑誌には、「主人在宅ストレス症候群」という言葉が出ていて驚いた。

たしか以前、新聞でも見たような気がするが、「夫が家にいることにより、妻が精神的、肉体的にバランスを崩して、不安定になる疾患」と説明されている。

さらに「ストレス性の高血圧や胃潰瘍《いかいよう》、十二指腸潰瘍などのほか、脱力感や冷や汗、震えなどが起きる低血糖症候群や慢性肝炎など、患者によってさまざまである」とあり、「初期の症状としては、頭痛や不眠を訴えることが多く、全般に自己主張をしない、〝いい妻におきやすい〟」と記されている。

はたして洋子がいい妻かどうかはともかく、たしかに妻は最近、それに似た症状を訴えていた。

はっきり気がついたのは去年の夏頃からだが、ときどき深夜にリビングルームを覗くとソファーの上で横になったままテレビを見ている。「こんな時間にどうしたんだ」ときくと、「眠れなくて……」と億劫そうに答える。

暑さのせいかと思ったが、かなりクーラーもきいていたので、「自分の部屋で休みなさい」といったが、そのあとかなり遅くまで起きていたようである。

また十二月の初めの頃は、風邪でもないのに空咳《からせき》をして冷や汗が出るといっていたが、それもストレス症候群のせいなのか。

まさかと思うが、そうでないともいいきれない。

とにかく、夫である自分が家にいることが病気の原因だとしたらたまらない。それでは、自分が病気を生みだす黴菌《ばいきん》だといわれたようなものである。

「そんな馬鹿な……」

威一郎は思わずつぶやき、腕組みをする。

いまになって思い返すと、以前は、自分が外に出かける度に妻は尋ねていたものである。

「今夜は、何処に行かれるのですか」「帰りは何時頃ですか」

それに対して、「ちょっと打ち合わせがあるけど、なるたけ早く帰る」と同じ答えをくり返してきた。実際、それ以上、詳しくいったところで、妻がわかるわけではないし、早く帰れるわけでもない。

夫が日々、会社の第一線で働いている以上、遅く帰るのは当然のことだし、妻もそれには納得しているはずだと思い込んでいた。

たしかに、妻も途中からはなにもきかなくなったし、遅く帰っても文句をいわれることはなかった。

だが、威一郎が退職してから二人の関係は大きく変ったようである。

これまでと違って、こちらは朝から晩まで、ほとんど家にいる。しかもいままでは立場が逆転して、妻が外出する度に自分のほうから「何処に行って、何時に帰るのだ」ときいている。

環境が激変したのはこちらのほうだと思っていたが、同じように、妻のほうも変ったことは間違いない。

これでは、妻のストレスが増え、体調を崩すのも当然かもしれない。

威一郎は一応納得するが、「でも……」と思う。たしかにまだ手伝うといっても、犬を散歩に連れていくか、風呂の掃除ぐらいだが、常に夫が家にいることは妻にとって安心だし、歓迎すべきことではないのか。それなのに、自分がいることが病気の原因だとは……。

「わからん……」

威一郎は一人でつぶやき、改めて妻の姿を思い返す。

はっきりいって結婚当初から、洋子はすべてを任せられる、安心できる妻だと思っていた。

実際、この数十年間、妻が家庭のことで威一郎を煩わせたことはほとんどなかった。

それどころか、どこの家庭にも負けない安定した家庭生活を送れている、と思っていた。

洋子自身、堅実なサラリーマンの家庭に育ったせいか、家庭的な女で、性格も万事、控えめであった。威一郎の仕事にはほとんど口出ししない。といって無関心なわけではなく、そのときどきの上司への付け届けから挨拶状まで忘れずそつなくこなしてくれた。

さらに威一郎の昇格の早さが評判になった四十代の頃、同僚や若い後輩たちを夜、自宅に連れてきても、嫌な顔ひとつせず、甲斐甲斐しく接待してくれた。

とくに聡明《そうめい》というわけではないが、それだけ地味で誠実で、これといった不満を感じたことはなかった。

世間では、年齢を重ねるうちに家庭での夫婦の立場が逆転する、という人もいるようだが、洋子にかぎって、そんな尊大になる女ではないと思っていた。

だが、最近の妻の態度を見ていると不安になる。

近頃は、こちらが話しかけても、すぐに返事が戻ってこない。なにかきいても、「えっ……ごめんなさい」とか、「なんでしたっけ？」とき直すことが多い。一瞬、呆《ぼ》けたのかと思うが、こちらが再びいい直すと、「ああ、それは……」と、ようやく話が通じはじめる。

そんな様子を見ていると、まったく他のことを考えていて、うわの空、というわけでもなさそうである。それより、ただ話す気力というか興味がない、といった状態に近いのかもしれない。

それにしても、こんな状態になったのは定年後、夫への愛情が薄れたからなのか。それとも生活が一変して、俺と過すことに疲れ、うんざりしているのか。

しかしだからといって、いまさら直すように求めるのは難しいし、無理強いすると喧嘩になるだけである。

そういえば、四十代から五十代の頃はときどき夫婦喧嘩をしたことがあった。帰宅が深夜からときに外泊などして、浮気をしていると疑われたからである。

実際、そのうちのいくつかは浮気をしての外泊だったが、懸命に言い訳をして、それでも納得しないときには、思いきり抱き締めてやる。それが最良の解決策だと思っていたし、事実それで鎮《しず》まることが多かった。

だがいま、正直いって、妻を抱くほどの気力はない。それは、妻を嫌いとか愛していない、ということではなく、妻は性的な対象というより、もっとも信頼できる同伴者であり、共同生活者であった。身近にいて欲しいし、それで安心できるが、だからといってそれ以上、躰を触れ合ったり、求める気持ちはない。

そこまで考えて、威一郎は大きく溜息をつく。

もしかして、これから先、夫婦喧嘩などしてはいけないのかもしれない。

これまでなら喧嘩をしても和解し合える自信があったが、気力も体力も衰えたいまでは、仲直りする方法がない。

「いよいよ難しくなる」

借りてきた雑誌を横目で見ながら、威一郎はそっとつぶやく。

冬日は暮れるのが早く、六時になると外は完全に暗くなっている。

威一郎は自分の部屋のテレビで六時のニュースを見てから、最近買ってきた小型の碁盤を机の上に置く。

あれ以来、碁会所には行っていないが、強くなるだけなら、指南書を見ながらやるだけで充分である。

そのまま碁石を並べていると、「ただいま」という美佳の声がする。

仕事を終えて、いま帰ってきたようである。

机の端にある時計を見ると、七時を少し廻っている。

このところ、残業が多かったのか、帰るのが遅かっただけに、娘の声をきいただけでほっとする。

これで夜の食卓は妻と二人きりでなく、美佳がくわわることで明かりが一つ灯されたような気分になる。

それは妻も同じなのか、娘と話す明るい声が洩れてくる。

そのまま、リビングルームに行きたい気持ちを抑えて、碁石を並べていると、ドアがノックされて美佳が現れる。

「お夕飯、もうじきよ」

威一郎は碁盤を睨んだままうなずく。

「おまえ、最近、帰りが遅いのに、今夜は珍しいな」

美佳は「うん」と答えてから「いつも、碁をやっているのね」といって盤面を覗き込む。

「そんなに好きなの？」

「まあね」

「あまり、お部屋に籠ってないで、もっと外に出かけるようにしないと、ストレスたまるでしょう」

美佳は威一郎の横に立ち、腕組みしたままいう。

「たまには、お母さんを、旅行にでも誘ってみたら」

「ママを……」

「そう、もうずいぶん旅行してないわよ」

「俺はかまわないけど……」

湯吞《ゆの》みに残っている冷たくなったお茶を飲むと、美佳が「そうだ」と指を鳴らす。

「思いきって、海外旅行はどう……ほら、お母さん、寒いところが嫌いだから、ハワイかオーストラリアにでも連れていってあげたら」

「そんなことをいって、俺たちが留守のあいだに、夜遊びするつもりだろう」

「違うわよ、お父さんたち、動けるうちに旅行したほうがいいと思うからよ」

「動けるうち？」

「そう、わたしのお友達のパパ、お父さんと同じ年齢だけど、心筋梗塞《しんきんこうそく》とかで入院したのよ」

「どうして？」

「わからないけど、会社を辞めて突然なの。そんなこともあるから……」

いきなり深刻な話になったので、威一郎はうなずく。

「わかった」

「お母さん、喜ぶと思うわ」

美佳はそれだけいうと、「もうじきご飯だからね」といって、部屋を出ていく。

騒々しい娘の声が消えて、威一郎は改めていま、いわれたことを思い返す。

たしかに、定年になってから病気になる男は多い。威一郎が世話になった先輩も、会社を辞めて二年後に、胃癌《いがん》になって手術をしたときいていた。

その他、定年になって体調を崩した人が多いが、どうして急に弱るのか。会社を辞めて自由になり、あり余るほどの時間があるのに不思議である。

実際、威一郎自身、会社を辞めてから、血圧が少し高くなっている。以前から一五〇を超えていて、「やや高い」といわれていたが、一カ月前から一六〇を超えて、近くの内科医から薬をもらって服《の》んでいる。

仕事もなくて暇なのに、どうして血圧が上がるのか。疑問に思ってきくと、五十半ばの医師はあっさりとうなずいた。

「一般的にいえることですが、暇になったのがストレスになっているんじゃないでしょうか」

「暇がストレス？」

威一郎がきき返すと、医師は「失礼ですが」と断ってから、

「いままで、忙しく仕事をなさっていた方は、忙しい状態に躰も心も馴染んでいる。そのほうがやり甲斐があって、生き生きとされていたんだと思うのです。そういう方がある日突然、暇になると、どうしていいかわからなくなって、暇な状態に馴染めない。それどころか、なにもしないでいることが悪いような気がして、外見だけ忙しそうに見せようとする。それがまたストレスとなって、体調を崩されるようで

す」

そういわれても、威一郎は釈然としない。

「じゃあ、楽にしているのが悪いのですか」

「躰は楽でも、ストレスがあると血管が狭くなり、血の巡りが悪くなって、新しい病気がおきてくるのです」

そういうものなのか。威一郎は半ばわかったような、半ばわからないような気もしたが、暇なことが病気をひきだす原因になるとは意外である。

これでは、定年になってストレスが増えたのは妻だけでなく、この自分自身も同じである。

威一郎は自らにつぶやき、すでに完全に暮れた夜空へ目を向ける。

あれこれ考えていても仕方がない。

それより、そろそろ夕飯の支度ができた頃かもしれない。

威一郎は薄くなった髪を軽く撫ぜつけて、自分の部屋からリビングルームに行ってみる。

ソファーの端に横たわっていた犬のコタロウが素早くこちらを見上げるが、妻と娘はキッチンでなにやら話しているようである。

相変らず女同士は姦《かしま》しい。そのまま黙ってテーブルの上にあった夕刊を手にすると、妻の「気がすすまないわ……」という声がきこえてきて、それに娘が「どうして……」ときいている。

二人でなにをいい合っているのか。不思議に思って耳を澄ますと、さらに妻の言葉が洩れてくる。

「ほら、退職してすぐに、退職祝いだからといって二人で京都へ行ったでしょう。あのときつくづく思ったの、もうお父さんと二人の旅行はご免だって……」

お父さんといったら俺のことではないか。不思議に思ってさらに聞き耳を立てると、「大丈夫か」というようにコタロウがこちらを見る。それにかすかにうなずくと、また妻が喋りだす。

「気が休まるどころか、疲れて帰ってくるだけよ。わざわざ旅行に行って、疲れるだけなんておかしいでしょう」

「でも、せっかくハワイに行けるのよ」

「いいの、もう、その話はよして……」

やはり、自分と二人で京都へ行ったときのことをいっているようである。

なにをいまさら、とキッチンのほうを窺《うかが》おうと思った瞬間、美佳が大きい声で叫ぶ。

「お父さん、できましたよ」

威一郎は一つ息をのみ、それから「うん」とうなずくと、美佳が吃驚《びっくり》したような声をあげる。

「なんだ、ここにいたの?」

「いや、まあ……」

威一郎が近寄って、テーブルにつくと、妻と娘がしらけたように黙り込んでいる。

「いつ、部屋から出てきたの、いたのなら、いたっていってよ」

美佳が責めるが、側《そば》にいて二人の話を聞いていたのを悪いというのはおかしなものである。それ以上に、自分が側にいたら話せないようなことをいい合うことのほうが問題である。

テーブルの上には、ほうれん草のおひたしと、おでん、それに鰺《あじ》のたたきが置かれている。

威一郎はそれを見渡してから立ち上がり、自分で冷蔵庫からビールの缶を取り出し、一口飲んでからいってやる。

「おまえが嫌なら、俺はかまわないぞ」

話をきかれたとわかったのか、妻は軽く顔を伏せたままなにもいわない。

「おい、きこえているのか」

さらに問い詰めると、妻が開き直ったようにいう。

「きこえていますよ。突然、なにをいいだすのかと思ったら……聞き耳を立てていたなんて、お父さんも人が悪いわ」

「偶然、きこえてきたんだ。俺とはもう旅行に行きたくないって、そうなんだな」

「ええ、そうです。それで結構です」

「なんだと……」

この開き直りは尋常ではない。威一郎が睨みつけると、妻は顔を背けて、

「突っかかるのは、やめてください」

「突っかかってきたのは、おまえのほうだろう」

「ねえ、やめてよ、お父さんもお母さんもおかしいわ、恥ずかしいでしょう」

美佳が仲裁に入るが、熱くなった威一郎の頭はおさまらない。

「いったい、どういう理由で俺との旅行が嫌なんだ。はっきりいってみろ」

「いっていいんですか？」

「当り前だ」

 もはや食事をするどころではない。威一郎は向かいに座っている妻を睨みつけ、妻は威一郎から軽く目を逸らし、あいだにいる美佳は心配そうに二人を見比べている。

「早くいえ」

途端に美佳が母を促す。

「お母さん、この際だからきちんと話したほうがいいわ」

それに勇気を得たように、妻が喋りだす。

「京都の旅行、覚えていますか。あのとき、お父さんはお土産《みやげ》を買っても手を差し伸べてくれなかったでしょう。重くて肩が凝ってしまったのに……」

「重いなら、持って欲しいといえばいいだろう。いわれたら持ったのに、なにもいわないから、わからない。それに俺はカメラ係だといわれたから、土産の袋にまで、気がまわらなかっただけだ」

「カメラだって、ほとんど撮ってくれなかったじゃありませんか。二人で撮りたいからといっても、いいって、あっさり断るし。近くにいる人に頼むのも、全部わたしがして……」

たしかにそんなことがあったが、写真を撮ってもらうことまで、大の男が頼むのもおかしな話である。

「それなら、そういえばいいじゃないか。俺は気がつかなかっただけで……」

「でも、わたしがなにかいうと、すぐ腹を立てるでしょう。旅行に来てまで、喧嘩したくなかったから」

「はっきりいえば、俺だっておまえに合わせることぐらいできる」

「違うわ。あのあと嵐山《あらしやま》を見たかったのに、もう疲れたから宿に帰ろうって……勝手に決めて帰ってしまったでしょう。わたしは慌てて、重い荷物を持って追いかけたけど」

妻は娘を見て、同意を求めているようだが、ここで行司役の娘に妻のほうに廻られては面倒なことになる。

コタロウが落着きなくテーブルのまわりをうろつきだした。

「あの日は、朝から金閣寺《きんかくじ》やいろいろ廻ったろう。あのあと、おまえがもっと廻りたいっていうから〝それなら、俺は宿に帰っているから、おまえだけ行ってくればいい〟とすすめただけだ。覚えているだろう」

「でも……一人で廻ってもつまらないでしょう」

「とにかく、俺は疲れていたんだ」

このあたりで黙るかと思ったが、妻はさらに絡んでくる。

「旅館でも、〝フロ〟〝ネル〟っていうだけで、さっさと自分だけ横になって、マッサージを呼べって。わたしのほうもマッサージをして欲しかったわ」

「それなら、そういえばいいだろう」

「あなたが気持ち良さそうにされているのに、わたしまで頼めますか。あのときつくづく思ったの、これでは一緒に旅行に来た意味がないって、家にいるときと少しも変らないんだもの」

そういわれると、妻の不満もわからぬわけではないが、なにもいまになって蒸し返すこともないだろう。威一郎はさらにビールを飲んで妻を見据える。

「いま頃、文句をいうとは呆れる」

「それはそうですけど、せっかく連れていってくださったのに、その場で文句なんかいえないでしょう」

妻はそこで一息入れて、

「だから、これからはもう、お父さんと二人の旅行はご遠慮します。美佳が一緒なら行ってもいいですけど……」

「いや、俺のほうもいい。二度と誘わない」

売り言葉に買い言葉でいい返すと、妻は少しいい過ぎたと思ったのか、

「なにも、そんなに意地を張らなくてもいいでしょう。わたしは、旅行の話をもちかけられたから、断る理由を話しただけで……」

「だから俺も、わかった、といったろう」

「ねえねえ、ちょっと……」

呆れたのか、それまで黙ってきいていた美佳が身をのりだす。

「お父さん、そんなにむきにならないで。お母さんも少しいい過ぎよ」

たしかにそうかもしれないが、娘のいうまま、ここで納まるのも釈然としない。

「おまえは、夫婦のことに首を突っ込むな」

思わず強くいうと、妻が、「美佳、いいのよ」と娘を宥《なだ》めるようにいう。

なにがいいのか、わからずにいると、突然娘が立ち上がる。

「ちょっと、二人ともいい加減にして」

さらに両手でテーブルを叩いて、

「お父さんも、お母さんも、どうしたの、二人とも、ちゃんときいて、わたしが家に帰ると、お父さんもお母さんも必ず別々でしょう、たまに一緒にいても、ほとん

ど会話がないし……わたしが戻って食事が始まると、わたしばかりが話の中心になって、正直疲れるのよ」

たしかにそのとおりかもしれないが、ここで娘に偉そうに説教されるのも面白くない。

「おまえは、近頃めったに家で晩飯はとらないくせに」

「それは、家に戻ってくるのが憂鬱だからよ。気づかなかったの？　こんな暗い雰囲気のところなんか、誰でも帰りたくないもの」

娘の分際で、そこまでいうのはいい過ぎではないか。

「なにもおまえに気遣ってもらう必要はない、家に帰りたくないのなら、帰ってこなくてもいい」

「あなた……」

妻が割って入ったが、手遅れなようである。美佳は突然、胸を張って、

「わかったわ、もうどうなっても、わたしは知らないから」

そのまま、身をひるがえしてダイニングを出ていく。

「美佳、待ちなさい」

妻が呼び止めるが、美佳の姿はドアの先に消え、食卓には二人だけになる。

「あなた、あそこまでいわなくても……あの子も心配しているのですから」

そんなこといわれても、そのときはそのときで、いわざるをえなかった。

「悪かった」と思わぬでもないが、このまま食事をする気にもなれない。

威一郎はそっと立ち上がり、少し頭を冷やすために自分の部屋に引きあげる。


机の上のグラスに、飲みかけのウーロン茶が残っている。

先程、夕食に行く前に一人で飲んでいたものである。そのグラスに残っているすべてを飲み、少し遅れて行けば、妻と娘のひそひそ話を聞くこともなく、それがきっかけで大喧嘩になることもなかったかもしれない。

威一郎は溜息をつくが、しかし聞かなければよかった、というわけでもない。妻があれだけ不満を抱いていたのなら、いつか表に出ることは時間の問題であった。

それなら、いっそ今夜はっきり知ってよかった、といえなくもない。

しかしそれにしても、妻があれほど不満を抱いていたとは驚きである。退職したのを機に、こちらが京都へ誘ってたっぷり楽しませたと思っていたのに、不満だらけの旅だといわれては、こちらの立場がない。

先程いわれて、たしかに妻の不満はわかったが、それならそれで、どうして欲しいかはっきりいうべきである。なにもいわずにただ、「大変だった、辛かった」といわれても改めようがない。

それに、それらは妻だけの勝手な思い込みである。女の視点からの一方的な不満で、それを男も同じように感じ取れ、というのは無理だし、我儘《わがまま》でもある。

一人でうなずき、残っているウーロン茶を飲み干すと、以前、同じような文句をいわれたことを思い出す。

あれも退職した直後で、妻を映画に誘ったときだった。

「久しぶりに映画にでも行ってみないか。いまはシニア料金ってのがあるらしい」

威一郎は六十歳をこえているが、四つ下の妻はまだ六十歳に達していなかった。しかし一緒に行けば、二人とも千円で観られるはずである。

当然、喜ぶと思ったが、妻はあっさり、「気がすすまないわ」とつぶやいた。

呆れて理由をきくと、「お父さん、ときどき、所かまわず大きな嚔《くしゃみ》をするでしょう」といいだした。「だからどうなんだ」ときくと、「この前、明子《あきこ》さんと芝居を観にいったとき、前の席が、ちょうどわたしたちくらいの年齢のご夫婦だったの、そうしたら、舞台で女優さんが涙を流しているクライマックスのところで、前にいた男性が大きな嚔をしたの」

そのときも、やはり美佳が横にいて、声を立てて笑いだした。

妻はさらに、「そのまま芝居は続いていたけど、わたしたちは一気にしらけて、せっかくの芝居見物が台無しになってしまったわ」と続けてから、「だから、わたしたちの世代の亭主は連れてこられないわねと、うなずきあったわ」という。

そのとき美佳は「それって、ＫＹよね」といって笑ったが、妻は「お父さんの世代って、そういう細やかな心遣いができないのよ」と決めつけた。

もちろん、「俺は、そんな馬鹿げたことはしない」と突っぱねたが、「気がつかないかもしれないけど、お父さん、いつも大きな嘘をしているわよ」といい、それに美佳まで賛成した。

先程のことも、それと同じというわけではないが、似ていなくもない。

とにかくいまさら、こんなことが問題になるところをみると、この三十五年間、俺たち夫婦はなにをしてきたのか。

長年連れ添って、もっとも信頼し合っていると思っていたのに、これではお互い、まったく理解し合っていなかったことになる。

そんな馬鹿なことが、と思うが、実際、それで今夜のように、美佳まで巻き込んで大騒ぎになったのだから、理解し合っていなかったことはたしかかもしれない。

それにしても、なぜこんなことがいまになって一気に出てくるのか。呆れながら、どうしたらいいのか、解決法が見当らないのが、威一郎には辛くて苛立たしい。

第七章　空　転

日曜日だというのに朝早くからチャイムが鳴り、玄関のあたりが騒がしい。

威一郎は自分の部屋で日曜日の朝恒例の政治討論番組を見ていたが、誰か客でも来ているのか。

そのうち、野太い男の声がしたので腰を浮かせ、部屋から出てみると、いきなり玄関から冷たい風が吹き込んでくる。

ドアが開けられたままだが、どうしたのか。

慌てて閉めようとすると、「あっ、ちょっとすみません」と、後ろから男の声がする。

振り返ると、見知らぬ男が二人で、ともに野球帽をかぶり、つなぎの制服のような服を着て、前と後ろに分かれてベッドを抱えている。

そのまま、玄関からベッドが運び出されていくのを見送ってから、威一郎は「なんだ……」とつぶやく。

間違いなく、いま運び出されていったのは美佳のベッドである。さらによく見ると、通路の先の美佳の部屋はドアが開け放たれ、まわりに段ボールの箱が二、三個置かれている。

「なんてことを、はじめたんだ」

わけがわからぬままリビングルームに行くと、妻が整理箱に衣類を詰め込んでいる。

どうやら、娘が家を出ていくようである。

「おまえ、美佳の引越しを知っていたのか」

妻の後ろ姿にきくと、洋子はいったん「ええ……」と答えたが、そのまま梱包《こんぽう》の手を休めず、威一郎のほうを振り向こうとさえしない。

「俺は、反対だといったはずだろう」

思わず声を荒らげると、妻は、「しいっ」と口に指を当て、「作業の人たちにきこえますよ」という。

引越し屋にきかれたところで一向にかまわない。それより何故突然、俺の許可も得ずに引越しを始めたのか。

「どうして止めなかったのだ。俺は駄目だといったろう」

「止めましたよ」

途端に、妻の冷たい声が返ってくる。

「それで、どうしたんだ」

「でも、出ていきたいって……」

家を出たいということは、この前もいっていたが、まず父親である自分が知らないあいだに決められていたことに腹が立つ。

「勝手な奴だ」

「あの子も頑固ですから、いったん決めたら、ききませんよ」

頑固だといいながら、妻があっさり認めているところも気にいらない。

「美佳は何処だ」

まわりを見廻すと、妻が「部屋だと思いますけど……」と、気のない返事をする。

とにかく、このままでは父親の面子《メンツ》が立たない。

早速、娘の部屋に行ってみると、荷物が運び出されて広くなった部屋の片隅で、美佳が絵を梱包しているようである。

これまで娘の部屋にきちんと入ったことはなかったが、男女が抱擁している絵で、クリムトという画家のリトグラフのようである。

娘はそれを薄い布で覆いながら、鬱陶しそうにこちらを見る。

その眼に、威一郎は思わずきいてみる。

「おまえ、一人で暮らすんだろうな」

どうしてそんな質問をしたのか、自分でもわからないが、それに娘があっさりと答える。

「当り前じゃない」

これでは勢い込んで娘の部屋まできた意味がないが、ともかくうなずいてみせる。

「それならいいが……」

二十六歳にもなった娘に、恋人がいたとしてもおかしくはないが、ともかく男のために家を出ていくわけではなさそうである。

そこだけ確かめて振り返ると、入口に妻の洋子が立っている。

勢いよく娘の部屋にのり込んでいったので、喧嘩になるのではと、心配になってきたのかもしれない。

威一郎はそのまま妻とは目を合わせず、自分の部屋に引き返す。

そこで一人になって小さく呻《うめ》き、椅子に座って腕を組む。

たしかに娘の部屋に行ったときは、自分に黙って、勝手に家出する娘を叱りつけるつもりであった。だが、いざ目を合わせてみると、なにもいえなかった。

あれは何故なのか。ここまで引越しがすすんでは、もはや止めようがないと思ったからか。それとも、反対しても娘の気持ちは止められないと覚《さと》ったからか。

理由はともかく、娘にきっぱり反対できなかった自分が、父親としての威厳をいちじるしく損ねたような気がして落着かない。

そのまま、机の上にあった新聞を手にとり、ぼんやり眺めていると、妻と娘が一緒に書斎に入ってくる。

なにごとなのか。ききもせず、なお新聞を読んでいるポーズをとり続けていると、娘がいきなり頭を下げる。

「勝手なことをして、ごめんなさい」

やはり、自分が悪かったと思っているようである。それに気づいて、謝りにきたところは殊勝だが、ここですぐ甘い顔をするわけにはいかない。

威一郎は少し間をおいて、いってやる。

「いいか、どんな理由かわからんが、父さんは認めたわけではない。だから、その覚悟で出ていきなさい」

瞬間、妻が「お父さん……」とつぶやく。

せっかく謝っているのに、なにも偉そうに説教することはないでしょう、といいたいのかもしれない。

「うん……」

ともかくうなずくと、娘はくるりと背を向けて部屋から出ていく。

それを見送ってから、妻がいう。

「わたし、これから美佳と一緒に新しく借りた部屋まで行ってきますから」

「なにっ……」

威一郎は慌てて、持っていた新聞を机の上に置く。

「だって、荷物の整理を手伝ってやらないといけないでしょう」

二人でそんな約束をしていたとは、知らなかった。

「勝手に出ていくのに、なにもわざわざ手伝ってやることはないだろう」

「でも、美佳も明日から仕事ですし、一人で片付けは大変でしょうから」

いわれてみると当然だが、威一郎としてはまだ釈然としない。

「あいつ、いつから家を出ることにしていたのだ」

「大分前かららしいけど、大晦日の夜に〝部屋を借りる〟といっていたでしょう」

「俺は許可していない」

「でも、お父さんと喧嘩したときに、家に帰りたくないのなら帰ってこなくてもいい、っていったじゃない。それからいろいろ探したようで……」

たしかにそんなことがあったが、あれだけですぐ部屋を探していたとは、手早いというか勝手すぎる。

「場所は何処なんだ」

「会社の近くの八丁堀《はっちょうぼり》のあたりです。1LDKで小綺麗《こぎれい》なマンションだわ」

「おまえも、見てきたのか」

「見ておかなければ、心配でしょう」

そんなことまで済ませていたとは、さすが娘と母親というべきか。とにかく、自分一人だけ無視されていたことが面白くない。

「家賃はいくらだ、どうするんだ」

「もちろん、あの娘《こ》が払うでしょう」

「金を出せといわれても、ないからな」

こういうときこそ、いまは自分が退職して収入がないことを強調したくなる。

「大丈夫ですよ、あの娘も今度、チーフになったようですから」

「何処のだ？」

「もちろん会社です。小さな部署だから。おかげで仕事が忙しくて大変なようですから、会社の近くに住むのもいいんじゃないですか」

「おまえは、賛成なんだな」

「とにかく、あの娘が望んでいることですから、いいじゃありませんか」

そこで妻は、「じゃあ」というようにうなずき、部屋を出ていく。

どうやら、娘と妻は以前から相談して話をすすめていたようである。それなら俺にもいえばいいのに、一人だけ外されていたのが口惜しい。

「勝手にしろ」

思わずつぶやくが、二人が出ていった部屋はなにごともなかったように静まり返っている。

娘の美佳が家を出たからといって、とくに大きな変化はない。

それは当然で、娘が家にいたとしても、朝早く出て夜遅く帰ってきて眠るだけである。むろん朝は化粧をして服装を整え、夜は夕飯を食べて風呂に入ったり、いろいろやることがあるのだろうが、父親の威一郎の目に触れることはほとんどない。せいぜい、土曜か日曜に顔を合わせるくらいだが、それも軽く挨拶を交わすだけである。

表面的にはなんの変りもないが、それでも娘が家に一緒にいるのと、いないのとでは気持ちのうえでずいぶん違う。

まず、娘が家にいると思うだけで、なにか賑やかな感じになるし、ときに顔を合わせるだけでも華やかな気分になる。

その点では、妻のほうが強く感じているのかもしれないが、それとは別に、なにやら妻との関係が不安である。

それというのも、いままでなら妻となにかトラブルが生じても、娘が仲介役をかってでて、うまく取り成してくれた。

だがこれから、二人のあいだで喧嘩が起きたらどうなるのか。宥《なだ》め役というか仲介役がいなくては、ともにエキサイトして険悪になるばかりである。

もちろん、年齢が年齢だけに、派手な喧嘩をするところまではいかないが、一方が黙り込んだら、暗い気分のまま一軒の家に居続けることになりかねない。

とくに最近は、妻も気が強くなってずけずけいいだすから、いつ大喧嘩になるかわからない。

そんなとき、娘がいてくれたら安心である。たとえ妻のほうに味方することが多くても、誰か、取り成し役がいると思うだけでずいぶん気が休まる。

いったい、これからどうなるのか。考えると不安だが、といっていまさら案じたところでどうなるわけでもない。仲を取りもつ娘がいない以上、これからは極力、妻と喧嘩をしないよう気をつけなければならない。

そのためにはどうするか。そこで威一郎はしばらく考えてうなずく。

「妻に優しくしてやる」

いままでのように亭主面《づら》して威張らず、ときどき家事を手伝ってやる。それは娘にもいわれていたことだが、それから始めてみようか。

しかしだからといって、すぐ思いつかない。優しくといっても、これまでも優しくしてきたはずである。たしかに仕事に追われていたが、毎月、安定した給料を渡して、妻になんの不安も与えなかったこと自体、最大の優しさである。

しかし、いまさらそんなことをいっても仕方がない。娘はなにか、妻の手助けになることをやれ、ということのようだったから、なにか手伝おうか。

そこでしばらく考えて、威一郎は大きくうなずく。

「そうだ、散らし寿司をつくってやろう」

昔、学生の頃、神田《かんだ》の寿司屋でアルバイトをしたことがある。あの頃のことを思い出せば、いまでもそれなりの寿司をつくることはできるはずである。

妻はよく「三度の食事をつくるのが大変なのよ」といっていたから、寿司をつくってやったら喜ぶに違いない。

「決めた……」

威一郎はひそかにつぶやき、一人で納得する。

翌日、朝食のあと、威一郎はきっぱりと妻に宣言する。

「今夜は、俺が寿司をつくってやるからな」

瞬間、洋子は目を大きく開いて疑わしそうにきく。

「急に、どうしたの？」

「いや……」

威一郎は軽く照れ笑いをしてから、いってやる。

「こう見えても、学生時代に神田の寿司屋でバイトをしたことがあるんだ。これからはときどき俺がつくってやるから、おまえは楽にしてろ」

「まあ、今夜は台風でも来るのかしら」

洋子は憎まれ口を叩くが、顔は嬉しそうである。

たしかにこれまで三十五年間、食事はすべて妻に任せっ放しで、威一郎がつくったことは一度もなかった。

それが、自らつくるといいだしたのだから、妻が驚くのも無理はない。

「午後から、スーパーへ買出しに行くから従《つ》いてきてくれ」

「はいはい」

大袈裟《おおげさ》にうなずくが、妻は悪い気はしていないようである。

午後三時、威一郎は妻と連れ立って駅前のスーパーに出かける。買うのはたいした量ではないが、重いと大変なので、一応、車で行くことにする。

威一郎が運転すると、妻が入れたらしいザ・ローリング・ストーンズの曲が流れてきて、洋子は懐かしそうに口ずさむ。

その歌声をきくだけで、これまで妻とのあいだにわだかまっていたものが、ゆっくりと解けていくようである。

威一郎はスーパーの駐車場に車を停め、妻と並んでスーパーに入る。

こんなことは何年ぶりか。いや、何十年ぶりのような気がするが、妻は素早くカートに籠をのせ、威一郎のあとを従《と》いてくる。まだ夕方前だが、スーパーの店内は結構混んでいる。やはり主婦が多いようだが、威一郎と同じ年配の男性の姿もちらほら見えて、安心する。

妻はショーケースを眺めながらゆっくり歩き、野菜売り場のところにくると、次々と籠のなかへ入れていく。

それらを見ると、今夜つかう予定でないものまで入っている。

「これはいらない」

威一郎が取り出そうとすると、「必要だから買っているのに、文句をいわないで」と手をはねのける。

「でも、もったいないだろう。いつも無駄づかいするな、といっているのはおまえのほうだろう」

「食べものくらいは、わたしの自由に買わせてください」

「なにも、そんなに目くじら立てることはないだろう」

「じゃあ、黙っててください」

妻はうんざりしたように顔をそむけると、「もういいのなら、レジに行きますよ」と、自分からレジのほうへ歩きだす。

「まったく……」

いまや、スーパーの買物さえ楽しくやれなくなったようである。いささか呆れて駐車場に戻り、運転席に座ると、来るときと違って、妻は買物袋を持ったまま後ろの座席に座る。

あなたとは並んで座りたくないわ、とでもいいたいのか。

勝手な奴だと思いながら、威一郎はアクセルを踏む。


家に戻ってコタロウの散歩をすませ、一休みして四時を過ぎたところでキッチンへ行ってみる。

これから準備をすれば、六時には充分、食事ができるはずである。

まず米を研《と》がねばと思って、米櫃《こめびつ》の場所を探す。

想像していたとおり流しの下にあったので、ボウルを用意し、ボタンを押そうとするが、どれを押せばいいのかわからない。

そこで妻を呼ぼうと思うが、先程から誰かと電話をしているようである。

甲高い声で笑ったかと思うと、また延々と話しだす。

「まったく……」

なにか、話しかけようとすると、決まって電話をかけている。それもこちらの気持ちを知ってか知らずか、いつまでも話して切る気配がない。

「せっかく俺が寿司をつくってやるといっているのに、少しは気をつかったらどうだ」

思わず叫びたくなるが、辛うじてこらえて、二合のボタンを押す。

途端に、ざあっという音とともに米が出てくるが、これで何人分の量になるのか見当もつかない。

しかしこの際、分量はどうでもかまわない。

そこで米櫃から出した米をボウルに移し、水を注いで研ぎはじめる。

シャツをまくりあげ、右手でざくざくと研ぎ続けるが、妻は相変らず電話をしている。

「いったい、いつまで話せば気がすむのだ」

もう話し始めてから、三十分近く経っている。

「いい加減にやめろ」と怒鳴りつけたいが、ここで叫ぶと、せっかくの夜が台無しになる。

ともかく、いまは黙って寿司をつくるよりない。そう思い直して米をざるに上げる。

たしかに学生時代に一年間、寿司屋でアルバイトをしたが、威一郎が任されていたことは、ほとんどが近所への出前か桶《おけ》洗いであった。実際に散らし寿司をつくったことはなく、洗い場から職人たちがやるのを見ていただけである。

他に本格的に料理をつくったこともないから、はたして寿司をつくれるかどうか、正直いって自信がない。

しかし妻にできるといった以上、今夜はなんとしてもつくって見せなければならない。

そこで朝方、威一郎はインターネットで散らし寿司のレシピを検索してみた。

それによると、意外に沢山のレシピが出ていて、必要な材料とその手順が細かく記載されていた。

それをひとまず読んで安堵し、記載されていたページを印刷して、こっそりズボンのポケットにしまい込んである。

おかげでつくり方は大体わかるが、問題はつくるのに必要な道具である。まず寿司桶が欲しいが、キッチンの戸棚や流しの下の収納庫を開けてみても見つからない。

やはり洋子にきくよりない。そう思ってリビングルームのほうを見るが、妻はなお受話器のコードを玩《もてあそ》びながら、満面に笑みを浮かべて話し込んでいる。

「まったく……」

すぐ横までいって舌打ちすると、妻はようやく気づいたようである。

通話口を片手で塞いで、威一郎のほうに向き直り「なんですか」と睨みつける。

その目つきの鋭さにいささか気《け》おされて、低い声で、「いや、寿司桶は何処だ」ときく。

「納戸の右の棚よ」

妻は素早くいうと背を向けて、また話し始める。

せっかく寿司をつくってやるというのに、この態度は許せない。

「誰からなんだ」

思わず声を荒らげると、妻は慌てて通話口を手で覆い、「いまちょっと、あれなので、またかけるわね」といって、ようやく電話を切る。

その、うんざりしたような顔の妻にいってやる。

「いったい、いつまで電話をしているんだ」

「高岸《たかぎし》さんですよ、久しぶりだったから……」

「長電話もいい加減にしろ、三十分以上も話してたぞ」

「だって、今夜のお夕食の支度は、あなたがするのでしょう」

「だからといって、おまえが延々と無駄話をすることはないだろう。だいたい、おまえが毎日つくるのが大変だというから、つくってやるんだ」

途端に洋子は背を向け、「寿司桶を出すんですね」といって納戸へ向かう。

そのあとを従いていくと、洋子は戸棚の右端から寿司桶を出して、流しに持っていき、「洗ってからつかってください」と、突き放したようにいう。

仕方なく一人でさやえんどうの筋を取ったり、胡瓜《きゅうり》の皮を剝《む》くが、包丁の使いかたが慣れていないせいか、思った以上に手間がかかる。

また干瓢《かんぴょう》や干椎茸《ほししいたけ》を水で戻す時間も、レシピには記されていなかったが、実際にやってみると意外に時間がかかる。おまけに錦糸卵《きんしたまご》をつくるためフライパンに卵を流し入れる分量がわからず、オムレツのようになってしまう。

さらに鍋をガスコンロにかけて、だしをとろうとするが、そのだしパックを入れる頃合いがわからない。

そのうち、鍋の湯がぐらぐらと沸騰してきて焦りだす。

再び呼んでみるが返事がない。

「おうい」

そこでさらに大声で、「おうい、洋子」と呼ぶと、妻の部屋のほうで返事がして、ようやくキッチンに現れる。

「鰹《かつお》のだしパックはいつ頃、鍋に入れればいいんだ?」

「もう、大丈夫ですよ」

洋子は威一郎の手にあったパックを沸騰している鍋のなかへひょいと入れると、ボウルに入っている胡瓜を見ながら、「これ、もう絞っていいわ」と指示する。

瞬間、ジュッと音がして、ガスコンロを見ると鍋から溢れ出しただし汁がガスの火にかかる。

「早く消さなくちゃ、もう……」

洋子は溜息をついて、「あら、ご飯まだ炊いてないのですか」ときく。

「寿司の飯は固めがいいから、米を研いでから一時間くらい、ざるに上げておくんだ」

「でも、ご飯が炊けてから桶に移して、合わせ酢を混ぜながら冷ますでしょう。これじゃあ、食べるまでにはまだまだかかりそうね」

「これでも、手順は踏んでいるんだ」

威一郎は負けずにいい返して、ざるのなかの米を炊飯器に移す。

だが炊飯器の液晶パネルには「やわらかめ」「かため」「ふっくら」などと記されていて、どれを押していいかわからない。

「おうい」

再び呼ぶと、妻が駆け寄ってきて、「はいはい」と面倒くさそうにいってスイッチを押す。

瞬間、ピッと炊飯器の始動の音がきこえてきて、威一郎が安堵すると、妻が命令する。

「あなた、突っ立っていないで、ほら、余っただし汁で干瓢や椎茸を煮ないと……」

「ああ、わかってる」

洋子に命令されると、どうしても腹が立つ。

だが妻は、「なんにもわかっていないくせに」といいたげな表情でさらに命令する。

「これじゃあ、時間がかかりそうだから、今夜は散らし寿司はやめて、簡単にセルフサービスで、手巻き寿司にしたらどうですか」

「いや、大丈夫だ。それより紅生姜《べにしょうが》を取ってくれ」

いまさら、なにをいいだすのか。

洋子は「ふん」というように冷蔵庫を開けて紅生姜のタッパーを取り出すが、さらになかかを覗き込んで、

「あらいやだ、あなた、海老《えび》の背わたも、まだ取ってないじゃない」

「馬鹿っ……そんなに沢山のことを一度にできるわけがないだろう。気になるのなら、おまえも手伝えよ」

洋子は不貞腐《ふてくさ》れたように無言のまま、海老の殻を剝き始める。

結局、その夜、威一郎がつくった寿司を食べ始めたのは、八時を少し過ぎていた。

これでは料理が仕上がるまで、四時間近くかかったことになる。

それでも、食べ始めると一瞬の間に終るのに、つくるまでの労力のなんと大変なことか。

そのことに呆れながら威一郎は寿司をつまむが、洋子は相変らず浮かない顔で食

べている。

「どうだ、俺にも料理ができることがわかったろう」

お世辞にでも「美味《おい》しい」といってくれるかと思ったら、返事はまったく別だった。

「ええ、でももうお料理は結構ですから」

どういう意味なのか、威一郎がきき返そうとすると、妻がキッチンのほうへ顔を向ける。

「あなたは料理をつくってやった、と思っているかもしれませんが、あれを見てください」

いわれるままに振り返ると、流しには鍋やすり鉢が重なり合い、俎板《まないた》には野菜の残りが雑然と散らばっている。

妻としては、自分の領域をかき乱されたような気がしているのかもしれない。

「それに、お父さんのズボン、濡れちゃってますよ」

いわれて目を落とすと、ズボンの前が水しぶきを浴びて汚れている。威一郎は慌ててハンカチで拭きながらいってやる。

「慣れないことをやったんだから、これくらい仕方がないだろう」

「たしかに、その気持ちは有難いわ。でもただの自己満足ですよ……」

なんということをいうのか。威一郎が呆れていると、妻はたたみかけるようにいう。

「塩はどこだ、酢はどれだ、団扇《うちわ》で扇《あお》げだのと、わたしはずっと、あなたの側についていなくてはならないじゃないですか。あれでは、普段ひとりでお料理をつくっているほうがずっと楽だわ」

妻はそこでまた流しのほうを見て、

「それに、あの後始末も、結局、わたしの役目になるのですから……」

ようやく文句が終ったかと思ったら、さらにぽつりという。

「朝、喜んだ分だけ、損した気分だわ」

そこまでいわれては、威一郎としても立場がない。

「もういい、俺が全部、片付ければいいんだろう」

「だから、もう結構ですって、一人のほうが早く終りますから、あなたはいつものとおり、お部屋で寛《くつろ》いでいてください」

妻はそこで立ち上がると、目の前の皿を次々とお盆の上にのせていく。

これでは、四時間かけて寿司をつくった甲斐がない。

それにしても、これだけ妻が冷やかなのは、単に妻の手をわずらわせたというだけでなく、俺のやること自体が不快で気に入らないからではないのか。

「おまえにとって、俺はそんなに厄介者なのか」

思わず声を荒らげたが、妻は聞こえないように、無言のままキッチンで散らかったボウルや食器を洗っているようである。

その手がごしごしと動く度に、なにやらシンバルでも鳴りだしたように、流し台と触れ合う音がこちらまで聞こえてきて、威一郎は次第に不気味な気持ちにとらわれる。

第八章　出　奔

これまでは仕事ばかりで、妻になにもしてやることができなかった。定年になり暇になっても漫然と家で過すだけで、家事を手伝うこともほとんどなかった。

そんな状態が二年続き、苛々が高じてきた妻を少し慰めてやろう。これでも寿司ぐらいはつくれるところを見せて、妻を安心させてやろう。

そんな気持ちから散らし寿司をつくり始めたのだが、こんな騒ぎになるとは。

いや、これは騒ぎなどという生易《なまやさ》しいものではない。互いの見方や考え方の違いをこえて、明らかに喧嘩であり、戦いである。

それはいまキッチンで狂ったように食器を洗っている、妻の手の動きの荒さや、必死に気持ちを抑えて硬張《こわば》っている横顔を見ただけで明確である。

こんな妻に、いったいなんといって落着かせたらいいのか。ここはひとまず慰め宥《なだ》めるべきなのか、それともはっきり頭を下げて謝るべきなのか。

しかし、格別、自分が悪いことをしたわけではない。ただ流しに洗い物がたまっていただけのことで怒りだした妻に、謝る必要があるのか。

それでも謝れというのなら謝るが、そこまでしては、妻をつけあがらせるだけである。

「とにかく……」とつぶやいたとき、妻が背を向けたままいう。

「あなたは、わたしのことが気になって、仕方がないのでしょう」

どういうことなのか、一瞬わからず突っ立っていると、さらに妻が続ける。

「今日の電話だってそうよ。わたし四六時中、あなたに見張られているようで気が休まらないわ」

たしかに妻の電話を咎めたが、それはあまりに長過ぎるからである。普通、十分も話せば終るかと思うが、三十分か、いや、それ以上話し続けていた。それに文句をいったからといって、どこが悪いのか。

逆にいい返してやろうと思った瞬間、妻がこちらを向く。

「もう退職したのですから、あなたには新しい人生がスタートしているのよ」

「そんなこと、いわれなくてもわかっている」

「いいえ……」

妻がきっぱりと、首を左右に振る。

「あなたは口先だけで、本当はちっともわかっていません」

そこまでいいきるとは、威一郎が呆れて目を瞠《みは》ると、妻は平然と続ける。

「たしかに会社にいた頃、あなたは管理職で、部下の人たちを顎でつかっていたのかもしれません。でも、わたしはあなたの部下ではありません。だから家のなかでまで、唯我独尊《ゆいがどくそん》のような振る舞いをされては、たまりません」

「唯我独尊……」

突然、大袈裟な言葉がでてきて、威一郎は面食らう。

「そんな、難しい言葉をつかうな」

「話をすり替えないでください。これ以上、無駄な喧嘩はしたくないのです。だから何度も頼んでいるように、もう一度、働いてみたらどうですか」

またその話かと、威一郎は顔をそむけてソファーに座る。

仕事をしたいと思う気持ちは誰よりもある。しかし適当な仕事がないのである。

それを知っているくせに、ずけずけという、その無神経さが腹立たしい。

いっそ、「うるさい」と怒鳴りつけてやりたいが、それをいっては決裂するだけである。威一郎は高ぶる気持ちを抑えて皮肉っぽくいってやる。

「そういって……おまえはただ、俺が家に居て欲しくないんだろう」

これで一歩退くかと思ったが、妻はむしろ胸を張るようにいい返す。

「わたしも、あなたと二人の生活をなんとか受け入れようと努力してきました。だから犬の散歩を頼んだり、一緒にスーパーへ行ったり……あなたが退職してから、なるべく家に居るようにしています。お友達からのお誘いだって、できるだけ断るようにして。さっき高岸さんにも電話で近頃、付き合いが悪いわねっていわれたわ」

「そんなに出かけたければ、勝手に出かけていけばいいだろう」

「そんなわけにいかないでしょう。帰ってきたら、何処へ行ってたんだ、何時だと思っているんだって問い詰められるし、あなたが家にいると思うと外出しても気が急《せ》いて、気晴らしになんかなりません」

妻がこんなに堂々と文句をいうのは珍しい。いつの間に、こんなしたたかさを身につけたのか。半ば呆れ、半ば感心していると、妻の声が急に穏やかになる。

「でもね、ようやくわたし気がついたの。無理だって……」

なにごとかと顔を上げると、妻が一人でうなずく。

「だってそうでしょう。この年齢《とし》になってから、三十五年間の結婚生活を百八十度変えることなんか無理だわ。そんなことできないって、ようやく気がついたの」

妻はさらに自分自身に納得させるようにいう。

「退職してから、そろそろ二年ですよ。あなたも、近頃は図書館や本屋めぐりも飽きたっていっていたでしょう。わたしだって戻れるものなら元の生活に戻りたいわ。それだけじゃない、まだ、わたしたち年金生活者になるにはもったいないくらい体力もあるのだし……切り詰めた生活じゃなくて、わたし、これまでどおりの生活がしたいの」

だからなんだというのか。よくわからないが、いまさら、夫婦で延々と語り合うことでもなさそうである。

「もういい、わかった」

「いいえ」

突然、妻が遮るようにいう。

「そういって、あなたは風向きが悪くなると逃げだすでしょう。もう少し歩み寄る姿勢を見せたらどうですか」

今日の妻は異様にしつこい。思いきりうんざりという顔をして見せるが、妻はさらにからんでくる。

「お仕事だって、本気でやる気があるなら、なにかあるはずでしょう」

「俺だってずいぶん探した。でも、ないことぐらい、おまえだってわかってるだろう」

「職種にこだわらなければ、あるはずよ」

「じゃあ、おまえは俺が近所のスーパーの駐車場で、青い制服を着て車の誘導係をやってもかまわないんだな」

「ええ、わたしはちっとも構いません。もしわたしなら、この際、世間体やプライドよりも、働くことを優先して考えるわ」

「おい……」

威一郎は思わず叫ぶ。

「いまの生活でも、こうしてやっていけるじゃないか。俺は当分、働く気はない。そんなことをするくらいなら、死んだほうがましだ」

ただでさえ毎日気をつかって、こちらが我慢しているのに、これ以上、妻の舌先にまるめこまれて、いいなりになぞなれない。

思いきり威一郎は舌打ちをして新聞を取り上げ、もう妻の顔など見たくないというように新聞を広げる。

そのまま不気味な沈黙が続くものと威一郎が思った瞬間、妻が冷やかに、「そうですか……」とつぶやく。

「では、あなたはいまのままの生活で、いいというんですね」

そんなことに答える必要はない。そのまま黙り込んでいると、妻がきっぱりという。

「わたしはもうこれ以上、喧嘩ばかりするのは嫌ですから、家を出ます」

「なにっ……」

思わず新聞から目を離すと、妻はベランダのほうへ目を向けていう。

「もう我慢の限界。このままでは、わたしだって死んだほうがましです。美佳のアパートに行ってしばらく考えてみます」

「なにをいうんだ。美佳のところに行って、なにを考えるんだ」

威一郎の声を振り切るように妻は部屋を出ていく。

「おい、洋子、おい……」

慌てて立ち上がるが、妻はそのまま自分の部屋に入ったようである。

「勝手にしろ……」

思わずつぶやくと、コタロウがたしなめるように、小さく「ワン」と吠える。

洋子の苛立ちの最大の原因は、未だに夫である自分の就職が決まらないことにあるようである。

仕事もせず、毎日、家でぶらぶらして、朝、昼、晩と三度食べ、さらに妻の一挙手一投足を監視している。こちらはなにも監視する気なぞないのに、妻にはそう思えて苛々が高じていたところに、今日の寿司づくりで喧嘩になり、爆発したようである。

正直いって、こんなことになるとは思ってもいなかったが、考えてみるとこれも当然の成り行きだったのかもしれない。

要するに、起きるべくして起きた結果かと思うが、これに似たことは、「主人在宅ストレス症候群」の記事のなかにも書かれていた。

「夫婦のあいだのつまらぬいい争いから、大きな喧嘩になり、夫婦別居になることも多い」と記されていたが、それがいま、現実に自分たちのあいだでも起きたようである。

その対処法として、「しばらく離れて冷却期間をおくこと」と書かれていたから、この際少し離れて暮らすことも、悪くはないのかもしれない。

威一郎は一人でうなずくが、しかしそれが現実となると、さし当り困るのは自分のほうである。まず朝、昼、晩の食事はどうするのか。そして部屋の掃除や洗濯は、さらにちょっとお茶やコーヒーを飲みたくなっても、すべて自分でやらなくてはならない。いや、それ以上に問題なのはコタロウである。散歩はもちろん、食事もみな用意してやらなければならない。

それらすべてを、毎日一人でやれるのか。

やはり、ここはなんとしても妻をおしとどめなければ、と思うが、ここまできて、いまさら弱味は見せたくない。この期におよんで頭を下げるのでは、生涯、頭を下げたまま二度と文句をいえなくなりそうである。

いまはいかに辛くても、平然として見過すべきである。

ところで、洋子はどうしているのか。

つい先程、「家を出ます」といって自分の部屋に駆け込んだが、もしかして気でも変ったのか。「出る」とはいっても、いざとなると、やはりそこまでやる決心はつきかねているのか。

まだ部屋に居るはずだから、覗いてみようか。

威一郎が立ち上がり、リビングルームから妻の部屋の前まで行った瞬間、コートを着て、手に大きめのバッグをもった妻が現れる。

「どうしたんだ……」

思わずきくと、洋子はかまわず玄関へ向かう。

「おい、どうするんだ」

「もちろん、出ていきます」

「おまえ、本気か……」

さらにきくが洋子は靴をはき、そこでゆっくりと振り返る。

「美佳のところに行ってきます」

「それで、いつ、帰ってくるんだ」

「わかりません」

「わかりませんだと……」

怒鳴りかけた途端、バタンとドアが閉まる音とともに、妻の姿が消える。

すぐ止めなければと思うが、このまま追いかけていけば、同じ階に住む人たちに出会うかもしれない。そこで、妻といい争う姿など見られてはたまらない。

ここは黙って見逃すよりないか。

しかし口惜しくて、ドアに向かって、「勝手にしろ」と叫ぶと、心配そうに出てきたコタロウが、「ワンワン」と二度吠える。

部屋の壁に掛かっている時計を見ると、すでに夜の十時である。

三時に買物に行き、四時から寿司をつくりだして、食べ始めたのが八時を過ぎていた。そのあと、キッチンが散らかったままになっていることから喧嘩になり、互いにいい争った末、妻が「家を出ます」といいだしたのだから、十時になるのは当然である。

いったい、これからどうするのか。腕組みして考えるが、とくにこれといった案は浮かばない。

そのまま横を見ると、コタロウが心配そうにこちらを見ている。

さすがにあれほどの激しいいい争いをきいて、ただならぬことが起きたことはわかったようである。

威一郎が首を捻《ひね》ると、それに合わせてコタロウも一緒に首を捻る。

それが可愛くて手招きをすると、ひょいとソファーに上がって、威一郎の膝元に座る。

「そうか、おまえも心配なのか」

ゆっくり首元を撫ぜてやると、安心したように目を細める。

「おまえもなぁ……」

改めて考えると、部屋に残ったのは、コタロウと自分だけである。あとは息子も、娘も妻もみな家を出てしまった。

「どうする？」

コタロウにきいても、返事はない。

「じゃあ、寝るか」

ともかく、今夜はコタロウと寄り添って寝るしかなさそうである。


翌朝、目覚めたのは五時だった。

そこでトイレに行き、放尿しながら、昨夜、妻が出ていったことを思い出す。

だが、それ以上考えるのも面倒でそのまま寝て、七時過ぎに携帯電話の音で目が覚める。

いま頃、誰からなのか。画面を見ると「美佳」の名前が表示されている。すぐ通話ボタンを押すと、元気のいい美佳の声が響いてくる。

「おはよう、お父さん、寝てたの？」

「うん、まあな……」

「お母さんは、わたしのところにいるから安心して」

洋子は美佳のところに行くといって出ていったのだから、当然だと思うが、美佳はこちらを安心させるために連絡をくれたようである。

「そうか……」

うなずくと、美佳が素早くきく。

「なにか、困ったことがあったらいってね。わたしがきいてあげるから」

娘が心配してくれるのも悪くはない。

「ありがとう……」

思わず礼をいうと、美佳は少し間をおいて、

「じゃあ、そろそろ会社へ行くから」

「待ってくれ」

威一郎は慌てて携帯を握り締める。

「あのぅ……」

少し迷ってから、思いきっていってみる。

「金が欲しいんだ」

「お金？」

「お母さんに全部預けていたからな、今日からなにか買うのにも困る」

娘は意外だったのか、「そうなんだ……」とつぶやいてから、

「わかったわ、今日夕方、また電話するね」といって、電話が切れる。

その携帯をサイドテーブルの上に置いてから、改めて鞄《かばん》のなかにある財布の中身を調べてみる。

やはり一万円くらいしか入っていないが、これから一人で食事をするとなると心細い。それに新聞代の集金などが来ると、たちまち無くなってしまう。

「あいつが家を出ていくのなら、しっかりお金は持っていなければ……」

威一郎はいまさらのように、自分で自分を戒める。

美佳の電話で、頭ははっきり覚めてきたが、これからどうするか。まだ午前八時だから、夜まで十二時間以上ある。

毎朝、起きるとともに、これからなにをして過そうか、何処に出かけようかと考えたが、妻がいないいまは、このままじっと家にいても文句をいわれることはない。

その意味では、妻の不在も悪くはないが、問題は三度の食事である。今日からは妻がつくってくれないのだから、自分で用意しなければならない。

しかし、改めて一人分をつくるのも大変だから、近くのコンビニにでも行って買ってきたほうがいいかもしれない。

威一郎は朝のワイドショーを見終えてから、心なしか元気のないコタロウを連れて散歩に出る。

いつものように河原を廻り、帰りに駅に近いコンビニに寄り、お握りとざるそばとビールのつまみにハムとソーセージを買う。

これだけあれば、今日一日はしのげそうだが、明日はどうしようか。

考えると憂鬱になるが、とにかく、いまは妻のいない自由を楽しむことにする。

そのまま、昼までテレビを見て過すが、さすがに午後になると退屈になって、渋谷の図書館に行ってみる。

これでは妻がいてもいなくても、変らない。結局、出かけるところは限られていて、妻と無理に会話を交わさなくてすむだけ、楽といえば楽だし、淋しいといえば淋しい。

威一郎は改めて、定年になった自分がなにもすることがなく、出かける先もなく、話す相手もいないことを知る。

「こんなことではいけない。これでは老化していくだけだぞ」

自分にいいきかせるが、といってなにをしたらいいのか、わからない。

とにかく、いまはっきりいえることは、六十歳の定年は早すぎる、ということである。

この年齢で、一気に仕事を奪い取られることは、いきなり終身刑をいい渡されて個室にぶち込まれたようなものである。

まだまだ働けるサラリーマンを一挙にこのような状態に追い込んでいいのか。六十歳という定年が問題なことは、この年齢では、まだまだ躰が弱っていないことである。昔はいざ知らず、いまの六十歳はかなり元気だから、それだけ家に閉じ籠っているのが辛い。

なんとか、この苦境から脱することはできないものか。考えてみるが、すでに定年になった身では無駄である。

虚しい思いのまま部屋に戻り、手にしたのは『老いの過し方』という本である。

一週間前、何気なく書店で買ったのだが、いざ読もうとすると、自分がすっかり老いたような気がして興味が失せてしまった。

だがこんなときにこそ、読んでおいたほうがいいのかもしれない。

ベッドに横たわって読み始めると、「孤独が病いをよぶ」という文字が目にとびこんでくる。

どういうことなのか、改めて読むと、定年になり、仕事も友人も失って孤独感が強くなり、それとともに、退職後、四、五年経ってから病気になるケースが多いとして、高血圧から心臓病、糖尿病、さらにさまざまな癌などが挙げられている。

定年で躰は自由になり、楽になったのだから健康になるかと思うが、病気になるとは不思議である。

さらに読みすすむと、「もう世間に必要とされていない。そして語り合える友人もいない。その孤独感が病気を誘い出すのです」と記されている。

さらに「悶々《もんもん》として楽しめない。その憂鬱な精神状態が、血の巡りを悪くして病気を生みだすのです」という。

「たしかに、そうかもしれない」

威一郎はこの二年の、体力の衰えを実感する。それはどこがどうというより、全身がなにか淀《よど》んだ感じがする。

もしかすると、これが病気になる前兆なのかもしれない。

「いまこそ、もっと運動しなければいかん」

威一郎は突然立ち上がり、両手を左右に広げて爪先立ちをしてみる。

瞬間、よろけて、「いかんぞ」とつぶやく。

大分、躰がなまっている。このままではまずいと再び本を開くと「好きなものを追いかける」という目次がある。

興味が湧いて読みすすめると「新しい仕事でも趣味でも、女性でも、とにかく好きなものを追いかけなさい」と記されている。

「女性かあ……」

威一郎は思わずつぶやく。

そういえば、女性を追いかけることなぞ、もうずいぶん忘れていた。

いや、ずいぶんではない。これでも会社にいた頃は、銀座の「まこと」というクラブによく出入りして、ママとただならぬ関係になっていた。そして会社でも、秘書課の女性たちに人気があり、バレンタインデーには十個以上のチョコレートを貰い、彼女らとともにときどき食事をしたり、飲むこともあった。

当時は会社でも華やかな存在であったはずだが、いまは見る影もない。

「少し、元気を出さなければいかんなあ……」

思わずつぶやいてから、しばらく眠ったようである。

やがて夕方になり、朝方、買っておいたざるそばを食べ、焼酎《しょうちゅう》の水割りを飲み、テレビを見ているときだった。

突然、ドアが開いたような気がして出てみると、美佳が白いコートを着て立っていた。

「どうしたんだ」

「お父さん、生きてるか、心配で見にきたのよ」

「生きてるさ……」

呆れたことをいう奴だと思ったが、暗く沈みこんでいた部屋が、たちまち二百ワットの電灯がついたように明るくなる。

「よかった、元気そうで」

「当り前だろう」

「コタロウ、ちゃんとご飯、食べさせてもらってる?」

美佳は跳びついてきたコタロウの頭を撫ぜながら、ハンドバッグから紙片を取り出す。

「これお母さんからよ。ドッグフードの銘柄ね、これでないと食べないから、買っておいて欲しいって」

なんだ、俺の飯より犬のほうが大事なのか。そういってやりたいが、美佳に文句をいっても仕方がない。

「お母さんは、どうしてる？」

「元気よ、まだお部屋が片付かないから、いろいろ手伝ってくれてるの」

「いつ、戻るんだ」

途端に美佳はゆっくりうなずいて、

「昨日、喧嘩したばかりでしょ、だからまだ戻りたくないみたい。あっ、それで……」

美佳はもう一度バッグを開けて、なかから白い封筒を取り出す。

「これ、お父さんにって」

詫《わ》びの手紙なのか、不思議に思って開くと、なかから一万円札が十枚出てくる。

「なんだ、これ」

「当面の生活費じゃない。お母さん、ああ見えても心配してるのよ」

今朝、電話をよこした美佳に、金がないといったから、こうしてよこしたのか。

その気持ちはわかるが、所詮これも自分が働いたお金である。それをもったいぶって封筒に入れ、娘に持ってこさせるところが生意気というか、小憎らしい。

「じゃあ、安心したから、わたし帰るわ」

「もう、帰るのか」

「だって遠いのよ。それにお母さん待ってるから」

いったい、父と母とどっちが大事なのか、きこうと思っていると、「じゃあお父さん、元気でね。なにかあったら連絡してね」といって、部屋を出ていく。まったく風のように来て、風のように去っていく。その落着きのなさに呆れながら、ともかく手元にお金があることで、威一郎は少し安心する。

妻が出ていってから、威一郎は手帳の日付のところを円で囲んでいく。

それが二日になり、三日になったところで、威一郎は思いきって娘の携帯に電話をする。

「どうしたの、お父さん」

「お母さんはいるか」

もちろん洋子の携帯の番号も知っているが、直接かける気にはなれない。

しばらく間があって、三日ぶりに妻の声が返ってくる。

「なんでしょうか」

その他人事《ひとごと》のようないいかたに腹が立ち、怒鳴りたくなるのを抑えて、いってやる。

「俺の預金通帳はどこにあるんだ」

「突然、どうしたんですか」

さすがに、妻は驚いたようである。

「とにかく、通帳と判こをよこせ」

「急に、どうするんですか」

「いいから、すぐ持ってこい」

途端に、妻の冷めた声が返ってくる。

「わかりました。明日、戻ります」

威一郎はようやく勝ち誇った気持ちになって、電話を切る。

妻が戻ってきたのは、約束通り四日目の午後だった。

自分の部屋で本を読んでいると、コタロウの吠える声がしたので出てみると、妻だった。

「ごめんなさい」

妻はそれだけいって、自分の部屋に入る。

それから三十分経っても現れないので、リビングルームに行ってみると、妻がキッチンで、こちらに背を向けたまま立っている。

「おい、水」というと、妻は振り返り、やがて小さなお盆に水の入ったグラスをのせて持ってくる。

「ざっと片付けましたけど、ずいぶん汚れてますね」

「当り前だろう」

男世帯だから、汚れるのは当然である。

とにかく、これで妻は戻ってきたようである。やはり、銀行の通帳を持ってこい、といったのが効いたのか、一人では暮らせないことに気がついたに違いない。

「勝手に出ていって……」

思わず文句をいうと、妻がゆっくりと首を左右に振る。

「別に、戻ってきたわけではありませんよ」

「どういう意味だ」

思わず声を荒らげると、妻はソファーの横の旅行用の青いトランクを見ながらいう。

「洋服や日用品を、取りに戻ってきただけですから」

「なんだって、おまえ、また出ていくのか」

「ええ、美佳も、わたしがいたほうが助かるようですから」

「じゃあ、俺はどうなるんだ」といいかけて、威一郎は黙る。

それにしても、このふてぶてしさはなんなのか。

「それで、いつ戻ってくるつもりだ」

「わかりません」

思わず手を挙げかけたが、ここで暴力を振るってはこちらが負けになる。辛うじて怒りを抑えていってやる。

「おまえにそういう覚悟があるなら、それでいい。ただ、金は置いていけ」

洋子は待っていたように、ハンドバッグから黄色い通帳と印鑑を出し、テーブルの上に重ねてそっと置く。

無言のまま威一郎が開くと、銀行の預金通帳である。

「他にもあるだろう」

まだ他の銀行の通帳もあるし、ささやかだが、投資信託の証書もあるはずである。

「そちらは、銀行の貸金庫に預けてあります」

「その鍵は？」

「渡せません」

「なにっ……」

叫ぶと同時に、妻が笑ったようである。

「落着いてください。いまはこれだけあれば充分でしょう。それに美佳のマンションは思ったより手狭で、まだまだ揃えなくてはならない物もあって、出費がかさむかもしれません」

「そんなことまでしてやることはない。だいたい、美佳だって勝手に出ていったんだろう」

「でも、あの娘も大変なんですから」

そういわれると、妻が出ていった翌日、心配して来てくれた美佳の顔が浮かんできて、仕方がないかと思えてくる。

「じゃあ、いいですね」

弱気になった夫を見透かしたように、妻が立ち上がる。

「それから、お昼寝はかまいませんけど、くれぐれも火の元だけは気をつけてくださいね」

それも聞こえぬようにそっぽを向いていると、妻はトランクを引きながら部屋を出ていき、そのあとをコタロウだけが狂ったように吠え立てる。

第九章　転　換

　これで、娘に続いて妻も去っていき、家のなかに残っているのは自分とコタロウだけである。

　ひっそりと静まり返った部屋の片隅にうずくまっているコタロウに、「どうする？」ときくと、彼もかすかに首を傾ける。

　犬だけに言葉で表すことはできないが、コタロウも事態の異常さは充分察知しているようである。

　なにやら淋しそうな表情のままそっと近づき、さらに威一郎の顔を見上げてから、ひょいとソファーの上にのぼり、寄り添うように座り込む。

「そうか、おまえも心配か……」

威一郎はコタロウの背を撫ぜながら、「でも、大丈夫だからな」といってやる。

たしかに、一人になったことは淋しいが、といって、生きていけなくなったわけではない。

現に自分はいま暖房のきいた家にいて、お腹は満たされているし、飲む気になればビールも飲める。そのあと眠たくなれば寝心地のいいベッドで、いつでも自由に眠ることができる。

部屋の掃除をしたり、食器を洗ったり、多少の家事はあるが、その程度はなんとかできるから、さし当り困ることはなにもない。

それより、絶えずこちらを苛々させ、文句をつけてくる妻がいなくなった分だけ自由で生き易くなったと思えば、なんの不満もない。

「そうだろう」

威一郎はコタロウにつぶやき、テーブルの上にある預金通帳を手にする。

たしか、妻は二つの銀行に分けて預金していたはずだが、目の前にあるのはその一方の通帳である。

改めて開いてみると、預金の総額が二百万円近くある。本来はこんなものではない。他の通帳には、これまでの預金にくわえて企業年金にまわさなかった退職金も入っているから、額ははるかに多いはずだが、そちらはまだ自分が保管しておく、というつもりなのか。

どこまでいっても、がめつい奴だと呆れるが、もし自分が妻から通帳を取り上げて管理していたら、退屈まぎれに株などに手を出して大きな損をしたに違いない。それを思うと、妻に任せておいたおかげで減らさずに済んだ、ともいえる。

ともかく、これだけあれば当座困ることはない。通帳を持ったからといって、すぐ費《つか》うわけではないが、ようやくこれで自立したような気持ちになる。

それにしても、これまで給料もボーナスもすべて家に、妻の手元に入れるようにしてきたのは間違いであった。

毎月、給料が会社から直接銀行に振り込まれることになっていたので、漫然と放置してきたが、これでは収入のすべてを妻が管理することになり、自分が自由にできる金はほとんどなくなってしまう。

もちろん、クレジットカードは持っているが、退職してからはなるべくつかわないようにしている。

もっとも、会社にいた頃は月々十万近い小遣いをもらっていて、それで不自由することはほとんどなかった。

だが、退職すると事情はまったく変ってしまった。当然のことながら、これまでのように会社の金を費うことができなくなり、おかげで毎夜のように続いた夜の外食や、銀座のバーやクラブに行くことも、まったく不可能になってしまった。小遣いも、「退職したんですから、贅沢はやめてください」といわれて、月五万円、ということに決められてしまった。

これでは好きなゴルフはおろか、外で暢《の》んびり食事をすることも難しい。なんとも情けないありさまだが、金のすべてを妻に握られている状態では、文句のいいようがない。

こんなことになったのも、これまでのやり方が間違っていたからである。とにかく、会社を辞めても夫が自立していくためには、収入はすべて自分で管理するべきである。金を持っていてこそ、夫の地位と権力を保てるので、妻に金を渡してしまっては、ただの居候《いそうろう》に成り下がるだけである。

もっと早く、会社にいる頃から、今日のことを予測して自分で金を握り、妻には月々生活費だけを渡すようにするべきであった。実際、アメリカの夫たちの多くはそうしているようだが、どうしてそこに気がつかなかったのか。

いまになって「失敗だった」とわかっても、すでに手遅れである。

だが幸か不幸か、妻が家を出ていってくれたおかげで、急に自由になるお金が増えたようである。むろん、この金すべてを費うわけではないが、通帳を見ていると、なにか新しい未来が展《ひら》けてくるような気がしてくる。

「おい、どうする？」

コタロウにきいても答えるわけがないが、ふと、コタロウと散歩に行くときに出会う、女性のことが頭に浮かぶ。

最近は、河川敷はもちろん、その近くの喫茶店などに入ると、やはり犬を連れてきたご婦人たちと会い、軽く挨拶を交わすこともある。

そのなかに一人、いつも広い鍔《つば》のある帽子をかぶり、ベージュのコートを着ている女性がいる。すらりとして年齢は四十前後か、結婚しているのかもしれないが、いつも一人で白いプードル犬を連れている。

昼近くに行くとよく会い、一度、犬同士が近づいて、互いの犬のことについて話したことがあるが、今度、彼女をお茶にでも誘ってみようか。

考えるうちに、威一郎は次第に華やいだ気分になってくる。

これまでは朝起きて今日一日、なにをしようかと考え、まとまらぬままコタロウと散歩に出かけるのが常だった。そのあと戻ってきたのも束《つか》の間《ま》、妻に追いたてられるように家を出て、デパートやスーパーを覗き、あとは図書館で時間をつぶすだけだった。その後、家に帰ってきてもテレビを見て、つまらない番組ばかりだと腹を立て、そのうち軽く酒を飲んで眠ってしまう。

そんな単調な暮らしのなかで、急速に老いていくような不安にとらわれていたが、もし、ガールフレンドとまでいかなくても、外で話し合える女性ができたら、少しは気持ちも明るくなるかもしれない。

「ようしコタロウ、がんばってみるか」

威一郎が声をかけると、コタロウも安心したのか、軽く尻尾《しっぽ》を振る。

翌朝、威一郎は九時になるのを待って駅前の銀行に行き、預金から二十万円をおろす。なぜ二十万かときかれても特別の理由はないが、実際に現金を手にしてみると、急におおらかな気分になってくる。

さし当りこれだけあれば、いままでのようにこせこせすることはない。

「ようし、行くぞ」

威一郎はそのうちの十万円を財布に入れ、十一時を過ぎたところで、コタロウを連れて家を出る。

この時間にしたのは、昼近くになると河川敷に犬や子供を連れた女性が増えてくるからである。

といっても、いまのところ、子供連れの女性にはあまり興味がない。それよりお目当ては真っ白のプードル犬を連れている女性である。あの時間に散歩に来るところをみると、人妻のようだが、雰囲気だけ見ると、独身のようでもある。会うといつも、かすかな笑顔とともに頭を下げるが、その穏やかな風情《ふぜい》に威一郎は惹かれていた。

もし今日も会えたら、思いきって話しかけてみよう。そんな気持ちもあって、今日は少し気取って茶色のフェラガモのセーターにダウンジャケットを着て家を出た。

そのまま、まっすぐ河川敷に向かい、いつもの折り返し地点まで行く。

さすがに昼近くで、犬を連れた十組以上の人と会うが、ベージュのコートの女性はまだ現れない。

なにか用事でもできて少し遅れるのか。そのまま緑地運動場手前の折り返し地点でぶらぶらしていると、コタロウがしきりに威一郎を見る。

いつもと違って、河原で暢んびりしているので、不思議に思っているのかもしれない。

「もう少し待ってろ」

コタロウにいって、軽く上半身の屈伸運動をしていると、河原の先にベージュのコートを着た女性が現れる。

「きたっ……」

威一郎は慌てて、ジャケットの襟元を正し、コタロウに「行くぞ」と声をかける。

このままゆっくり下流に向かえば、当然のことながら、上流に向かってくる彼女とすれ違うことになる。

その瞬間、「こんにちは」と挨拶をすれば、向こうも返事をしてくれるに違いない。

だが、今日だけはもう少し突っ込んだ話をしたい。そのためには、向こうのプードルにコタロウが絡み付いてくれると好都合だが、果たしてうまくいくだろうか。

考えているうちに両者は接近し、彼女はすでに威一郎の存在に気づいたようである。

十メートル先まできたところで、いつものように微笑を浮かべ、向こうから「こんにちは」と声をかけてくれる。

「こんにちは……」

威一郎も挨拶を返し、犬と犬とが接近するが、軽く匂いをかぎ合っただけで離れてしまう。

そこで威一郎は思いきっていってみる。

「少し寒いですね」

二月の河川敷だから冷《ひ》んやりとしているのは当然だが、いいかたが少し唐突だったかもしれない。

慌てていい直そうとすると、彼女は微笑のまま上流のほうへ歩みつづける。

いまを逃してはチャンスはない。威一郎は追いかけるようにいう。

「あのう……お茶でもいかがでしょうか」

瞬間、彼女は「えっ？」といった表情で振り返る。

「よかったら、あそこでお茶でも飲みませんか」

下流の小高い丘のほうへ目を向けると、彼女はようやく理解したようである。かすかにうなずき、それから改まった口調でいう。

「すみません。今日は、あまり時間がないので……」

そのまま丁重に一礼すると、犬のリードを引いて去っていく。

「あぁ……」とつぶやいたまま、威一郎は去っていく女性と犬を見送り、十メートルほど離れたところで一つ溜息をつく。

初めから、彼女がこちらの誘いに簡単にのるとは思っていなかった。そのかぎりでは想像したとおりだが、現実に断られるといささかショックである。

威一郎はコタロウに引かれるように戻りながら、改めて反省する。

たしかに、このところ何度か会って挨拶を交わしてはいたが、彼女にとっては単なる「ビーグルのおじさん」に過ぎなかったのかもしれない。

犬と一緒でいる分には、多少、会話がすすんでも、それ以上、二人でお茶を飲みながら話し合うまでの気はないというのが、彼女の正直な気持ちかもしれない。

よく考えてみると、それは当然である。

犬の散歩という共通点を除けば、彼女にとってこちらは、単に退職して暇になったおじさんに過ぎない。いや、そこまでわからなくても、その程度の存在に違いない。

「そうか……」

威一郎はなにか、自分がとてつもなく恥ずかしいことをしたような気がして、思わず足早になる。

とにかく、いまのことはすべて忘れよう。

「さあ、帰るぞ……」

そのまま早足に河川敷から小高い丘を抜け、まっすぐ家へ向かって歩きだす。

午後、威一郎はカップ麺を食べてテレビを見たが、財布のなかの十万円は手つかずである。

せっかく妻から取り上げたのに、このままでは無駄になるだけである。なにか楽しく費う方法はないものか。

そこで真っ先に思い出されるのは、ゴルフである。

会社にいた頃は月に一度はやっていたが、そのほとんどは社用であった。だが退職してからは、東京近郊のコースは週末ともなると三万円近くかかるので容易に行けない。

もっとも、現在は毎日が日曜日で平日にも行けるが、それでも二万円近くかかるのでいまの小遣いでは、かなり厳しい。

先日も、久しぶりに友人に誘われたが、寒いのと金がかかるので断った。それに、ゴルフも忙しいなかをぬってやるから面白いので、毎日、暇な身でやってもさほど楽しくない。

しかし、犬の散歩をしているだけでは体力が衰えるだけなので、ときにはゴルフに行くようにしたほうが良さそうである。

久しぶりに、誰か誘ってみようか。

威一郎はすでに退職している仲間の顔を思い出すが、なにか気がのらない。向こうから誘われるのならともかく、こちらから誘うのでは、退屈しているのがわかってしまう。むろんそれが事実だから仕方がないが、なにもこちらから声をかけることもない。それに思い出した顔ぶれが、みな以前の自分より地位が下だった者ばかりなので、かえって気がすすまない。

ゴルフはいずれまた、誘われたときに応じればいい。

威一郎は自分にいいきかせて、窓を見る。

今日はたしか金曜日のはずだが、このままなにもしないうちにまた夕暮れがきて夜になる。

こんなとき、誰か、とくに女性とでも食事をしたら元気が出そうである。

プードルを連れた女性には断られたが、誰か他にいないものか。

考えるうちに、威一郎の脳裏に数人の女性の顔が浮かんでくる。

まずはじめに、銀座の「まこと」のママの着物姿が思い出されるが、いまさら、誘っても会ってくれるとは思えない。

かつて金を費えた頃は何度も店に行き、一度だけホテルに行ったことがあるが、そこまでであった。

そんな彼女に、会社を辞めたいま、声をかけたところで逢《あ》ってくれるとは思えない。

「無駄だ、無駄だ」

そう自分にいいきかせて、次に頭に浮かんできたのは秘書課の大浦という女性である。

威一郎が退職するまで、いろいろ世話をしてくれて、ときたま一緒に食事をしたこともある。

いまは別の役員の秘書をやっているはずだが、もはや上役でもない男から誘われても迷惑なだけかもしれない。

他に、よく取材に来ていた流通関係の雑誌にいた、中野《なかの》という女性記者とも気が合って、何度か飲んだことがある。シャープなうえに性格も明るく、声をかけ易いが、いまさら、無職の男に会ってくれるとは思えないし、実際、会ったところで、なにを話せばいいのか。昔の思い出話だけでは相手を退屈させるだけである。

あと、さらに二、三人の女性の顔が浮かぶが、突然電話をするのも不自然だし、ましてや「食事をしよう」などといったら、驚いて逃げられるだけである。

「もう無理なのだ……」

威一郎は自分にいいきかせ、しばらく窓を見ているうちに、冬の陽は早くも傾きかける。

そのまま、やることもなくテレビを見ていると、突然、電話がかかってくる。

「いま頃、誰かな……」不思議に思って受話器を取ると、息子の哲也である。

「あのう、俺ちょっと物を取りに行きたいんだけど、いいかな」

哲也の部屋は二年前、家を出ていったあと、美佳がつかっていたが、衣類などさし当り必要のないものは押入れの奥に入れたままになっているようである。

「いいけど、誰もいないぞ」

「ママは?」

「美佳のところに行っている」

はっきり家出したとはいいかねて曖昧にいうと、「いま、なにをしているの?」ときく。

暇なまま、とりとめもなく、女のことを考えていたともいえず、「ちょっと本を読んでいた」と答えると、「いま、渋谷だから、じゃあこれから行くよ」という。

哲也は滅多に家に戻ってこないが、さらに二人だけで会うのは久しぶりである。

不思議な気がして待っていると、三十分で哲也が現れる。

相変らず、ぼさぼさ頭で、よれよれのジャケットにジーンズを穿《は》いているところを見ると、彼女はまだいないのかもしれない。

「ママ、いないんだ……」

哲也はつぶやきながら、元の自分の部屋に入ったが、間もなく冬物の衣類などを詰めこんだらしい紙袋を持って現れる。

リビングで二人だけで向かい合っても、とくに話はないが、威一郎は思い出したようにきいてみる。

「変りないのか？」

「うん……」

哲也はあたりを見廻して、曖昧に答える。

どことなく部屋が閑散としているので、違和感を感じているのかもしれない。

「ママは、いつ帰るの？」

「遅くなるみたいだ……」

「戻って来ない」とはいいかねて誤魔化すと、立ち上がってキッチンに行き冷蔵庫を開ける。

喉でも渇いているのか、「このビール、飲んでもいいかな」ときく。

「ああ……」と答えるが、ビールと炭酸水しかないので、不審に思っているのかもしれない。

再びリビングに戻って、二人でソファーの両端に座るが、これ以上、とくに話すこともない。

文科系の威一郎とはまったく反対の工学部を出て、川崎の家電メーカーの技術を担当しているだけに、共通の話題はあまりない。

それでも、「仕事はどうだ?」ときくと、「なんとか……」と曖昧に答えるだけである。

定年になった父親に、いまさら話しても無駄だとでもいうのか。しかし突然立ち上がって、「ビール飲む?」ときくところをみると、無視しているわけでもなさそうである。

そこで威一郎は思いきっていってみる。

「なにか、出前でも取るか?」

「えっ……」

自分の家に来て、出前を取るときいて驚いたようだが、腹は減っているようである。

「食べようかな」

威一郎は出前のメニューを見せ、自分は五目炒飯《チャーハン》を、哲也は中華丼の大盛りを頼む。

これで晩ご飯は間に合いそうだが、出前が届くまで四十分はかかりそうである。

それまで、無言のままソファーに座っていても仕方がない。

威一郎は「碁を打とうか」といってみる。

碁は以前、哲也が中学生のとき、威一郎が教えてやった。

その後、ときどきやったが、大学にすすんだ頃から、哲也は急に強くなり、いまでは威一郎のほうが四目置かねばならなくなっていた。

それはともかく、久しぶりに息子とやるのも悪くはないかもしれない。それに囲碁をやっているかぎり、会話をしなくてもいいので気が楽である。

早速、向かい合って始めて、一局目は威一郎が負けたところで出前が届く。

威一郎が玄関口で受け取っていると、後ろから哲也が出てきて、「俺が払おうか」といってくる。

二人で二千三百五十円だが、いまならそれくらい払えぬわけはない。

「いいから……」

かまわず威一郎が払って、食べながら二局目をやると、また負けてしまう。会社の寮ででもやっているのか、これでは五目置いても難しそうである。

時計を見ると八時で、哲也はそろそろ帰るつもりらしい。

「ママ、遅いね」

「ああ……」

今日は帰らない、ともいえず黙っていると、哲也が立ち上がる。

「じゃあ、帰るから」

威一郎がうなずき、玄関口まで見送ると、哲也が改めて威一郎を見てつぶやく。

「元気でね」

俺はまだまだ大丈夫だ、といいたい気持ちを抑えてうなずくと、さらに、「ママによろしく」といって、ドアを押して出ていく。

とやかくいっても、息子はやはり母親が恋しいのか。

それはともかく、威一郎は久しぶりに満たされた気分になって、自分の部屋のべッドで横になる。

翌朝目覚めると、まわりはまだ暗く、時計は六時を指している。

「また一日が始まるのか……」

いまになって、改めて妻と娘がいない家の淋しさが身に迫ってくる。とくに妻は文句をいうだけで、うんざりしていたが、こうなってみると、自分のまわりに変化をつけ、賑やかにしてくれていたのかもしれない。

「それにしても、どうしようかな」

自分で自分につぶやき、テレビを見ていると、コタロウが呼んでいる。

そろそろ散歩に連れていけ、といっているようである。

仕方なく河原へ出かけ、帰りがけにコンビニに寄って朝のサンドウィッチと野菜ジュースを買ってくる。

そのあと、また一眠りして、部屋を簡単に掃除する。

やがて昼になり、コーヒーを淹れてから、やることもなくパソコンに触れる。

会社にいた頃から、この種のものはあまりつかっていなかった。毎日、さまざまな資料が送られてきて目を通していたが、そのほとんどは秘書が揃えてくれたものだった。

そして退職後はインターネットを見る機会がさらに減ったが、たまに一日のニュースや天気予報などを見ることはある。

そのままなに気なく画面を見ているうちに〝出会い〟という項目が目に留まる。

「なんだろう」

不思議に思ってクリックしてみると、手をつないだ男女二人の絵が現れ、その横に「運命の出会い　検索」とある。

どうやらここから交際する相手を探せるようである。

パソコンでこんな遊びをするのは初めてである。いや、これは遊びではなく、ここから真剣に相手を探している人もいるのかもしれない。

さらに追っていくと、相手の女性の年齢から、性格、体型、趣味などまで、希望を記すと、写真付きのプロフィールまで見られるようである。

パソコンで、こんなことまでできるとは意外である。

威一郎は試しに、自分の好みを打ち込んでみる。

まず年齢は若いほうがいいが、自分の年齢を考えると、そう贅沢もいえない。

そこで、三十から四十歳くらいにする。

さらに体型は痩せ気味で、東京都内に住んでいて、仕事をしているOLでいい。単純に、女性と関係するだけなら、ソープランドに行ったほうが簡単である。それだが若い頃ならともかく、この年齢になると、関係だけしてもつまらない。そのためにも、できるかぎり、なにか恋愛しているような雰囲気に浸りたい。そのためにも、できるかぎり素人《しろうと》っぽい女性が好ましい。

そんなことを考えながら、打ち込んでいくうちに何人か候補が出てくる。

早速、相手の女性の顔を見たくなるが、そのためには、こちらの情報も入れなければならないようである。

年齢はいくつで、仕事はなにをしていて、収入はどれくらいで、住所はと、求めに応じて入れていくと、こちらの情報がかなりネットで広まることになる。

「待て待て……」

かなり立ち入った相手の情報を知ろうとするのだから、こちらも、それなりに情報を提供する必要がある。それは当然だと思いながら、ネットに流すのはなにか不安な気がしないでもない。

だいたい、こんなところに情報を流して、万が一、ガールフレンドを求めていることを誰かに知られては格好がつかないし、それ以上に、その情報を誰かに悪用されないともかぎらない。

威一郎はネットの画面を、初めの「出会い」のところまで戻して一息つく。

せっかくやる気になったのに、これでは元の木阿弥《もくあみ》で、彼女のいない淋しいおじさんに戻っただけである。

「どうしよう」

改めて考えるが、さすがにこの年齢《とし》になって女性と際《つ》き合うのは難しそうである。

「もう定年になったのだから、下手《へた》な野心は抱かず、年齢相応に大人しくしていなさい」

分別ある自分が、もう一人の自分にささやくが、といって、「はい」と素直にうなずく気にもなれない。

「とにかく、妻が家を出て、自由な一人身になったのだから、デートくらいしてもいいだろう」

叱られた自分のほうが、まだ納得しかねている。

「どうしよう……」

暇になって困ることは、なにか気になることが生じても、途中で仕事が入ってあとでまた、ということにならず、いつまでもそのことにこだわり続けることである。

いまも同じ時点でとどまっている自分に苛立ち、「まったく……」とつぶやいて立ち上がり、当然のようにキッチンに行く。そこで冷蔵庫から缶ビールを取り出し、リビングルームに戻ってソファーに座る。

そのまま、半ばほど飲み終えたところでテーブルの上にある週刊誌を手にする。すでに一度読んで目新しいところはないが、頁をめくっているうちに、「デートクラブ」という文字が目に留まる。

広告の頁だが、どういうクラブなのか。不思議に思って見ると、「あなたのデートのお供をします。素人のきちんとした女性ばかりです」と記されている。どうやらこのクラブ、デートの相手をしてくれる女性を紹介してくれるところのようである。

面白い発想だが、そこで紹介してくれる女性はデートをするだけなのか。それとももっと深い関係になることもできるのか。

もし、そんなことまでできるのなら、売春斡旋《あっせん》と同じことになるが、この広告文を読むかぎりでは、そこまではわからない。

それにしても、面白いクラブがあるものである。広告にはさらに、「ご希望の方は直接お電話ください。個人の秘密は厳守いたします」と記されている。

なかなか細かく厳重そうなところをみると、会員はそれなりに社会的地位があり、収入のある男が多いのか。

もしそうなら、黙っていても女性にもてそうだが、やはり年齢をとると、そう簡単にガールフレンドはできないのか。多少、地位や金があっても、ときに軽く飲むとか、食事程度なら際き合ってくれる女性はいるのかもしれないが、そこから一歩すすんで、一対一ということになると難しいのかもしれない。

このクラブは、そのあたりの男性を狙って営業しているのか。いずれにせよ、デートする女性を紹介してくれるとは、なかなか面白そうである。とくにソープランドやそれに近い怪しげな店でなく、デートだけというのがユニークである。

俺も勇気を出して、この店に電話をしてみようか。

正直いって、このままでは彼女はもちろん、軽く話をする女友達でさえ得られそうもない。誰もいないまま、あの口うるさい妻と顔をつき合わせて一生終るのでは、あまりに可哀相である。

会社で役員をしていた頃ならともかく、定年になったおじさんが華やぐとしたら、このあたりに頼るよりないのかもしれない。

そうだ、ここでこんな広告を見たのもなにかの縁だから、このあたりで思いきってトライしてみようか。どうせ駄目でもともとだから、うまくいかなくてもかまわない。幸い、いまなら少し金もあるから、案外うまくいくかもしれない。

考えるうちに、威一郎の気持ちは盛り上がり、思わず携帯電話を取り上げ、ナンバーを打ち込んでみる。

どうなるのか、息を殺して携帯を耳に当てていると、数回、呼出音が続いてから、女性の声が返ってくる。

「はい、こちら、さくらデートクラブでございます」

「あのう、わたし、はじめてなのですが」

それから、週刊誌に載っていた広告を見たことをいうと、「ありがとうございました。ご入会をご希望ですね」ときかれる。

入会という言葉に一瞬、戸惑うが、「ええ、まあ……」とうなずくと、早速、入会手続きについて説明してくれる。

「当会はあくまで、女性とデートをすることの紹介で、きちんとした一流の方だけにかぎらせていただいております」

どうやら、入会する男のほうにも厳しい基準があるらしく、現在の職業から収入、さらに現住所から、それらを証明する身分証明書まで必要だという。

これでは、定年になった無職のものでは無理かと思ってきくと、「失礼ですが、以前のお勤め先を教えていただけますか」という。

どうしようか、一瞬、迷っていると、さらに手続き方法を教えてくれる。

それによると入会金は五万円で、いったん会員になると、希望に応じて女性を紹介してくれるらしい。いずれも素人で、一般の会社勤めのＯＬなどが多く、彼女らの写真もあるので、それを見て自由に選べるようになっているという。

「ただし、一回のデート毎に二万円お支払いいただくことに、なっております」

それがクラブのほうでとるデート料ということらしいが、そこで相手が決まれば、多くは六時から六時半頃に、互いの携帯電話の番号を確認し合って、有名ホテルのロビーなどで逢うことになるという。

そのあと、男性側の希望で食事やバーなどに行き、十時から十一時頃には別れることになるらしい。

「もし、その女性にまた逢いたくなったら……」

「それは、お客さまと女性とのあいだのことで、こちらとは関係ございませんので」

このあたりが、デートクラブのデートクラブたる所以《ゆえん》なのか。

さらに興味を覚えてきいてみる。

「相手に、こちらの立場を教えるのですね」

「それは、出かける前に、女性に教えますから。たとえば会社の顧問をされている

ことにされてはどうでしょうか」

威一郎が戸惑っていると、「一応、案内書をお送りしましょうか」といって、住所をきかれる。

そのまま引きずられるように住所を告げると、「よくお考えのうえ、ぜひご入会くださいますよう、お待ちしております」という声で電話は切れる。

携帯を閉じて、威一郎は改めて考えるが、気持ちはすでに決まりかけている。

「入ってみようかな」

このままいても、無味乾燥な日々が続き、老いていくだけである。

それよりいっそ、女性とデートでもして華やぎたい。たとえいっとき、食事をするだけでも、若い女性といれば、また昔のような元気を取り戻せるかもしれない。

そういう意味で起爆剤となるのなら、入会金の五万円も高くはないかもしれない。

あの通帳のなかのお金も、こういうときのために貯えてきたといえなくもない。なにも気がつかずにきたが、こういうことに費ってこそ価値がでるというものである。

威一郎は自分にいいきかせて立ち上がり、「やるぞ」とつぶやくと、コタロウが励ますように「ワンワン」と二度吠える。

第十章　アバンチュール

その日、威一郎は虎ノ門《とらもん》にあるホテルに六時ちょうどに着いた。

このホテルに決めたのは、古くからある有名なホテルであるわりに、入口のあたりが落着いていて、待ち合わせをするにはわかり易いからである。

ここで今日これから逢う相手は、先日、デートクラブで約束した女性である。

名前は小西佐智恵《こにしさちえ》で、二十七歳のＯＬということになっていたが、はたして本当なのか。

真偽のほどは不明だが、顔は、あらかじめ写真を見せてもらったのでわかっている。

はっきりいって、特別美人というわけではないが、目はくっきりとして愛らしかったし、身長は一六一センチとなっていたから、会えばわかるはずである。

それに、このホテルの入口に着いたところで、威一郎の携帯に電話をくれることになっているから、間違うことはなさそうである。

約束時間は六時半で、まだ三十分近く余裕があるが、そのあいだに、彼女と二人で行く場所を決めておく必要がある。

このホテルに威一郎は泊まったことはないが、現役の頃からパーティーや会合などで何度か来ていて、おおよその見当はついている。

まず今夜の彼女との食事だが、たしか本館の一階にあったレストランが、値段や雰囲気からいっても無難なような気がする。

そこで威一郎はまずホテルの案内板を見て、予定のレストランが一階にあるのを確かめてから、フロントのある五階からエレベーターで一階へ降りる。

そこから右手に伸びている廊下を行くと、たしかに「ガーデンレストラン」というのがあり、行ってみるとまだかなり空いているようである。

入口から奥を覗くと、レストランの左手に小さな庭が見えて雰囲気は良さそうだし、値段もさほど高くなさそうである。

「よし、ここでいい」

威一郎はまず食事の場所を決めてから、エレベーターでフロントフロアーに戻り、入口右手の奥にあるバーを覗いてみる。

ここへは現役の頃、取引先の連中と何度か飲みにきたことがあるが、入口やカウンターの雰囲気は当時のまま、ほとんど変っていないようである。

「もし、彼女が少し飲むといったら、ここにこよう」

そこまで決めて時計を見ると、六時二十分である。

そろそろ彼女が現れる時間だが、どこで待つことにしようか。

威一郎はいったん正面入口に行き、彼女らしい女性がいないのを確かめてから、奥のフロアーへ進む。

途中、大きな椿《つばき》の花が活けてあり、そのまわりに椅子が置かれているが、そこで座っているのでは、いかにも人待ち顔に見えるかもしれない。

それより、何気なく待っているように見せるには、その奥の円く大きなテーブルを囲んでいる椅子がよさそうである。そこで正面に軽く横向きに座っていたら、自然かもしれない。

場所が決まったところで、威一郎はトイレに行き、鏡に自分の姿を映してみる。

今夜は珍しく、グレイのスーツにネクタイを締めてきたが、柄は淡いピンクの地に黄色のラインが入った、やや派手めのものを選んだ。また髪の毛はかなり薄くなってきているが、ハードなヘアスプレーで盛り上げたのでまずまずである。

ゆっくり確かめ、再びフロントに戻り、右手のわきのほうから、先程決めた円いテーブルの右端にある椅子に横向きに座る。

「これなら、いいだろう」

考えてみると、こんなところで女性と逢うのは初めてである。現役の頃は、ホテルでデートをするような大胆なことは、する気もなかったし、したこともない。それに比べたら、退職したいまはずいぶん気が楽だが、それにしても、かなりいい度胸である。

「俺も、けっこうやれるんだ……」

自分につぶやいて、苦笑したとき、ポケットのなかの携帯電話が鳴る。

威一郎は直ちに、携帯に現れたナンバーを確かめてから、声をおさえて出る。

「もしもし……」

「あのう、大谷さんでしょうか」

若いが落着いた声に、威一郎が「そうです」と答えると、「小西ですが、いま正面入口に着きました」という。

まさしく約束どおり六時半である。改めて入口のほうを見ると、たしかに女性が一人、携帯電話を耳に当てたまま回転ドアの前に立っている。

「あ、その真っ直ぐ奥の、円いテーブルのところにいます」

女性は納得したらしく電話を切って、そのままこちらへ向かってくる。その前に威一郎はゆっくり立ち上がり、軽く手をあげる。

「大谷です、すみません」

別に謝ることはないが、それに応えるように彼女が頭を下げる。

「小西です、はじめまして」

女性はやや細《ほ》っそりとして小柄に見えるが、プロフィールに書いてあったとおり一六〇センチはあるのかもしれない。髪を七、三に分け、ブルーのツイードのスーツを着て、首から胸元に白いストールを巻いている。

顔は写真で見たとおり、目はくっきりとして口元も爽やかである。

「ああいう会の紹介でお会いするのは初めてなので、よくわからないのですが」

威一郎はそういってから、「まず、食事にでも行きませんか」と誘ってみる。

女性は慣れているのか、あっさりうなずいたので、「こちらへ」といってエレベーターの前まで行く。

「この下に、ちょっとしたレストランがあるのですが」

説明していると、三人の男性が近づいてくる。いずれもきちんとスーツを着てサラリーマン風だが、これからパーティーにでも行くのかもしれない。

年齢は五十前後のようだが、彼等の目に自分たちはどのように映るのだろうか。

このおじさんは、こんなホテルで若い女性とデートして、羨ましいと思うのか。それとも、いい年齢《とし》をして、ふらふらしている奴だと思うのか。いずれにせよ、こんな時間から恋のアバンチュールをしている男はいないかもしれない。

あれこれ考えていると、エレベーターが来て、三人の男たちと一緒に乗る。

そのまま一階に降りると、男たちは一斉に左手の廊下のほうへ去っていく。その先には威一郎も行ったことがある広いホールがあるから、パーティーに出ることは間違いないが、威一郎は彼等と反対側の右手へ向かう。

そのまま数十メートルも行くと、パンを売っている店があり、その奥に、先程たしかめたレストランがある。

「向こうで……」と指さすと、女性は素直に従《つ》いてくる。

さすが、デートクラブのメンバーだけに慣れているのか、それとも仕事と思って割り切っているのか。

威一郎が先に入って行くと、先程、見に来た客とわかっているのか、ウェイターが奥の窓際の席に案内してくれる。

四人がけのテーブルなので、威一郎は手に持っていたコートを横の席に置き、彼女も白いストールをとり、改めて顔を見合わせる。

「こんなところで、いいですか」

「ええ、もちろんです」

女性は初めて笑顔を見せ、窓の外の庭に目を移し、「篝火《かがりび》が燃えているんですね」という。

たしかに暮れかけた庭の奥に篝火が燃え、その先の電灯の明かりで、樹々《きぎ》が浮きでている。

そのまま二人で眺めていると、ウェイターがメニューを持ってくる。

ここは基本的にはフランス料理で、単品でもいろいろあるようだが、コースもあって、一人前、五千五百円となっている。

これなら二人分でもたいしたことはない。

威一郎はそこを示して、「これにしませんか」ときいてみる。

彼女は他のところを見ていたようだが、素直に「はい」とうなずく。

しかしコースといっても、オードブルとメイン、そしてデザートと三つに分けられていて、その各々から一品ずつ選ぶようになっている。

威一郎は少し考えて、オードブルは海老とアボカドのサラダ仕立てにし、メインはフィレ肉のグリルを、そしてデザートはシャーベットの盛り合わせを頼む。彼女は続いて、前菜の盛り合わせと蟹《かに》クリームコロッケを、そしてデザートは洋梨のコンポートを頼んだようである。

これで、あとは出てきたものを食べるだけである。威一郎はひとまず安堵し、改めて彼女を見て、娘の美佳とあまり年齢が違わないことに気がつく。

彼女は二十七歳というのだから、美佳より一つ年上なだけである。もっとも、クラブに届け出ている年齢だから、多少さばを読んでいるのかもしれないが、見た目もあまり変らないようである。

六十を過ぎて、こんな若い女性と食事ができるなど、幸せなことに違いない。

威一郎は自分にいいきかせるが、五万円の入会金を払ったうえ、今夜のデート代二万円を払っているのだから、これくらい当然かとも思う。いずれにせよ、気持ちが弾むことはたしかである。

威一郎は自らを落着かせるように一つ息を吸ってから、きいてみる。

「いま、どちらか会社に勤めているのでしょう」

彼女はきちんと顔を上げて、「はい」と答える。

「どんな会社なの？」

あまり突っ込んできくのは悪いかと思うが、彼女はあっさり答える。

「IT関係の会社です」

「へぇ、凄いなあ」

「いえ、わたしはそこの総務部で、事務をしているだけです」

なかなか正直に、はっきりと答えるところが好ましい。

「会社は何処にあるの？」

「神田です」

「じゃ、ここまで少し遠かったね」

威一郎はうなずきながら、娘の勤めている日本橋にわりと近いことを思い出す。

「僕は、どんな仕事をしているように見えるかな」

きいてから、余計なことをいったと後悔するが、彼女は威一郎の顔を見て軽く首を傾げる。

「なにか、出版というか、本に関わるようなお仕事ですか」

「すごい、当っていないけど、すごく近い」

そのまま考えている彼女に説明する。

「広告関係の会社だけど、出版物を扱っていたので……」

思わず過去形でいってから、慌てて「まあ、そういう仕事だけど」と付けくわえる。

「じゃあ、いろいろな本や雑誌の広告を……」

「まあね」

これ以上、深入りされると面倒なことになる。仕事の話はそこで切り上げてビールを頼む。

「君も飲めるでしょう」

「いえ、弱いんです」

「でも少しなら……」

生ビールを二つ頼み、それが運ばれてきたところで軽くグラスを合わせて乾杯する。

なんのために、というわけでもない。強いていえば、いまのわくわくした気分のため、とでもいえばいいのかもしれない。

彼女は再び庭に目を移していう。

「あんなところに、滝があるんですね」

いわれて振り向くと、庭の奥の樹々の間から水が流れている。暗くてよくわからないが、その先に石が積み重ねられて、小さな滝になっているようである。

「なかなか、洒落ている」

見ているうちにオードブルが運ばれてきて、威一郎が食べはじめると、彼女が再び、「あの人たち、写真を撮るんでしょうか」という。

フォークを持ったまま振り返ると、庭の手前から二人出てきてカメラを構えている。ともに外国人のようだが、篝火と滝を一緒に写すつもりらしい。

「お庭に出られるんですね」

いわれて、威一郎はまだはっきり、彼女を名前で呼んでいないことを思い出す。

「あのう、小西さんだったね」

「ええ、小西ですけど」

怪訝《けげん》そうな彼女に、威一郎はきいてみる。

「じゃあ、これから、小西くんと呼ばせてもらって、いいかな」

「はい」

彼女ははっきり返事をしてから、

「わたしは、大谷さんでよろしいんですね」

どうやら大分、会話もスムーズになってきたようである。

威一郎は安堵してビールを飲み、メインの肉を食べながら、改めてあたりを見廻す。

このレストランは、ホテルのなかでも庶民的なのか、友達同士か気取らない二人連れが多いようである。なかには年配の夫婦らしいカップルもいるが、威一郎たちのように、親子ほど年齢が離れた二人連れは見当らない。

そのことに、威一郎は満足していいのか、恥じるべきなのか、戸惑いながら正直にいう。

「今日は、小西くんに会えてよかった」

「あの、わたしのような者でも、よろしいんですか」

彼女の、こうした控えめなところが好ましい。少なくとも、これまで生活してきた妻の横柄さとはまったく違う。

「なにか、癒されるよ」

威一郎の言葉をどう受けとめたのか、小西くんはいったんフォークを止め、それからまた思い直したように食べ始める。

「とても美味しいですね」

「よかった」

威一郎も久しぶりの外食なので満足である。

そのままメインを食べ終えると、食後のデザートが運ばれてくる。

「うわぁ、すごい……」

小西くんは盛り上がったコンポートを見て、嬉しそうに声をあげる。さすがに、こういうところは若い女らしい。

「甘いものが好きなんだね」

「そうなんです。本当はいけないんですけど」

「そんなことはない。君は痩せているじゃない」

そのすらりとしたところが、威一郎の好みでもある。

デザートのあと、コーヒーが運ばれてきて食事は終りのようだが、時計を見ると、まだ一時間しか経っていない。

コースといっても三品で、互いに話すこともあまりなかったので、これくらいで終るのは仕方がないかもしれない。

「お腹はどうですか」

「もういっぱいです、充分いただきました」

簡単なコースだったが、そういってくれると嬉しい。

威一郎はしばらく庭を見て、思い出したようにいってみる。

「このあとだけど、上のバーに行ってみない？」

小西くんは考えるように少し間を置いてから、かすかにうなずく。

クラブのオーナーに、「だいたい四時間ぐらいなら大丈夫です」ときいていたので、そのあたりは承知しているようである。

「じゃあ、行こうか」

威一郎が促すと、小西くんはきちんと、「ご馳走さまでした」といって立ち上がる。

まだ七時半過ぎで、レストランはこれからが混む時間帯のようである。そのあいだを通り抜け、出口で会計を済ませて振り返ると、小西くんがさまざまなパンが売られているコーナーを珍しそうに覗き込んでいる。

「お土産に、少し持っていく？」

並んで声をかけると、戸惑った表情をして、「いえ、いいです」という。

しかし、欲しそうである。

「かまわないんだよ、少し選んでごらん」

さらにいうと、「いいんですか?」とつぶやき、やがて「すみません」といって、上に白砂糖がついたパンとなかにソーセージが入っているパンを選ぶ。

「もっと、取ったら」

「いえ、これで充分です」

威一郎がうなずき、売り子に値段をきくと「五百五十円です」という。

そのまま袋に詰めてもらったパンを受け取ると、「ありがとうございます」と、丁寧に頭を下げる。

この程度でお礼をいわれるのなら、こんな安いことはない。

「じゃあ、行こうか」

レストランを出て、再びエレベーターに乗り、フロントのある階へ戻る。

先程、待ち合わせのために座っていた大きなテーブルが奥に見えるが、そのときにくらべると、威一郎はいまはずいぶん気が楽になり、リラックスしている。

フロント階のバーはかなり混んでいて、入口のカウンター席もほとんど埋まっている。

そのあいだに、ちょうど二人分だけ空いている席があったので、そこに並んで座る。

小西くんはしばらくあたりを見廻してから、そっときく。

「ここは、よくいらっしゃるのですか」

「いや、ごくたまにね」

正直いうと、リタイアしてからは初めてだが、馴れているように答えると、ボーイが「なににしましょうか」ときいてくる。

「待ってくれ」

威一郎はうなずき、リストをもらって小西くんに開いて見せる。

「なにか、カクテルなどはどうかな」

「でも、よくわからないので……」

「じゃあ、少し甘くて、飲みやすいのを頼んであげよう」

威一郎はレディ・エイティを、自分にはオールドパーの水割りを頼む。

ボーイが一礼して去っていくと、小西くんがあたりを見廻していう。

「ずいぶん、混んでいるんですね」

「そうだね、ここは割合、便利だから」

まわりは男性だけで、威一郎のような若い女性連れは見当らない。

してみると、やはり俺はエリートというべきなのか。ともかく会社に勤めている頃は、こんな時間から女性と二人でバーに行くことなどできなかった。それからみると定年も悪くはない。

とりとめもなく考えていると、ボーイが飲物を二人の前に置く。

「じゃあ……」

威一郎が水割りのグラスを持つと、小西くんも軽く朱を帯びたカクテルグラスを手にする。

「乾杯」といおうかと思ったが、そこまでいうのも可笑しな気がして、軽くグラスだけを合わせて飲む。

「うまい」というべきか、「楽しい」というべきなのか。とにかく、こんな生き生きした気分になったのは、退職後、初めてである。

これも娘と妻が出ていき、預金通帳を奪い返したおかげである。

一人で思い返してかすかにうなずくと、横にいる小西くんの優しい香りが漂ってくる。

「それ、どうかな」

カクテルの味をきくと、「甘くて、美味しいです」と笑顔で応えてくれる。

あんなデートクラブから、こんな素直な子が来てくれるとは思っていなかった。

さらに彼女のことを知りたくてきいてみる。

「君は、いま、何処に住んでいるの？」

「あのう、木場《きば》です」

木場といったら隅田川《すみだがわ》の東で、古くからある町である。会社には近いのかもしれないが、ここからはかなり遠い。

「行ったこと、ないな」

「とくに、見るようなものはありませんから」

「一人で住んでいるの？」

「はい」

住まいのことを話したせいか、威一郎はふとコタロウのことを思い出す。

「なにか、犬か猫は飼っていないの？」

「あのう、飼いたいんですけど駄目なので……」

たしかにマンションによっては、ペットは禁止のところが多いのかもしれない。

「なにか、飼われているんですか」

逆にきかれて、威一郎はうなずく。

「犬をね、ビーグルだけど……」

「本当ですか、わたしの家でもビーグルを飼っています」

「家って、実家のこと？」

「そうなんです。いま七歳ですけど、可愛くて」

目を輝かせていうところをみると、余程、犬が好きなのかもしれない。

威一郎は急いでバッグから携帯を取り出し、待ち受け画面を見せてやる。

「こいつだよ」

「うわぁ、可愛い……」

瞬間、彼女の右膝が威一郎の左の膝に触れる。燥《はしや》いだ瞬間、膝が揺れたのか、彼女は慌てたように自分の膝を引く。

ほんの一瞬だが、威一郎がその感触を追い続けていると、彼女がきく。

「名前はなんというのですか」

「コタロウというんだけど」

「オスですね」

どうやら、犬のことで思いがけなく、親しみが増したようである。まさにお犬さまさま、というところだが、これなら家まで誘うこともできるかもしれない。

「よかったら、一度、見に来て欲しいな」

途端に、彼女は黙り込む。少し調子にのりすぎたかと思うが、ともかく共通の話題はできたようである。

「毎朝、散歩に連れていってやるので」

「大変、でも喜んでいるでしょうね」

話が盛り上がってきたので、思いきっていってみる。

「いま、僕は一人なんでね」

興味を抱くかと思ったが、彼女はなにもいわず正面を見ている。

相手の個人的なことにまでは立ち入らない、というつもりなのか。たしかに、今日、会ったばかりの女性に、そこまで話すのはやりすぎだったかもしれない。

威一郎は水割りを飲んでから、話題を変えてみる。

「君は、いつから、あのクラブにいるんですか」

正直いって、それが一番ききたかったことだが、彼女はグラスを見たまま黙っている。

「もう、大分、長いの？」

「いえ、まだ、今年からです」

だとすると数カ月しか経っていないことになるが、それにしてもどうして、あんなクラブに入ったのか。そこをききたいが、そこまで立ち入るのは失礼かもしれない。

威一郎は気分を変えるようにいってみる。

「客はやはり、僕のような年寄りが多いのかな」

どう答えるべきなのか、彼女は少し迷ったようだが、軽くうなずいていう。

「いろいろな方が、いらっしゃるようです……」

そうとしか答えられないかもしれないが、威一郎はいま一歩突っ込んできいてみる。

「いろいろ、口説《くど》かれたり、好きだといわれたりすることもあるでしょう」

「いえ、ありません」

彼女はきっぱりと首を横に振る。

「わたしたち、ただお仕事ですから」

そういわれたらそのとおりだが、それでは今日、親しくなったのも無駄ということになる。

「でも、こういうところで、また会いたい、といわれることもあるでしょう」

「ええ、ありますけど……」

ふと見ると、彼女のグラスがほとんど空になっている。

「もう一杯、どうですか」

「いえ、もう充分です」

「でも……」

ここで終りでは味気ないので、威一郎はボーイに「同じものを」といい、自分のグラスも差し出す。

そのまま黙っていると、ボーイがシェイカーを振りはじめる。それが終り、再び朱のカクテルが彼女の前に置かれたところで、思いきって尋ねてみる。

「あのう、僕とまた逢ってくれますか」

「ええ、もちろん」

彼女が素直にうなずくが、二人のあいだに少し行き違いがあるようである。

威一郎は、今度はクラブを通さず、直接、逢いたいと思っているのだが、彼女は今回と同じように、クラブを通して逢うのだと、思っているようである。

この機会とばかり、威一郎はさらに踏み込んできく。

「これ、僕たちだけの約束で逢う、というようなわけにはいかないのかな」

彼女は困ったように、しばらくカクテルを見てから答える。

「一応、クラブを通して、ということになっていますので……」

「でも、通さなくても、君がいいということなら、かまわないでしょう」

そのほうが、デート料を余計にとられなくてすむし、それに見合うお金は、こちらから直接、彼女に手渡してもいい。むろん、場合によっては、それより多少多くてもかまわない。

いずれにせよ、こちらも彼女も得だと思うが、いま、そこまではいい過ぎかもと思いながら、いってみる。

「もちろん、お礼はきちんとするけど」

彼女は再び黙り込んだが、やがてそっとうなずく。

「あのう、それはわかりましたけど、まだ一度目ですので……」

たしかに、初めて逢っただけで、次回からはクラブに内緒で、というのでは少し勝手過ぎるかもしれない。

それより互いに、もう一度か二度逢い、よく話し合ったうえで決めるのが自然かもしれない。

「わかった、じゃあ、またクラブを通して連絡しますよ。君はいつがいいの？」

「できたら、火曜日か木曜がいいんですけど」

たしかに今日は木曜日だが、威一郎のほうには、とくにいつでなければ、という制約はない。

「じゃあ、今度の火曜日、正式に予約するから空けておいてください」

「わかりました」

小西くんはかすかに頭を下げて、うなずく。


その夜、バーを出て、小西くんと別れたのは九時近くだった。

正面入口で会ってから二時間半程度しか経っていないが、威一郎は充分満足であった。

もちろん、さらに一時間、一緒にいるように求めたとしても、彼女が断るとは思えない。

しかし、だからといって時間ぎりぎりまで強要するのは、あまり格好のいいものではない。それより一時間以上余裕を残して解放してやるほうが、彼女もほっとして、こちらに好印象を抱くに違いない。

そんな打算というか、思惑があったことも確かである。

いずれにせよ、初めてのデートで、小西くんが気に入ったことは間違いない。はっきりいって、彼女は特別美しいわけでも、スタイルがいいわけでもない。普通の顔立ちで身長も高くもなく低くもない。やや痩せ気味だが、それが愛らしくも見える。

実際、話してみても、とくに頭の回転がいいとか弁が立つ、というわけでもない。ごく普通の女性のようだが、そこがいまの威一郎には安心できて好ましい。

「六十過ぎた、定年になった男には、まずまずの彼女だろう」

威一郎は自分にいいきかせ、一人で納得して、上機嫌で帰路につく。

「ただいまぁ」

家に着いて声を出してみるが、なかは暗くて誰もいない。

そんな闇のなかから、コタロウだけが吠えながら飛びついてくる。

「よしよし、淋しかったか。もう帰ってきたからな、安心しろ」

威一郎は抱き上げながら諭し、それから思い出したようにいってやる。

「可愛い、お姉ちゃんがな、おまえを好きだといっていたから、今度会わせてやるからな」

犬に囁《ささや》きながら、「これだけは必ず実現させるぞ」と自分にいいきかせる。

第十一章　妻の帰宅

明るい陽射しがあふれている午後の部屋に、テレビの音が流れている。

だがこのところ、威一郎はテレビをほとんど見ていない。音にひかれていったん画面は見るが、多くの場合、若いタレントたちが勝手気儘《きまま》に騒いでいるだけである。

それも、みなその場を盛り上げ、笑わせようとしている態度が見え見えで、かえってしらけてしまう。

だいたい、笑いというものは、笑わせようとして生まれるものではない。

それより何気なく懸命に、真剣にやっているときに思わず取りこぼしたりミスをする。その瞬間の照れたような困ったポーズ、そうした意外性から垣間《かいま》見《み》える本音の姿が笑いを誘うのである。

少し理屈っぽいかもしれないが、それが威一郎が会社にいたときから主張してきた「笑いの定義」である。

実際、広告業界では、関係各社がさまざまな番組のスポンサーになるので、その内容について、スタッフといろいろ論じることが多かった。

そんなとき威一郎が決まって主張してきたことで、この考えはいまも変っていない。

それにしても、最近のテレビはますます、この種のやらせっぽい番組が増えてきた。

それなのになぜテレビをつけているのか、といわれると少し困るが、正直いうと、家のなかに音が流れていないと淋しいからである。

このところ、娘と妻が続けて去っていき、家のなかは荷物がなくなった倉庫のようにがらんと静まり返っている。

そこに、多少とも活気をもたらすとしたら、テレビをつけておくくらいしかない。

いまも威一郎はテレビが見えるソファーに横たわったまま、午後二時の時報をきいたばかりだが、目は新聞の活字を追っている。

といっても記事を読んでいるわけではない。今日の主だった記事は、朝、目覚めて手にしたときに、すでに読んでいる。

それ以来、新聞を手にするのは三度目で、いま目を通しているのは囲碁の欄である。

最近は暇にまかせて毎日見ているが、数字がついた石を追っていっても、なかなかわかりづらい。それより本当は目の前に碁盤を置き、順に並べてみるといいのだが、そこまでやる気もないので、数字を見ながら適当に追っていく。

そのまま、「93」という数字のついた黒石まできたところで、玄関のほうでコタロウが吠えている。

いましがたまで足元にいたはずだが、誰か宅配便でも持ってきたのだろうか。

「コタロウ」

呼ぶと直ちに声がやみ、続いて玄関の扉が閉まったような音がする。

「どうしたんだ」

不思議に思って立ち上がり、玄関に出てみると、妻の洋子が上り口に座り込み、コタロウの頭を撫でている。

「なんだ、おまえか……」

家を出ていってから、ほぼ一カ月ぶりの帰宅である。

思わず気持ちが和むが、といって嬉しそうな顔をするのも癪である。

そのまま部屋に戻り、再びソファーに座ってテレビに目を移すと、妻がリビングルームに入ってくる。

それを追いかけるように、コタロウも入ってきて威一郎の胸元に飛び込み、手元から口元まで舐《な》めようとする。

どうやら、妻が帰ってきたことが嬉しくて、そのことを威一郎に告げ、一緒に歓迎しよう、といっているようである。

「こら、なにをするんだ」

コタロウが喜ぶ気持ちはわかるが、威一郎はそんな単純に歓迎するわけにいかない。

跳びつくコタロウを避《よ》け、再び新聞を手にすると、妻はそのままダイニングルームに行く。

そんなところでなにをするつもりなのか。腰を浮かしてうかがうと、手に持っていた袋をテーブルの上に置き、食品らしいものを取り出しているようである。

それを見つけて、コタロウが妻の許へ駆けつけると、妻が「あらあら」と溜息混じりの声を出す。

「コタロウ、少し肥ったんじゃありませんか」

久しぶりに家に戻ってきたというのに、まず犬の話から始めるというわけか。威一郎はいささか不快だが、できるだけ穏やかにいい返す。

「ちゃんと、散歩に連れていっている」

「それならいいんですけど、まさかドッグフードの銘柄を変えていないでしょうね」

そんな面倒なことを、するわけがない。

「ああ……」と生返事をすると、さらに犬の話が続く。

「たまには、シャンプーしてあげてくださいね」

「そんなに気になるなら、おまえが帰ってきて、世話をしたらいいだろう」

そういいたいのを抑えて黙っていると、コタロウが再び戻ってきて足元にからみつく。

とやかくいっても、いま、一番頼りになるのはこの男である。コタロウはそのあたりを知っていて、妻の前で威一郎に媚びてみせるのかもしれない。

「ざまあみろ」といいたい気持ちを抑えて新聞を見ていると、キッチンのほうから水道の音が聞こえてきて、妻が冷蔵庫のなかを覗いている。

自分がいなかったあいだのことを、いろいろ探っているのか。それにしても、今日、なぜ突然戻ってきたのか、きいてみようと思っていると、妻がリビングルームに戻ってくる。

「そういえば、あなた少しこざっぱりしたみたいね……なにか趣味でも見つけたんですか」

威一郎は思わず、片手を顔に当ててみる。

とくに趣味というわけではないが、そういえば一つだけ妻に内緒のことがある。先日、デートクラブの紹介で、若い女性と二人だけで逢った。ホテルで待ち合わせして、食事をし、そのあと一緒にバーで飲んで、また、逢う約束をしている。

それも、二十七歳の若くて愛らしい子だぞ。そういいたい気持ちを抑えて黙っているうちに、勇気がでてきて逆にきいてみる。

「それより、今日は突然、どうしたんだ」

「ちょっと心配だったから、様子を見にきたんです」

それではこのまま家にいるつもりなのか。それが一番知りたいところだが黙っていると、妻が続ける。

「それに、大分暖かくなってきたので、春物の洋服を取りに来たのです」

それでは、また出ていくつもりなのか。

本当に勝手な奴だと呆れるが、こうなったら出ていかれても一向にかまわない。

威一郎は目をテレビに向けたまま、別のことをきいてみる。

「美佳はどうしている？」

「職場が近いので、ずいぶん楽なようですし、毎晩、夕食をつくってあげるので、喜んでいます」

妻と娘と、二人でじゃれ合っている姿が目に浮かぶが、「それより大事なのは、この俺のほうだろう」といってやりたい。

その気持ちを辛うじて抑えていると、自然に文句をいいたくなる。

「おまえがそうやって、いつまでも美佳を甘やかすから駄目なんだ。親の意見もきかずに出ていったのだから、なにも世話をしてやることはないだろう」

「そんな……」

妻は呆れたというように、一つ溜息をついてから、

「でも、いまは物騒な世の中で、若い女性の一人暮らしは心配ですし……」

だからといって、亭主を放ったらかしにしていいのか。

「おまえ、いったいいつまで、美佳のところにいるつもりなんだ」

「まだ、決めてませんけど、当分はあちらにいるつもりです」

「当分って？」

「実は来週から、向こうで仕事を始めようと思って……」

「なんだと」

思わず威一郎は腰を浮かして振り返る。

「どこで、なにをやるんだ」

「船橋《ふなばし》のカルチャーセンターで、ヨガを教えるお手伝いです」

船橋といえば、美佳の住む八丁堀からは、さほど遠くはないかもしれない。

「そこに、美佳のマンションから通うつもりなのか」

「ええ、三十分もあれば行けますから」

あっさり答える妻が、急に、見ず知らずの他人のように思えてくる。

「おまえ、そんな大切なことを、俺に相談もなしに、勝手に決めたのか」

「だって、あなたに話したら、『やめろ』といわれるだけでしょう」

「当り前だ、そんな年齢《とし》になって、いまさら、働く必要はないだろう」

「でも、美佳は賛成してくれたわ」

妻はそこで自らを鼓舞するように、一つ息を吸って、

「家にばかりいたら老《ふ》け込むだけだから、せっかくのチャンスを活かして、お母さんも働いてみたほうがいいって」

どうだ、というように、一瞬、妻の胸が反り返ったように見える。

「水をくれ」

思わず、威一郎は妻に命じる。

とにかく、こちらが黙っていると、どこまで勝手なことをやりだすのかわからない。

ここはいったん水でも飲んで頭を冷やすしかなさそうである。

妻はいわれたとおり、グラスに水をいれて、威一郎の前のテーブルにおく。

それを一口飲み、いま一度、気持ちを落着けてきいてみる。

「さっきヨガといったけど、どうしてそんなことをやるんだ」

きかれるのを待っていたというように、妻は威一郎の横に座って話しだす。

「先月、船橋にある大型ショッピングモールで、ヨガの先生に偶然お会いしたの。そうしたら、ショッピングモールのカルチャーセンターでもヨガを教えていらっしゃるそうで、もし近くに住んでいるのなら、ぜひ、手伝って欲しいといわれたの」

「おまえが、ヨガを教えられるのか」

「だから、その先生の助手ですよ。もう五年も続けているんですから、そろそろ資格を取りなさいって」

たしかに、妻がときどきヨガの教室に通っているとはきいていたが、こんなことになるとは思ってもいなかった。

「それ、恥ずかしくないのか」

「なにがよ」

途端に、妻が威一郎のほうに向き直って睨みつける。

その見幕に圧《お》されて、「いや……」と口籠ると、さらに妻の言葉が迫ってくる。

「ヨガを教えることが、どうして恥ずかしいのですか」

ヨガを教えるなら、余程、引き締まった躰でなければと思うが、妻は以前とあまり変っていない。肥ってはいないが痩せてもいない。その程度で間もなく六十歳になろうとする女が助手をするなど、恥ずかしくないかとききたいが、そこまでいってはこじれるだけかもしれない。

「仕事をするなら、事務とかなにか、もう少し落着いたものはないのか」

「でも、これから机に向かって慣れない仕事を始めても無理だと思うの。それよりヨガならこれまでやってきたし、趣味を続けながらお小遣いをいただけるんだから、一石二鳥でしょう。とにかく年齢をとったら躰を動かすのが一番よ。それを考えると、一石三鳥になるわ」

　そこで、妻はいかにも勝ち誇ったように笑いだす。

「とにかくだ……」

　放っておいたら、どこまでつけ上がるかわからない。威一郎はこの際とばかり、きっぱりいってやる。

「美佳にしろ、おまえにしろ、勝手なことばかりして。いいか、この家の家長は俺なんだから、俺が駄目だといったら駄目なんだ」

　途端に、妻は冷やかな口調でいい返す。

「いまどき家長だなんて、相変らずあなたは古いわ」

「なにっ……」

　なんといわれようと、これでも東京に暮らして四十年になる。それも広告代理店という時代の先端をゆく業界で働いてきたのに、古いなどといわれたくはない。

　たしかに、横浜で生まれ育った妻は、以前から名古屋郊外にある威一郎の実家について、田舎《いなか》くさいとか封建的だといっていたが、それとこれとは別の問題である。

「じゃあ、いったい家族の統制は誰がとるのだ。俺が勤めを辞めても、家長には変りないだろう。それなのに、こんなばらばらになってしまって……」

いっているうちに威一郎は哀《かな》しくなるが、それを隠すように声を強くする。

「おまえは、こんなばらばらでいいと思っているのか」

「ばらばらなんて、哲也も美佳も自立して、ちゃんとやっているじゃありませんか。あなたはあなたで、暢《の》んびり過せばいいじゃありませんか」

そこで妻はうんざりしたのか、突然ベランダに目を移して「あら……」という。

「ベランダの花がすっかり枯れてるわ」

そのまま背を向けてベランダに出ていく。

一人取り残されて、威一郎は改めて腕組みして考える。

とにかく、今日突然、妻が戻ってきたことも、さらには、外に出て働きたいといいだしたことも、まさに予想だにしていなかったことである。

もともとお嬢さま育ちで、大学を出たあと、腰かけ程度のOL経験しかない洋子から、仕事をしたい、などという言葉を聞いたことなど一度もなかった。

それがあれだけはっきりいうのだから、これはやる気満々、本気であることは間違いないようである。でもいざやってみたら、これまで主婦として家庭にいる時間が長かっただけに意外と大変で、音をあげるかもしれない。

そのあたりのことは正直わからないが、それだけやりたいのなら下手に押さえつけず、いっそ本人の希望通りやらせてみるのも、悪くはないかもしれない。

考えながらベランダを見ると、洋子が水差しを持って、枯れかけた花に水をやっているようである。

そのうち、水滴がベランダのガラスに当って、午後の明るい光に輝いている。

やはり、家には妻がいて花に水をやる、そんな姿を見て過すのが自然なのかもしれない。

何気なく思っていると、妻がベランダから戻ってくる。

「暖かくなってきたのですから、朝夕二回くらい、お水をやらなければ駄目ですよ」

自分から勝手に家を出ていって、いまさら、なにをいうのかと無視していると、妻の声が高くなる。

「聞いているのですか?」

花がそんなに気になるのなら、戻ってくればいいだろう。そういいたいが、それをいうと、また大事になりそうである。

「わかった……」

「しっかりしてくださいよ」

念をおす妻を振り返って、威一郎は突然、お金のことを思い出す。

たしかに妻が出ていったおかげで、それなりの預金が入っている通帳を一つは受け取ることができたが、その他のお金はどうなっているのか、やはり気にかかる。

「この前、通帳はもらったけど……」

瞬間、妻はなにをいいだすのかと、不審気に威一郎を見る。

「さし当りはあれでいいけど、他の預金はちゃんと持っているんだろうな」

「持っているって、銀行の貸金庫に預けてありますよ」

「その鍵は、おまえが持っているんだな」

「いけませんか？」

「そういうわけではないけど……」

妻は一歩近づき、改まった口調でいう。

「残りは、わたしたち全員の財産ですから。これから、どんなことがあるかわからないし、大事にとっておかなければならないでしょう」

なにやら子供に諭すようないいかただが、そんなことは威一郎もわかっている。

「俺の会社からの、企業年金は？」

「それも、きちんと口座に振り込まれています」

そういうところをみると、妻は家から出ていっても、自分と別れる気まではないようである。

「それなら、いいけど……」

「通帳のお金、大事に使ってくださいね。あなたが寄こせ寄こせというものだから、あんなに渡しましたけど」

「だって、俺の金だろう」

「そんないいかた、やめてください。いまは年金生活なのですから」

「勝手に出ていって、偉そうにいうな」

とにかく妻と話していると、苛々するだけである。ここはいったん離れて、自分の部屋に引っ込んでいたほうがいいかもしれない。

そう決めて、威一郎は自分の部屋に戻り、ベッドに仰向けになる。

まだ二時半で、妻が来て三十分しか経っていないが、半ば閉じられたカーテンのあいだから、明るい午後の陽が洩れてくる。

そのなかで目を閉じていると、リビングのほうから、かすかに掃除機の音がもれてくる。

家を出ていき、その先でアルバイトを始めるといっていながら、突然、戻ってきて部屋の掃除を始める。

いったい、どれが本気なのかときさたくなるが、この家も娘のところも、そしてアルバイトも、みんな自分のやりたいようにやることが、妻という女の欲張りなところなのかもしれない。

まあ、しばらく好きなようにやってみればいいさ。そのまま微睡《まどろ》みかけると、突然ドアが開き、妻の声が流れ込んでくる。

「じゃあわたし、行きますからね」

「なにっ……」

威一郎が慌てて上体を起こすと、妻は早くも玄関に向かっているようである。

同じ出ていくにしても、もう少し愛想のある別れ方でもしたらどうなんだ。そう思いながら廊下に出ると、着替えの衣類が入っているのか、キャリーバッグを引きながら玄関へ向かっている。

その尻の張った後ろ姿を見ているうちに、威一郎は見送る気持ちが失せて、部屋に戻る。

かわりにコタロウが、玄関口で吠えている。

やはり妻が去っていくことがわかるのか、甘えるような、せがむような声である。

それに妻が応えているのか、さらに二、三度吠えて急に静かになる。

どうやら妻は行ってしまったのか。

見送ったコタロウが戻ってきて、「帰ってしまったよ」と訴えるように、威一郎にすり寄ってくる。

「よしよし、あんな奴は放っとけ……」

諭してやるが、うるさいので起き上がり、いったん玄関まで行ってみるが、ドアはきちんと閉じられている。

そのドアに鍵をかけ、ビールが飲みたくなったのでキッチンの冷蔵庫を開けようとすると、扉に紙が貼ってある。

「可燃ごみの収集日……水、土、資源ごみの収集日……火曜日、不燃ごみの収集日……毎月第二、第四月曜日、ペットボトルの収集日……毎月第一、第三月曜日、花の水やり、火の元確認、戸締まり、忘れないように」

間違いなく、妻が貼りつけていったものである。

妻の字はもとからきっかりとしているが、目の前の字は黒いマジックで書かれているせいか、さらに一段と逞《たくま》しく見える。

「こんなもの……」

これすべてを、きちんと守れというのか。

余計なお世話だ。そう思って引き剝がしかけるが、あったほうが間違いないかと思い返して、そのままにして扉を開け、ビールの缶を取り出す。

栓を開けるとともに一気に飲み込み、思わずつぶやく。

「ちくしょう」

いまさら、自分勝手に出ていった女の指示など受けたくない。家にいない女はだまっていろ。

そうつぶやいた次の瞬間、「もしかして」と思う。

これだけ堂々と貼紙をしたところをみると、これで俺やコタロウへの愛着をきっぱり切り捨てたのではないか。もはや帰るつもりのない家だから、これだけ堂々と貼紙をして、命令することができるのでは。

実際、先程の一連の行動を見るかぎり、ただ、家に戻らないと、強情を張っているだけではなさそうである。それより、俺とは完全に離れて、自分のやりたいことをやって生きていく。

そのことを宣言するために、来たのではないか。

実際、一カ月ぶりに現れた妻は、いうこともやることも、なにか晴れ晴れとして活気に満ちていた。

それ以前、家にいたときは、いつも眉根を寄せて、「頭が痛い」「眠れない」などとつぶやき、沈み込んでいることが多かった。

そんな妻の様子からは想像もできないほど、今日の顔は血色がよく、声も張りがあって、躰も少し引き締まっていた。

してみると、俺と一緒にいたときはやはり、「主人在宅ストレス症候群」で、病気の原因は俺だった、というわけか。

「勝手にしろ」

威一郎は一瞬、頭を横切った不快な思いを切り捨てるように、一気にビールを飲む。

途端に、慌てて飲み過ぎたせいか激しく咳《せ》き込み、一部を口から吐き出して、キッチンに駆けつける。

そこにある布巾で口元を拭くと、ビールの苦味だけが滲《にじ》んでくる。

「しっかりしろ……」

若いときは、こんなことで噎《む》せることなどなかったが、これも年齢《とし》をとったせいなのか。

急に自信がなくなり、あたりを見廻すと、部屋ががらんと静まり返っている。

いままでいたうるさい妻が、出ていったのだから静かになるのは当然である。

これでせいせいした、と思いたいが、なぜか淋しい。

これからまた毎日、部屋の掃除や食器の片付けなど、一人でしなければならないと思うと、うんざりする。

とにかく、一人は淋しい。

誰かいないだろうか。考えているうちに、自然に小西佐智恵の顔が浮かんでくる。

「妻が勝手なことをやるのだから、俺も勝手なことをしてもかまわない」

心のなかでつぶやきながら、手帳を開く。

彼女の住所や電話番号はまだわからないが、デートクラブの番号はわかっている。

威一郎は携帯でナンバーを出し、しばらく眺めてから、かけてみる。

すぐ出てきた案内の女性に、自分の会員番号をいい、次の予約のことをきく。

彼女と別れた翌日、次のデートの予約をしたはずだが、それを改めてたしかめてみる。

「はい、たしかに火曜日に、小西さんとの約束になっておりますが」

「大丈夫ですね」

「ご安心ください」

確認したところで、「ありがとう」といって電話を切る。

そのまま椅子に座りゆっくりビールを飲んでいると、自然に口元が弛《ゆる》み、笑いたくなってくる。

ワイフの奴、あんな女、家にいたくなければ帰ってこなくていい。いっそ、このまま いなくなってくれたら、どれほど好都合なことか。

俺だって、やりたいことが沢山あるんだ。

自分につぶやき、次のデートのコースのことを考える。

前回は虎ノ門のホテルだったから、今度は渋谷の比較的新しいホテルに行ってみようか。

その最上階からは都内が一望の下に見下ろせて、晴れていたら富士山《ふじさん》も見えるようである。

その階にはフレンチレストランがあるらしいから、そこに連れていったら、彼女は驚き、感激するに違いない。

むろん、そのあとバーにも行くが、渋谷のホテルにした最大の理由は、そこからなら、この家のある二子玉川まで比較的近いからである。

「ちょっと、行ってみない？　犬も待っているから」といったら、もしかしてここまで来てくれるかもしれない。

「でも、ご家族の方が……」ときかれたら、「妻はいない」といったほうがいいのか。

しかし、この前いったとおりに一人だとわかると、かえって警戒するかもしれないから、「ちょっと、今日は出かけているので」というべきかもしれない。

いや、それ以上に、二子玉川ときいて尻込みするかもしれない。

実際、彼女が住んでいる木場からはかなり遠くて、電車を乗り継いで一時間くらいかかるかもしれない。

「そんなところにまで、来てくれるだろうか」

急に不安になるが、「大丈夫」と思わずつぶやく。

「帰りは、タクシーを呼んでやればいいのだ」

そこから木場までどれくらいかかるのか。もちろん乗ったことはないが、前の会社から家まで八千円近くかかったから、それより少し遠いから、一万円近くするかもしれない。

「高い」とは思うが、夜も遅いし、それくらいは仕方がない。

とにかく、身勝手な妻や娘たちに金を費《つか》われるくらいなら一万円など惜しくはない。それより、彼女に費うほうがはるかに有意義で、自分のためでもある。

「よし、今度は必ず、ここに連れてくるぞ」

自分にいいきかせて、ふと横を見るとコタロウがいない。

何処に行ったのか、不思議に思ってリビングに行ってみると、ソファーのいつも威一郎が座っている場所にうずくまっている。

「どうしたんだ」

声をかけても大人しいところをみると、悄気《しょげ》ているのか。それとも、また飼い主夫婦が喧嘩をしたことを案じているのかもしれない。

「よしよし、大丈夫だからな」

威一郎が頭を撫ぜてやると、思い直したのか膝元に入ってくる。

「あんな、勝手な女のことなぞ、気にするな」

さらに、顎のあたりを舐めようとするコタロウにいってやる。

「今度はな、もっともっと若くて可愛いお姉ちゃんに会わせてやるからな。おまえも吃驚《びっくり》するぞ」

そこまでいって、威一郎は改めてコタロウを抱き上げて命令する。

「いいか、そのお姉ちゃんは、おまえが目的だからな、おまえを見に来るのだから頼むぞ。思いきり嬉しそうにじゃれついて、甘えてくれ」

威一郎が諭すと、コタロウはわかったのか、大きく喉元を見せ、「くんくん」と二度うなずいてみせる。

第十二章　二子玉川へ

今夜、小西佐智恵と逢うホテルは、渋谷の駅の横を走る国道二四六号線を西へ、軽い坂道を上る途中の左手にある。

このホテルができたのはいまから八年前と、やや新しいこともあって、威一郎はまだ入ったことがない。

しかし四十階建てと、渋谷界隈《かいわい》のホテルではきわだって高く、しかも最上階からは、晴れている日は富士山が見えるということで、以前から、一度、行ってみたいと思っていた。

今日、小西くんとここで逢うことにしたのは、そうしたもの珍しさもあったが、それより最大の理由は、このホテルからなら、二子玉川にある威一郎の家までさほど遠くないからである。

食事のあと、思いきって、自分の家に行こうと誘ってみたい。成功するか否かわからないが、ともかくトライしてみよう。

もちろん、彼女は驚くだろうが、このホテルからなら誘っても、さほど不自然ではないかもしれない。

そこまで考えて、このホテルで逢うことにしたのである。

待ち合わせは六時半だが、まだ少し余裕がある。

威一郎は入口に近いフロントの左手の大きな柱の前に立って、あたりを見廻してみる。

それにしても、このホテルのフロントは豪華である。

まず天井が高く、ゆったりとしているうえに、奥の広い窓ぎわの席は半円形に広がり、そこに大きな椅子とテーブルが何組も並んでいる。

小西くんは、まだこのホテルには行ったことがないといっていたから、きっと驚くに違いない。

そんな彼女を連れて、最上階にあるフレンチレストランに行くが、そこもすべて二日前に来て、下見は終えている。むろん、今夜六時半から二人分のフルコースも予約済みである。

本日の実行計画の再確認を終えてトイレに行き、再び戻ってくると、フロントの回転ドアが開いて女性が一人現れる。

やや小柄だがすらりとして、淡いピンクのワンピースを着て、肩口に白いストールを掛けている。間違いなく小西佐智恵である。

思わず威一郎は右手を挙げ、そちらへ歩み寄ると、その前に彼女が駆け寄ってくる。

こういう彼女の素直なところが、愛らしい。

「わかった？」

「はい、すぐわかりました」

時計を見ると六時半だが、時間に正確なところも好ましい。

「ここの一番上の四十階に、レストランがあるのでね。そこへ行ってみよう」

小西くんは驚いているようだが、威一郎はかまわず、左手のエレベーターホールへ向かう。

幸い、他に客はいなくて、小西くんと二人だけで、エレベーターの端に寄り添ったまま、一階から四十階まで一気に昇る。

こんなことにも、どぎまぎする自分が、威一郎には不思議で新鮮である。

たちまち最上階に着いて、威一郎が先に降り、軽くカーブしている廊下を左へ行くと、右手にウェイティングバーがあり、その先にレストランの入口が見える。

そこまで威一郎が先に行くと、レストランの入口に立っていたボーイが頭を下げて二人を迎えてくれる。

「予約している、大谷ですが……」

それだけでボーイはわかったらしく、自ら先導して、やや奥の窓ぎわの席に案内してくれる。

威一郎は小西くんを奥の席に、自分は手前の席で向かい合って座り、一つ大きく息をつく。

前回は、虎ノ門のホテルのやや大衆的なレストランであったが、ここは高層ホテルの最上階にある豪華なフレンチレストランである。

実際、いま半ばほど入っている客も、かなり裕福そうな熟年層が多い。

「凄いですね」

小西くんも豪華さに驚いたようである。低くつぶやくと静かに窓の外を見る。

向かい合っているテーブルの横全面が窓になっていて、眼下に無数のビルや木立ちが小さく犇《ひし》めき合っている。

「あっちは、中目黒《なかめぐろ》のほうかもしれない」

前に来て、予《あらかじ》めボーイに聞いておいたことを説明すると、小西くんは真剣に見入っている。

「晴れていると、向こうのほうに富士山が見えるらしいんだけど」

威一郎は自分の後ろのほうを振り返るが、むろん陽の落ちたいまは見えない。

「なにか、別世界のようですね」

小西くんがつぶやいたとき、ボーイが「食前酒でもいかがでしょうか」とききにくる。

「そうだな、シャンパンにしてもらおうか」

あまり高いところから見下ろしていると、気持ちまでおおらかになってしまう。

「お料理は、ご予約いただいているコースでよろしいでしょうか」

「お願いします」

たしか一人、二万円近かったから、二人の食事代だけで四万円は軽くかかるが、それくらいの覚悟はすでにできている。

「すみません」

豪華なレストランに連れてきてもらったことに、恐縮しているのか、小西くんがつぶやくが、そんなところがまた愛らしい。

やがてシャンパンが運ばれてきて、威一郎がグラスを持ち、小西くんも持つのを待って、軽く重ねる。

「じゃあ、二人のために……」

少し照れくさいが思いきっていうと、小西くんも軽くグラスに唇をつける。

やがて料理が運ばれてくるが、初めは帆立貝のアミューズのようである。

そこで思い出して、威一郎が料理の案内書を手にとると、その表に、「COUCAGNO」と記されている。

「これ、クーカーニョって読むらしいけど、どういう意味かわかる?」

小西くんがしばらく見て、「なんですか?」ときくのを待って、教えてやる。

「桃源郷、という意味らしいよ」

前にきて、教わったとおりのことをいってやると、小西くんが字を見ながらつぶやく。

「フランス語ですか?」

「そうだったかな。僕も初めて知ったんだけど、たしかに、こんなところで食事ができたら桃源郷だよね」

くわえて、若い女性と二人でいるところが最高だが、それはおさえておく。

そのまま、二人で光の瞬《また》く下界を眺めていると、さらに料理が運ばれてくる。

オードブルのあとは、オマール海老と白いアスパラの軽い燻製《くんせい》のようである。

「どう、美味しい？」

「はい」

緊張してナイフとフォークをつかっている小西くんが、初めて笑顔を見せる。

威一郎も嬉しくて、気がつくとシャンパンを飲み干している。

そこで白ワインに変えるが、小西くんがあまり飲めないことを考えて、グラスで頼む。

それを一口飲み終えたところで、突然、室内が暗くなる。

どうしたのか、不思議に思って振り返ると、ボーイがきて、「夜になると室内を暗くしたほうが、下の夜景が美しくなりますので……」と、説明してくれる。

いわれて、改めて窓を覗くと、眼下に輝く無数の明かりが一段と明るく浮きたって見える。

「ここでは、夜景も立派な料理の一つだね」

少し洒落たことをいったと思っていると、小西くんは素直にうなずいてくれる。

この調子なら、年齢《とし》が親子ほど離れていても、特に違和感はない。

威一郎はますます自信がでてきて、舌平目《したびらめ》のグリエからフォアグラへとフォークをすすめる。

それにしても、こんな高級なレストランで二人だけで食べている自分たちを、周囲はどのように思っているだろうか。

父親と娘なのか。それならこんなところに二人で来るわけがないから、恋人同士とでも思うだろうか。威一郎は気になるが、他の客はいずれもこちらに関心などなさそうだし、ボーイたちはサービスに忙しそうである。

なにも気にせず堂々としていればいいのだ。自らにいいきかせて、さらにフォークを動かす。

フルコースで相当、料理は多いと思ったが、すべてもの珍しく、そのうえ思ったよりあっさりとして食べ易いので、次々と平らげているうちに、メインのフィレ肉のグリエになる。

これを食べ終ると、あとはデザートになってしまう。

ところで、これからどうしようか。予定では二子玉川の家に誘ってみるつもりだが、どのあたりで、切りだすべきか。

できることなら何気なく、ふと思い出したようにいいたい。

考えているうちに、デザートが出てきて、ボーイが、「このあと、コーヒーか紅茶か、フレッシュハーブティーなどがございますが」ときいてくる。

威一郎が、「コーヒー」と答え、小西くんも「同じにしてください」といったところで、そっと窓を見る。

外はもう完全に暮れて、眼下は無数の光の海になっている。天気のいいときは東京湾からベイブリッジまで見えるといっていたが、たしかにいま羽田《はねだ》から飛び立った飛行機らしい明かりが夜空を横切っていく。威一郎がそれを目で追っていると、小西くんも同じ方角を見ている。

そのまま数分経ったところで、威一郎は思いきっていってみる。

「ねえ、これから、僕の家に行ってみない」

瞬間、小西くんが不思議そうに威一郎を見る。

突然、なにをいいだすのか、納得しかねているようである。

「僕の家がね、この先の二子玉川にあるので……」

「………」

「この前もいったけど、家にビーグルがいて、ぜひ見て欲しいんだ」

これが威一郎が用意していた決め手の台詞だが、小西くんはまだ考え込んでいる。

そこにコーヒーが運ばれてきて、二人の前に置かれ、ボーイが去っていく。

それを待って、威一郎はさらに誘う。

「ここから車で行けば直ぐだし、帰りも車で送るから」

考え込んでいた小西くんが、ようやく口を開く。

「でも、こんな夜に、突然行って……」

たしかに、彼女が案ずるのも無理はない。せっかく誘われたからといっても、そこはどんなところで、誰がいるのか。

もし、奥さまでもいたら変に思われるのではと、いろいろ考えているのかもしれない。

「実はね、家といっても、僕とそのビーグルしかいないんだ」

「………」

「ちょっとでいいから、そいつに会ってやってくれないかな」

ここはコタロウに頼るよりないが、小西くんはようやく口を開く。

「あのう、お一人で住んでいらっしゃるんですか」

こんな夜に、いきなり親子ほど違うおじさんの家に行こう、と誘われて、困惑するのは当然である。

「いや、ワイフはいるんだけど、いまは成田《なりた》のほうに行っていて、いないんでね。たいしたところじゃないけど、二、三十分でいいから、どうかな」

正直いって、ここまで来て、家に来てもらえなければ、これだけ高価なレストランの食事を奢《おご》った甲斐がない。

「本当に、犬を見てもらうだけだから」

それ以外に、怪しいことを求めるような野心がないことも、はっきりいっておかなければならない。

「あいつが淋しがっているんでね」

「…………」

「まだ八時半だし、九時半には車を呼んであげるから」

クラブの規定で、デートの約束は十時半までは保証されている。それを思えば、さほど無理をいっているわけでもない。

「ほんの少しだから……」

改めて、拝むような気持ちでいうと、小西くんがようやくうなずく。

「じゃあ、行って、すぐ帰ります」

「ありがとう」

威一郎は思わずテーブルに両手をついて、頭を深々と下げる。


食事を終えて、レジで会計をすると、五万二千円である。

フルコースと、シャンパンやワインの料金も加えると、それくらいになるとは予測していたが、それにしても自分のお金で、これだけ高い食事代を払うのは初めてである。

一瞬、もったいないと思うが、これで若い女性と二人で家に行けるのだと思うと、急に気持ちが華やぐ。

再びエレベーターで一階に降り、フロントから正面出口に出て、待っていたタクシーに乗る。

「二子玉川へ」と指示すると、運転手は即座に「はい」と答えて、「高速に、乗りましょうか」ときく。

別に、乗るほどの距離でもないが、威一郎は鷹揚《おうよう》に「ああ」とうなずく。

それにしても、小西くんと二人で、タクシーに乗るのも初めてである。

一瞬、なにか秘密の旅行か、ラブホテルにでも行くような錯覚にとらわれるが、威一郎は自らにいいきかせる。

「変な気持ちをおこしては、いかん」

今日はとにかく家まで行って、コタロウに会ってもらうだけである。ついでに、いまは妻がいない、一人身であることも知ってもらいたい。

見知らぬ家に男性と二人で行くことに、小西くんは緊張しているのか、顔は窓に向けたまま、身じろぎひとつしない。

「こちらのほうには、あまり来たことがない？」

少し気持ちをほぐすように威一郎がきくと、小西くんが「はい」と答える。

「晴れていると、高速からも富士山が見えるんだけど」

少しでも、小西くんの気持ちを和らげたいが、彼女の眼は相変らず外を見ている。

そういえば、デートクラブの取り決めは、あくまでデートを斡旋するだけである。それ以上、二人が仲良くなったり関係するところまでは関わらない。実際、そこまで干渉したら、売春斡旋と同じになってしまう。

そのあたりは、客も女性たちもよくわかっていて、デートから先のことは、当人同士の問題になる。

もちろん、二人がその気になれば、男はお金を払わず自由に逢えることになるが、きいたかぎりでは、そういうケースは意外に少ないようである。

実際、今日も前回と同様、威一郎はデート代を払っているのだから、彼女にとっては仕事の一つといえなくもない。

もっとも、それでは女性に危険なことも多いので、男の客の身元はすべてきちんと調べられている。

威一郎も入会するとき、身分証明書を見せているから、クラブのほうでは住所も職業も年齢も、すべてわかっている。

ただ、威一郎は無職というのは口惜しいので、入会手続きの書類には前の会社の「顧問」ということにしている。

これは威一郎が勝手につけたものだが、小西くんは、大手の広告会社の偉い人、と思っているようである。

まあ、それらしく上品に振る舞おう。

改めて、威一郎が自分にいいきかせたとき、車は高速を下りて環状八号線に出る。

そこから右へ曲がり、二子玉川駅の前を左に行くと威一郎の家がある。

車は指示どおり、賑やかな駅前を抜けて多摩川と並行に走る道を行くと、急に静かな住宅街に入る。その先、軽く高台になっているほうへ一本入った先で停めてもらう。

「あ、そこでいいよ」

威一郎が支払いを終えて降りると、小西くんも続いて降りて、あたりを見廻している。

駅から歩いて七、八分なのに、あたりには大きな樹木が茂り、静まり返っている。

「昼間だと、この先に多摩川が見えるんだけど」

威一郎が説明するが、いまは夜の樹々におおわれてまったくも見えない。

「どうぞ……」

通りから少し奥まったマンションは五階建てで、威一郎が買ったころは都内でも人気のマンションだった。

そこの入口を持っていた鍵で開け、エントランスを抜けて、エレベーターで三階へ昇る。

そこから左へ三戸先へ行ったところが、威一郎の家である。

「大谷」と、苗字《みようじ》だけ書いてある表札がぶら下がっているドアを開けると、いきなりコタロウが跳びついてくる。

夜、家を空けることはあまりないので、淋しかったようだが甘えるような声を出しながら全身を擦《こす》りつけてくる。

「よしよし、今夜はお客さまだよ」

いわれて、コタロウは一瞬、小西くんを見上げるが、直ぐ「なあんだ」というように、威一郎にからみついてくる。

「どうぞ、あがってください」

威一郎が小西くんにいって、スリッパを出すと、彼女は「すみません」といって、靴を脱ぎはじめる。

それを見届けてリビングルームに行き、明かりを点《つ》けるとコタロウが部屋のなかを駆けめぐる。

今日は夕方、出かける前に部屋を掃除したので、汚れていないはずだが、改めて見廻していると、小西くんがそろそろと入ってくる。

「さあ、どうぞ、こちらに座ってください」

L字形のソファーの中央に小西くんを座らせ、自分はそれと九十度の横にいったん座りかけるが、すぐ思い出してキッチンへ行く。

もう、お腹のほうは充分食べたはずなので、威一郎は冷蔵庫からウーロン茶を取り出し、それを二つのグラスにいれて持っていくと、コタロウが不思議そうに小西くんを眺めている。

初めての来訪者なので、少し警戒しているようだが、それでもそろそろと近づき、差し出された手を軽く舐めはじめる。

「人懐っこいでしょう」

小西くんはようやく安心したのか、周囲を見廻してきく。

「ここに、一人でお住まいなのですか」

「そう、いまのところはね」

ようやくコタロウは安心したのか、ソファーの上にあがり、小西くんの膝の上に座ろうとする。

「うわぁ、くすぐったい」

相手が若い女性とわかったのか、ずいぶん馴れ馴れしい。

「コタロウというんです」

「そうでしたね。可愛い名前」

小西くんも甘えられることは嫌いではないようである。

手を差し出すと、コタロウはじゃれつき、気がつくと小西くんの膝の上にちょこんと座っている。

「君の実家で飼っている、ビーグルはどうですか」

「それが凄く好き嫌いが激しくて、初めての人には吠えるだけで、ほとんど近づかないのでぃ……」

それからみると、コタロウの人懐っこさは貴重である。

「名前はなんというの?」

「ラルフです」

よくわからないが、怖そうな名前である。

「じゃあ今度、君のラルフとコタロウと、一緒に会わせてみたいな」

「駄目です。あの子は他の犬が近づくと、すぐ吠えて」

「でも可愛いんでしょう」

「ええ、わたしのいうことだけはきちんとききますから」

女性は、自分のいうことだけをきく犬が好きなのかもしれない。

「でも、ここでコタロウくんと二人で住んでいるんですか」

「まあね、いまはそういうことになっちゃって」

二年前に退職してから妻との関係が険悪になり、彼女は娘のところへ出ていってしまったが、ここで、そこまでいう必要はなさそうである。

「でも、ずいぶん大きなお家ですね」

一〇〇平方メートルのマンションに一人でいるのだから、かなり広いことはたしかである。

「君のところは？」

「わたしのところなんて、ほんのワンルームで……」

若い女性なのだから、その程度で充分である。

それにしても、これから先、どうしようか。ようやくの思いで家まで連れてきたが、改めて話すこともない。といって、このままでは小西くんも落着かないに違いない。ならばいっそテレビでも点けようかと思うが、それでは煩《うるさ》いだけである。

威一郎はあたりを見廻し、そこで思い出したようにいってみる。

「こっちが、僕の部屋でね……」

何気なく立ち上がり、「ちょっと、来てみない？」と誘うと、小西くんも仕方なさそうに従《つ》いてくる。

せっかくだから、少し部屋に馴染んでもらったほうがいい。そのまま廊下に出て、リビングルームと反対側のドアを開けると、威一郎の書斎がある。

威一郎が明かりを点けると、すぐ左手に机があり、その先にベッドが横たわっている。

手招きすると、小西くんがそろそろ入ってくる。

「どうぞ……」

「夜は、ここに休んでいるんでね」

そのまま二人で突っ立っていると、突然、小西くんを抱き締めたい衝動にかられるが、ここでそんなことをしては終ってしまう。

自分にいいきかせた瞬間、小さなベッドサイドテーブルの下に、ポルノビデオがあるのを思い出す。たまに眠られぬ夜、それを見ることがあるが、そこまで知られては恥ずかしい。

「行こうか……」

そっとドアを閉め、廊下に出ると、小西くんは安心したようにリビングルームへ戻るが、とにかくこのままでは落着かない。そこで仕方なくテレビを点けると、騒々しいバラエティー番組が流れてくる。

「君は、どういう番組が好きなの」

「いえ、わたしは別に……」

最近の若い女性は、テレビより音楽を聴くほうが多くて、娘の美佳もそうだったが、小西くんもそうなのかもしれない。

しかし、そういわれても、ここには気の利いたアルバムはない。

それより、いま重要なのは、今日のデートを次のデートにつなげることである。

威一郎はすぐテレビを消して、きいてみる。

「今度、どこか京都にでも行ってみない？」

瞬間、小西くんは信じられぬ、といった顔をする。

「京都で美味しいものを食べて、新緑の琵琶湖《びわこ》を巡る、なんていうのはどうかな」

今度は、小西くんはなにもいわず、目を伏せている。

二人で旅行するなど、小西くんは想像だにしていなかったようである。

たしかに威一郎も、そこまでできるとは思っていないが、一応こちらの望みだけは伝えておきたい。

「週末でもはさんで、暢《の》んびり行ってみたいな」

「………」

「これから、新緑の京都はいいよ」

小西くんからの返事はないが、今日、ここまでいえただけで満足である。

次はなにの話題に移ろうか。こんな夜に若い女性と二人でいるだけで、威一郎は落着かない。

「なにか、クッキーでもどうですか」

「いえ、わたしはもう……」

小西くんは慌てたように首を横に振る。

たしかにあれほどのフレンチを食べたあとでは、なにも欲しくないのは当然である。

ではどんな話題に移ろうか、そのまま考えていると、小西くんが軽く時計を見てつぶやく。

「わたし、そろそろ失礼します」

「もう帰るの？」

まだ家に来て三十分も経っていないが、壁の時計は九時半を示している。

ここから木場まで帰るとしたら、小一時間かかるから、規定による拘束時間は、ほぼ満たされたことになる。

「残念だなあ……」

もう少し居て欲しいが、これ以上、強要すると、「しつこいおじさん」になるだけである。

それより今夜は家まで連れてこられたことに満足して、ここは余裕を見せて、帰したほうが無難かもしれない。

「じゃあ、また遊びに来てよ」

思いきって明るくいい、さらにコタロウをつかう。

「そう、コタロウも待っているよな」

小西くんが苦笑するのを見て、威一郎は立ち上がる。

「じゃあ、タクシーを呼ぶから」

「いいえ、わたし、先程の駅まで行けば、電車で帰れますから」

「いいから、すぐ呼んであげる」

威一郎は部屋の端にある電話で車を呼ぶ。

「あのう、わたし、本当にいいですから」

小西くんはまだ遠慮しているが、かまわず呼ぶと、五、六分で来るという。

威一郎は財布を取り上げ一万円札を二枚取り出す。

この時間帯、木場までだと一万二、三千円かと思うから、これだけあれば、充分である。少し多すぎるかもしれないが、ここは思いきり、気前のいいところを見せてやりたい。

「これ、車代につかって」

「いえ、こんなに……」

「いいんだ、いいんだ、それより、また来てよ。一人でいつも退屈しているんだから」

最後は正直にいうと、小西くんが笑顔でうなずく。

いよいよ帰れるとわかって、安心しているのかもしれない。

「それに、京都にも行こうよ」

簡単に承知するとは思えないが、いま一度、いっておくにこしたことはない。

もちろん、小西くんははっきりと返事をしないが、悪い気はしていないようである。

そのまま二人でコタロウにじゃれついていると、インターフォンが鳴る。

どうやらタクシーが来たようである。

「じゃあ……」

威一郎が立ち上がると、小西くんもバッグを持って立ち上がる。

やはり、男一人の見知らぬ家に来て、緊張していたようである。

そのまま威一郎が先に玄関に行くと、コタロウも従いてくる。

「よしよし、おまえも送ってくれるのか」

小西くんと、威一郎はコタロウを抱いたままエレベーターに乗り、エントランスを出ると、すぐ前に車が待っている。

春の朧月夜《おぼろづきよ》、というわけではないが、曇り空に月がかすんで見える。

「じゃあ、気をつけてね」

「はい、今日はいろいろご馳走になって、本当にありがとうございました」

小西くんは改めて深々と頭を下げて礼をいう。

こういうきちんとしているところが、堅いが好ましい。

「また、逢おう」

思いきって威一郎が右手を出すと、小西くんもそっと手を差し出す。

その手をしっかりと握って、「またね」と念をおす。

「はい」

小西くんはうなずくと、いま一度、頭を下げて車に乗る。

「またね」

その声がきこえたのかどうか。車は動き出し、威一郎が手を振ると、小西くんも車のなかから手を振っている。

そのまま車の尾灯が遠ざかり、角を曲がって消えたところで、威一郎は一人でゆっくりつぶやく。

「帰ってしまった……」

何気なく、夜空に向かって溜息をつき、マンションに戻る。

すでに小西くんはいなくて、部屋はがらんとしているが、威一郎は冷蔵庫から缶ビールを取り出して一気に飲む。

なにか、大きな仕事をしたあとのような、疲れを覚える。

これで、今夜一晩で食事代から車代、そしてクラブに払ったデート代などまで含めると、十万円近くになる。

一日にこれだけ、自分のために費《つか》ったのは初めてだし、とんでもない出費だが、ある種の満足感はある。

たとえ、馬鹿げた浪費といわれても、妻や娘たちに勝手気儘《きまま》に費われるよりも、はるかに意味がある。

「そうだろう」

コタロウにきき、両手で抱き締めてやる。

そういえば今夜の最大の功労者は、こいつである。コタロウがいてくれたおかげで、どれほど救われたことか。

「おい、ありがとう」

威一郎が抱き上げ、鼻をこすりつけてやると、コタロウもわかったのか、威一郎の鼻の頭を優しく舐めてくれる。

そのまま、目を細めていると、いきなり電話が鳴る。

小西くんからか、しかし彼女からなら携帯にくれるはずである。

不思議に思って受話器をとると、息子の哲也である。

「なんだ、おまえか……」

思わず気が抜けてつぶやくと、哲也がきく。

「変りないの？」

「ああ……」

無愛想に返事をすると、少し困ったように「別に用事はないんだけど」という。

こちらのことを気遣って、わざわざ電話をかけてくれたようである。

威一郎は一人でうなずいて、思いきっていう。

「元気だから、ありがとう」

それに安心したのか息子も「お休み」といって電話を切る。

小西くんのことといい、息子の電話といい、今夜はなにか満たされた気分になって、威一郎は「お休み」と、誰にともなくいってみる。

第十三章　追いかける

春の終りから夏にかけて、威一郎はしきりに小西くんを自宅に呼び寄せた。

それより、できることなら一緒に京都にでも旅行して結ばれたい。

そんなことを夢見て何度か誘ったが、小西くんは容易にうなずかない。

ずいぶん堅い女だと、いささか呆れたが、彼女の立場になってみると当然かもしれない。

いまさら、二十七歳の女性が六十歳を超えた、家庭もちのおじさんと結ばれたからといって、どうなるわけでもない。

いや、そんな関係はありえないというわけではないが、そうなる以上は、女性が余程、相手のおじさんを好きか、さもなくば男のほうがかなりの金持ちで、充分すぎるほどのお金を渡して面倒を見る、というケースぐらいかもしれない。

少し冷静に考えれば、その程度のことはわかるはずなのに、気がつかなかったのは年齢《とし》のせいなのか。あるいは退職して少し呆けたのかと思うが、それだけでもなさそうである。

それより、久しぶりに年若い女性と近づき、一緒に食事などをするうちに心がときめいた。その気持ちの高ぶりが、思わずかなえられそうもない夢まで見る結果になったのか。

「落着け、落着け……」

威一郎は自分で自分を諭す。

これからはデートの場所を自宅に移し、できることなら家で一緒に食事をして、そのまま二人で話し合おう。

むろんデート代はきちんと払うので、外で逢うのが家に変っただけだから問題はないだろう。

もっとも、そんなケースは彼女にとっても初めてだろうから、「ノー」といわれるかもしれないが、ともかくきくだけきいてみよう。

そこで三度目のデートのとき、思いきって話してみると、小西くんは意外にあっさりと、「いいですよ」と受け入れてくれた。

やはり前回、豪華な食事のあと、二子玉川の家まで連れていき、実際になかまで見たので安心したのか。さらにそこは妻が不在で、かわりに人懐っこい犬が一匹いるだけ。人の多い街のなかで逢うより気楽だと思ったのか。

ともかく受け入れてくれたので、威一郎は急に嬉しくなった。

「じゃあ、これまでクラブに入れていたデート代は、直接、君に渡すよ」

それなら手数料を取られることもなく、全額小西くんに渡るので、彼女も得するに違いない。

だが、小西くんはその提案を断った。

「それは、いままでどおりにしてください」

そのほうが、仕事としてすっきりするというわけか。それとも、これ以上、プライベートな関係になるのは避けたい、という意味なのか。

彼女の真意はわからないが、そうして欲しいというのだから仕方がない。

それならそれで、こちらもはっきり彼女が仕事として自宅に来るのだ、と割り切ることにしよう。

そこでまず、二子玉川の家に来てもらうのは、都心部から遠いところでもあるので、到着は六時半から七時までの間にする。それから二人で食事に出かけてもいいし、弁当を買ってきて家で食べてもいい。

さらにそのあと、テレビを見たり雑談などして、遅くとも九時には帰すことにする。

「それでどうだろう」ときくと、小西くんはあっさり承諾した。

それどころか、「わたしでよかったら、簡単なものくらい、つくってあげますよ」といい、「お掃除もしますよ」とまでいってくれるではないか。

もちろん、威一郎は歓迎である。

これでは、夜間の家政婦さんを雇ったようなものである。むろん二万円は高いが、若くて愛らしい家政婦さんと夜の一刻《ひととき》、自宅でともに過せるだけでも幸せである。

「ぜひ、お願いします」

威一郎は嬉しさのあまり、思わず深々と頭を下げた。

それから、今日でもう八回目になる。

週に一回と決めていたが、ときに逢いたくなって二回頼むこともある。本当は週末にも逢いたいが、妻が突然帰ってくることがあるので、その日だけは避けるようにする。

初め、彼女は威一郎の依頼を受けて、コンビニか近くのスーパーで夕食を二人分、買ってきてくれたが、三回目からは、いろいろな材料を買い求めてキッチンでつくってくれるようになった。

他人の家なので、鍋や食器を探すのに戸惑ったようだが、すぐわかったらしく、二回目からはスムーズにつくれるようになったようである。

しかも、彼女の手づくり料理は意外にお洒落で美味しい。

初回はバゲットとハムや玉葱《たまねぎ》の入ったサラダ、そしてオムレッとコンソメスープをつくってくれた。

さらに二回目は、「今度は和風にします」といって、鮭《さけ》の切り身を焼き、冷しゃぶサラダとカボチャの煮物、そして味噌汁とご飯を出してくれる。

これでは、家に妻がいるのと変らない。

いや、妻がつくってくれるのより、はるかに旨くて上等である。

しかも、料理ができると、彼女とともに食卓で向かい合って一緒に食べる。

「なにか、新婚のような気分だなあ」といいかけて、威一郎は黙る。

たしかにそのとおりだが、小西くんはそうしたいいかたが嫌いなのかもしれない。

それより、これも夜の仕事の一つ、と決めているのかもしれない。

しかし慣れるにつれて花に水をやってくれたり、コタロウにも食事を与え、さらには部屋の掃除までしてくれる。

これでは期待どおり、よく気がつく家政婦を雇っているようなものだが、こんな家政婦なら大歓迎である。

それに、なによりも嬉しいのは、デート代があまりかからないことである。

初めのように外で逢って食事をして、さらにバーで飲んだりするとかなりの出費となる。渋谷のホテルでの食事は別格としても、二人で一晩、二、三万円はかかってしまう。

それが、小西くんがスーパーで買ってきてくれる材料費だけになるのだから、半分どころか、十分の一近くですむこともある。

これでは申し訳ないので、四回目から、材料費を含めて別に一万円、払うことにして、「残りはチップだよ」というと、小西くんはあっさり受け取った。

デート代の二万円はクラブを通して欲しい、といったのに、チップは受け取るのかと少し不思議に思ったが、そのあたりが若い女の子らしいドライなところなのかもしれない。

とにかくそれ以来、来てもらう度に三万円かかることになったが、それでも楽しくてわくわくする。

実際、小西くんが来ると決まった日は、夕方から風呂に入り、髭を剃って身支度を整える。

着るものもいままでの部屋着はやめて、ブランドものの、少し派手な色の半袖のポロシャツやTシャツなどにする。

コタロウも、小西くんが来る日がわかるのか、こちらを見習ってなんとなくそわそわしているので、事前に毛を整えていきかす。

「今夜も、お姉ちゃんが来るからな、うまく甘えるんだぞ」

そうはいっても、本当に甘えたいのは威一郎のほうである。

「彼女はあくまで、仕事として来る家政婦に過ぎない」と自分にいいきかせるが、「でも、もしかして」という期待は捨て難い。

家に来て、まず掃除をしてから夕食をつくってくれる。ときには「洗濯物はありませんか」といって、洗濯までしてくれる。

そのすべてを、彼女は仕事として割り切っているようだが、なにかのはずみで近づけるかもしれない。

なにせ、閉ざされたマンションのなかで二人きりでいるのだから、威一郎が強引に迫れば、彼女を抱き締めたり、キスくらいはできるかもしれない。

だがそこまで迫って、受け入れてもらえなかったらどうするか。そこで激しく拒否され、「帰ります」などといわれたら、すべては終ってしまう。

それ以後、小西くんはきっぱり来なくなるどころか、逢えなくなる。

そんなことにならず、もう少し穏やかな形で接近し、親しくなれないものか。

威一郎は絶えず狙っているが、チャンスは容易に訪れない。

まず、なによりもやりにくいことは、彼女はいつも動いていることである。食事をつくったり、掃除をしたりしているときに、いきなり迫るわけにもいかない。

それに、ようやく手を休めたかと思っても、向かい合って食事をしているのでは手の出しようがない。

しかしこの後、彼女が落着くのは食事がすみ、後片付けが終ってからである。

大体、いつも八時半を過ぎているが、威一郎は先にテレビの正面のソファーに座り、小西くんはそのL字形のソファーの横に座る。

できることなら、威一郎としては、小西くんが自分の横に並んで座って欲しい。

それなら自然に接近できるし、ときにチャンスを見て肩を抱き寄せることもできるかもしれない。

だが途中から、「こちらへおいで」というのも、なにか不自然である。

むろん、いまの座り方のほうが互いに顔が見えるし、話もしやすい。

いずれにせよ、威一郎が小西くんとゆっくり話せるのは、この時間しかない。

当然のことながら、話しかけるのは威一郎のほうからである。それも小西くんの実家のことや、いまの彼女の仕事のことなどをきく。

おかげで、小西くんの実家は水戸《みと》にあって、お父さんはそこで建築関係の会社に勤めていることまでわかった。

他にお母さんと、地元の大学に通っている妹がいるようだが、小西くんがしっかりしているのは、二人姉妹の長女だからなのか。

それはともかく、彼女が勤めている会社はIT関係の会社らしいが、そこで主にパソコンをつかう仕事をしているようである。

正直いって、威一郎が苦手としていた分野なので、あまり詳しくきかないが、なかなかのつかい手のようである。

「それだけできたら、これからも仕事がなくなることはないね」

威一郎が感心していうと、「わたしくらいできる人は、沢山います」と、あっさり答える。

それより、威一郎が一番知りたいのは、彼女に彼氏がいるか否か、ということである。

そこで家に来るようになって三度目に思いきって、「誰か好きな人がいるの？」と尋ねてみると、あっさり、「いません」と首を横に振る。

たしかにいたら、いまのようなデートクラブの仕事はできないかもしれない。

それにしても、なんでデートクラブなどに入ったのか。それをきくと、「もう少し、いいところに住みたいからです」と答える。

たしかに、会社の給料だけで東京で生活するのは大変なのかもしれないが、よくこの種の仕事にとびこんだものである。

そこで、「どうして、こういう仕事を選んだの？」と尋ねると、少し戸惑った表情で、「友達にやっている人がいたので……」と答える。

たしかに、それなら入りやすかったのかもしれない。

小西くんの話は、どれをきいても自然で、とくに誇張したり、隠しているようなところもなさそうである。その飾らぬところに、二十七歳の独身の女性らしい素直さが垣間見える。

「君のような、子供がいるといいなあ」

思わずつぶやくと、「あれ、お子さん、いらっしゃらないんですか」ときかれる。

「いや、息子と娘がいるんだけど……」

つい正直に答えてしまったが、いまは二人とも外に出て、家に寄りつかない状態である。

しかし、そこまでいうこともないと思って黙っていると、彼女もそれ以上きいてこない。

そこで気がついたのだが、二人で話しているようで、その実、小西くんから質問してくることはほとんどない。

初めに逢ったときも、威一郎が「大谷です」というと、「小西です」と答えたきり。とくにどういう仕事をしていて、趣味はなにか、といったこともまったくきいてこなかった。

むろん、デートクラブに登録してある書類には、年齢は六十二歳で、「東亜電広顧問」と記されているはずだから、その程度のことはわかっているし、それ以上知る必要がないといえばないのかもしれない。

それでも、威一郎としては、もう少し突っこんで尋ねてもらいたい気がしないでもない。

「会社は何処にあるのですか」「いま、お忙しいのですか」「出張に出かけることなどあるのですか」などなど、少しは関心をもって欲しい。

むろん、すでに退職しているので、すべて過去のことをもっともらしく喋ることになるが、そのほうが安心して落着ける。

なにもきかれないでいると、定年になっている状態を見抜かれているようで落着かない。

そこでときどき、威一郎のほうから、会社のことを話してみる。

「最近は、広告業界も不況でね」

まず一般的な傾向を話してから、自分の立場を説明する。

「でも、僕のセクションだけは頑張って、なんとかやっている」

威一郎が最後に担当していた出版業界は、会社全体の十パーセントに過ぎないマイナーな部門で、それが本流を外れたきっかけだったが、そんなことは曖《おくび》にも出さない。

「なんでも、やりようでね、まず変えることだね。いままでのやり方を変えないかぎり、新しいものは生まれてこない」

それは威一郎が、かつて華やかだったイベント関係を担当していたときにいわれたことでもある。

「発想の転換ができたら、なんでもできる。でもほとんどが既定の考えに固まっていて、容易に変れない」

話しながら、威一郎は気持ちが高ぶってきてビールを飲みたくなる。

すると小西くんが素早く察して、「ビールを持ってきましょうか」といってくれる。

「あ、ありがとう」

よく気が利く女性だが、正直いって、妻とではこうはいかない。

過去の自慢話をしても、きいてくれるどころか、「そんなことをいっても仕方がないでしょう」と、そっぽを向く。

「俺のおかげで、これまで楽な生活をしてこられたのに」といいたいが、妻は「いまは関係ないわ」といわんばかりに冷やかである。

それからみると、小西くんは違う。とくに仕事について、尋ねたりするわけではないが、まず黙ってきいてくれる。

不思議なことに、威一郎はそれだけで気分が落着き、穏やかになってくる。そしてつい、自慢話までしたくなる。

ここでも、いまは辞めているだけに、必要以上に、働いているように話したくなる。

「昨日も、遅くまで業者と打ち合わせがあって、そのあと食事をしてから銀座に行ってね」

いまはまったく踏み入っていない、銀座のクラブに行っているようなことまでいいたくなる。

「ああいうところは、高いけど、接待だから仕方がなくてね」

興味があるのかないのか、小西くんは黙っているだけなので、ときどきこちらからきいてみる。

「君は、銀座のクラブには興味がないのかな」

「どういうことでしょう?」

「ホステスとして、働いてみる気はないのかと思ってね」

「いえ、わたしは……」

小西くんはゆっくりと首を横に振る。

「ああいうところは、きれいな方ばかりでしょうから」

「そんなことはない、君で充分だよ」

話しているうちに、威一郎はいまもクラブで遊んでいるような気分になってくる。

「むしろ、君のような、静かで控えめな女性がいてくれたほうが、喜ばれるかもしれない」

おだててみるが、小西くんはあまり関心がないのか、無言のまま横にいるコタロウの頭を撫でている。

たしかにいまの小西くんにとって、威一郎が会社のなかでどれくらいの地位で、どの程度の力を持っているのかなど、知ったところでまったく意味も無いのかもしれない。

それより、いま、九時までの時間を、穏やかに過すことだけを考えているのかもしれない。

実際、それは威一郎も同じである。

小西くんと一緒に食事をして、そのあと食器を片付けてもらい、小綺麗になった部屋で静かに過す。

それだけで、威一郎も充分気分が華やぎ満たされる。

それにしても、このままでは小西くんとは永遠に、仕事の上でのお際《つ》き合い、というだけで終ってしまうかもしれない。

できることなら、そこから一歩踏み出して、親しい関係になるチャンスはないものか。

いろいろ考えた末、思いついたのが、彼女が威一郎の部屋に入ってきたときである。

「これ、洗濯してくれないか」とでもいって、自分の部屋に呼び寄せる。

そうすれば、書斎で二人きりになれる。

そこで、いきなり正面から無理なら、後ろからでも抱き締める。

しかし、小西くんもなかなか賢いというか、したたかである。

部屋から呼んでも聞こえないのか、容易に来ないし、ときに顔を出してもなかまでは入ってこない。

初めの日に一度、見ているはずだが、あそこは危ないと感じて警戒しているのかもしれない。

となると、あとは彼女が帰る別れぎわしかない。

威一郎が「ご苦労さん」といい、彼女が「お休みなさい」といって一礼するが、その瞬間、やや暗くて狭い玄関で二人だけになる。

このとき、何気なく近づいて、「好きだよ」といって抱き締める。

だがここで具合が悪いのは、いつも必ずコタロウが玄関先まで見送りにくることである。

小西くんが「コタロウくん、バイバイ」といって頭を撫でてくれるのを待っている。

そこでいきなり、「好きだよ」というのでは、なにか気分が盛り上がらない。

「まあ、慌てることはない」

まだまだチャンスはある、と自分にいいきかせるが、逢う度になにか欲求不満のまま、落着かないことはたしかである。

元同僚の内橋良二《うちはしりようじ》から突然電話がかかってきたのは、梅雨空で鬱陶しい夕暮れどきだった。

「変りないか」

内橋とは同期入社で、会社を辞めたのも同じ年なので、ときどき連絡を取り合ってきた。

「ああ、なんとか……」

そのあと「おまえは？」ときこうとしたとき、「実は……」といいだした。

「吉田《よしだ》さんが、今朝、亡くなったらしい」

「まさか……」

そのまま、威一郎は声が出ない。

吉田武彦《たけひこ》は、威一郎の五期先輩で実力のある広告マンだった。

十年ちょっと前、彼がイベント関係の役員になったとき、内橋と一緒に彼の下で働き、その辣腕《らつわん》ぶりをつぶさにこの目で見た。

それ以来、ともに可愛がられて引き立ててもらったが、三年前、退社してからは、年に二度、彼を囲む会で会うだけになっていた。

「この前は、来ていたじゃないか」

「それが、体調はよくなかったらしい」

そういえば、少し顔色が冴えず、酒もあまり飲まなかったような気がするが、それにしても、こんな急に亡くなるとは思ってもいなかった。

「どうも、心筋梗塞らしい。前から血圧が高くて、薬は服んでいたようだが」

会社を辞めてからのことはともかく、現役時代は部下も驚くほど元気で、精力的だった。

夜など、それこそ銀座で十二時近くまで飲んでいても、翌日、九時にはきちんと出社して机に向かっていた。

「まだ若いのに……」

「六十七歳だ」

そんな年齢で亡くなるなど、思ってもいなかっただけに信じ難い。

「お通夜は明日の夜で、告別式は明後日《あさって》になるらしい。あとで細かい連絡がくるようだが、通夜に行くだろう」

「もちろん」

いろいろ世話になった先輩の葬儀だけに、当然、行くつもりである。

「でも、よかった」

思わずつぶやくと、内橋が怪訝《けげん》そうにきく。

「なにがよかったんだ」

「いや、この頃、いろんな連絡が遅くて。会社を辞めると、もうあいつは報せなくてもいいんだ、と思われているような気がしてね」

それは、内橋も感じていたようである。

「たしかに、そうだ」

変なところで共感し合ってから、もう一度きく。

「でも、どうして死んだんだ」

あれだけ活発だった上司が亡くなったことが、威一郎にはまだ信じられない。

「なにか、無理でもしたのかな」

「いや、退職後は何もしていなかったのだから、無理はしていないだろう」

「でも……」

威一郎がもう一度つぶやいたとき、内橋がいう。

「やはり、淋しかったのかもしれない」

「淋しい？」

あれだけ力のあった役員だから、辞めたあとも、それなりに充実しているかと思っていたが、実際は違ったのか。

「ああいう人ほど、辞めると急に淋しくなる。そうだろう」

淋しいということからいえば、いまの威一郎もそうだが、吉田常務の場合はもっと淋しかったということか。

「辞めたら、みな同じだよ。なにもやることがない」

「それだけ、楽じゃないのか」

「いや、違う」

内橋がきっぱりと否定する。

「俺も以前、体調を崩したとき、医者にいわれたことがある。退職して、なにもやることがなくなって、はたからもなにも期待されていない。もう俺は要らない人間になってしまった。そう思うことが気持ちを萎えさせ、躰を弱らせていくんだと」

そういえば、威一郎も同じようなことを読んだ記憶がある。たしか『老いの過し方』という本に書いてあったような気がするが、退職してから病気になるケースが多いと記されていた。

「躰が楽になっても、なんの関係もないんだ。それより大事なのは生き甲斐さ」

内橋もそんなことをいうようになったのかと、考え込んでいると、いきなりきいてくる。

「おまえ、なにかやってるか」

「なにかって？」

「躰を動かすことさ。ゴルフでもテニスでも、もちろんマラソンやウォーキングならさらにいい。とにかく動かしていないと、たちまち弱る」

そういわれると自信がなくなる。さし当りゴルフならやりたいが、会社を辞めると仲間が集まりにくいし、プレイ代もすべて自費なので大変である。むろんマラソンやジョギングなどはまだ、やったことがない。

「毎朝、犬の散歩をしているけど……」

「そんなんじゃ駄目だよ。散歩といっても、犬が相手じゃ、こちらが休みたくなったら勝手に休めるだろう」

たしかにそのとおりだが、しないよりはましだと思う。

「おまえは、なにかやっているのか」

逆にきくと、待っていたように答える。

「このところ、ジョギングをしている。近所の仲間とやってみると結構楽しくてね」

それで威勢がいいのかと思うが、彼の家はたしか府中《ふちゅう》のほうなので、そこまで出かけて一緒にやるわけにもいかない。

「とにかく、なんでもいい。やり甲斐のあるものを見つけないとね」

そういわれると、なにか焦ってくる。そのまま黙り込んでいると、内橋が「とにかく」と溜息をつく。

「六十歳で定年というのは若すぎる、そうだろう」

たしかに、それは威一郎も感じていたことである。東亜電広は六十歳になったその日で退職だが、その前と後では肉体的にも精神的にもなにも変っていない。

ただ、満六十歳になったというだけで切るのは、あまりに合理的すぎる。

「俺たち、まだまだ仕事ができるだろう。退職したときといまと、なにも変っていない。いや、むしろいまのほうができるかもしれない。それを一律に六十歳で切るなんて……」

内橋の気持ちはよくわかる。まったく同感だとしかいいようがない。

しかし、会社にいたときはそうは思わなかった。五十代後半や六十代の役員などを見て、早く辞めればいいのにと思っていた。

年齢だけとって、給料だけ高い彼等がいるおかげで、われわれは大変なのだと思い込んでいた。

「なにか、俺たちでもできる仕事があると、いいんだが」

「そうだ、政府もそこを考えて、六十代の雇用を生み出すべきだ」

珍しく、内橋の歯切れのいい言葉が返ってくる。

「俺たちが働けば、年金をもらっているだけの男が納税者になるんだからな。すごい差だろう」

たしかにそのとおりだと思うが、ではわれわれを雇う企業があるのかというと見当らない。

「しかし、女はいいなあ」

内橋が呆れたような声を出す。

「なにか、あったのか?」

「いや、ワイフが最近、仕事をやり始めてね」

「どこかの会社にでも?……」

「違う、もともと、お花の免許を持っていたものだから、この前から家に生徒を集めて教え始めてね」

「いいじゃないか」

「それが、貴方《あなた》が働かないから、わたしが頑張らないと、なんていいだして」

きいているうちに、威一郎も妻のことを思い出す。

「俺のところも、ヨガの助手なんかをやっている」

「奥さんがか?」

「ああ……」

そのために家を出て、いまは別居状態であることまでは、さすがにいいかねる。

「とにかく、女はいい、いくつになっても、なんだかんだと集まっては騒いでいる」

たしかに、女性には男にはない強さというかバイタリティーがある。

「まあ、俺たちも頑張ろう」

内橋がいうのに、威一郎もうなずく。

「そうだな、じゃあ明日の夜……」

「必ずな」

たしかめ合って受話器を置き、威一郎は大きく溜息をつく。

あの、優秀だった先輩が、仕事を失った淋しさで死んだというのか。どこまで本当かわからないが、淋しかったことだけはたしかなような気がする。

それで、俺にはいまなにがあるのか。

改めて考えているうちに、一人の女性の顔が浮かんでくる。

「小西佐智恵……」

あの娘だけはなんとかして、追いかけたい。いや、誰がなんといっても追いかける。

もしかして、それが自分のいまの若さのよりどころかもしれない。

「そうだろう」

暮れかけた部屋でつぶやくと、コタロウが大きく伸びをして、「ワン」と吠える。

第十四章　ニアミス

そろそろ夏も終るが、威一郎の小西くんへの思いはとどまるところがない。

しかしこれまでの経緯からみて、自宅で口説くのは難しそうである。

たまたま、妻や娘たちが家を出ていて一人住まいだし、万事勝手知った自宅でならやり易いだろう。そう思って何度も呼んでみたが、小西くんの警戒心が強いうえに、自宅ではやはりムードがなさすぎる。くわえて味方になると思ったコタロウがこちらを監視しているようで、意外にやりにくい。

やはり、彼女を口説くためにはどこか旅行に出かけたほうがよさそうである。旅に出て、ロマンチックなところにでも行けば、彼女もその気になって受け入れてくれるかもしれない。

むろんお金がかかるが、それなりの秘めごとをやる以上、ある程度の出費は仕方がない。

そこでまず頭に浮かんだのが、京都に出かけることである。

もう八月も終る。秋の気配が忍びこむとき嵯峨野《さがの》あたりを散策するのも、悪くはないかもしれない。

あのあたりで、威一郎が一番気に入っているのは、広沢池《ひろさわのいけ》から大沢池《おおさわのいけ》に続く田舎道である。あそこを行くと、なにか千年前の大宮人《おおみやびと》になったような安らぎを覚える。そこで大覚寺《だいかくじ》を見て、さらに嵐山に出て清流を見る。その途中、嵯峨野名物の湯どうふを食べてもいいかもしれない。

考えるうちに、威一郎の思いはかぎりなくふくらんでいく。

そのあと、京都はまだ暑そうなので、琵琶湖巡りでもしたらどうだろう。それも北琵琶湖の、人のあまり来ないところに行ってみたい。

京都とその湖畔のホテルと、二泊三日の旅を重ねたら、彼女もその気になってくれるかもしれない。

ただ、ここで問題になるのは部屋割りである。

できることなら、旅館でもホテルでも、やや大きめの部屋に二人で一緒に泊まりたい。

多分、彼女は嫌だというだろうが、それなら別々でもかまわない。一応、別にして、夜、チャンスを狙う。旅に出た解放感とロマンチックな気分。さらにこれだけのことをしてくれる男への感謝の気持ち。さまざまな思いから、ふと、許してもいい、という気にならぬともかぎらない。

いや、きっとなるはずだ。

これまでの経緯からみても、彼女は自分を嫌ってはいない。年齢《とし》も違いすぎて、結婚などできる可能性もないのだから、いわゆる恋人同士のような関係になるのは難しいかもしれないが、優しくて面白いおじさん、くらいには思っているはずである。

とにかく、まず旅に出ることである。騒々しい東京を離れて、秋めく古都やロマンチックな湖畔の景色を見るうちに、彼女の気持ちも変るかもしれない。

いや、きっと変るはずだ。

もしかして、彼女はそういうところで求められることを、待っているのかもしれない。

それにしても、京都へ行くとしたら、ホテルなども含めて早急に調べる必要がある。

気持ちの盛りあがるまま、昨日、威一郎は駅前の旅行会社に行って、京都観光の資料をもらい、ホテルのこともきいてきた。

職の無い威一郎はいつでもいいが、小西くんはやはり週末か連休の頃がいいかもしれない。

行く以上は二泊三日で、このいずれかの日に彼女を抱き締めることができたら最高である。

資料を見るうちに、威一郎の夢はかぎりなく広がっていく。

その日、土曜日の夕方、威一郎は駅前の商店街から、水のボトルと小西くんの好きなアイスクリームとシャーベットを二個ずつ買ってきた。

まだ夕方五時を過ぎたばかりで、初秋の太陽は明るく、マンションへの小さな坂道を上っただけで、首から背中に汗が滲《にじ》んでくる。

だが、威一郎の心ははずんでいる。

今日このあと、六時に小西くんが家に来てくれる。

もともと小西くんはデートの指定を平日に受けて、週末は休むようにしているようである。土曜、日曜は友達と会ったり、実家に戻ったりしているので、クラブを通じての予約は断るようにしている、といっていた。

そこで昨日の午後、思いきって小西くんに直接メールをして頼んでみると、「直接伺います」という返事がきた。しかも、いつもは七時近くになるのに、土曜日なので一時間早く来られるという。

むろん、正規にデート料は払うが、クラブを通さず約束できたことが嬉しい。もし来たら、今夜のうちに小西くんと京都に行く約束をとりつけておきたい。秋の連休になると混み合うので、できることなら、その前の週末に行きたい。

「今夜は、京都へ行く話をたっぷりしよう」

自分にいいきかせながら坂を上りきると、マンションの前にタクシーが停まっている。

何処の部屋の人なのか、そのまま横を通り過ぎようとすると、「あっ、お父さん」と若い女性の声がする。

驚いて立ち止まると、目の前に娘の美佳が立っていて、さらに車の奥から妻の洋子が現れる。

「なんだ、おまえたちか……」

ときたま、妻は月に一度くらい思い出したように戻ってくる。それもほとんど土、日の昼間なので、夕方からは大丈夫かと思っていたが、こんな時間に突然、娘と一緒に戻ってくるとは。

「タクシーなんか、つかって」

タクシーに乗っているところも気に食わないのでつぶやくと、即座に妻がいい返す。

「今日は、荷物が多いから、そこの駅からですよ」

たしかに、二人とも着替えの衣類でも入っているのか、重そうなバッグを持っている。

仕方なく黙ると、美佳が、「お父さん、持ってあげたら」と、妻のバッグを目で示す。

いわれるままバッグを取り上げると、洋子は、「すみません」というと同時に、威一郎が左手に持っていたスーパーの袋を取り上げようとする。

「いや、これはいい……」

普段、威一郎はアイスクリームなど食べないだけに、袋の中身を見られたら不審に思われるかもしれない。

しかし、あまり逆らうのもおかしくて、いったん妻に手渡す。

「どうしたんだ、急に二人揃って……」

「帰ってきては、いけないんですか？」

反撥するようにきく妻に、「いや、そんなことはないが……」とつぶやくと、エレベーターの前に着く。

そこで三人が順に出口のほうを向いて乗ると、一番前の妻が話しだす。

「実はね、今朝、美佳とコタロウの話をしてたんです。あの子、お利口にしているかなって。そうしたら、急に顔が見たくなって……」

「今夜は、わたしたち泊まっていくから、お父さんも安心してね」

なんということをいいだすのか。突然、犬を見たくなったなどそれでは犬のために帰ってきたというわけか。

それに、泊まっていくから安心してね、とは馬鹿にしていないか。

「俺は別に、おまえたちがいてもいなくても関係ない」

語気を強めた瞬間、エレベーターが停まり、扉が開く。

一番前を妻が、続いて美佳が、最後に威一郎の順で廊下をすすみ、妻がドアを開ける。

「ああ、よく冷えてるわ」

たしかにクーラーをつけたまま出かけたのだから、冷えているのは当然である。

「ようやく、着いたわ」

妻がつぶやくと同時に、コタロウが勢いよく二人に駆け寄り、すがりつく。

「よしよし、元気だった？」

「そう、淋しかったの、もう大丈夫よ」

勝手に出ていって、突然、帰ってきたときだけ「よしよし」とは、なんたる言い草か。そんな二人に跳びつくコタロウの頭の軽さも腹が立つ。

それより問題なのは、このままでは小西くんが家に来て、妻たちとかち合うことである。

それだけは、なんとしても防がねばならない。

威一郎は用事があるふりをして自分の部屋に入り、急いで携帯でメールをしかけるが、すぐ気づいてドアに鍵をかける。

「これで大丈夫だ……」

自らにいいきかせて、急いで、「今日、急に逢えなくなった、ごめんね」と打ち、送信ボタンを押す。

時計を見ると五時半だから、もう電車でこちらに向かっているところである。いや、そろそろ着く頃かもしれない。

「早く、これを見てくれるといいが……」

携帯を右手に持ったまま、受信マークが出ないかと画面に目を凝らすが、返事がこない。

落着かぬまま机の時計を見ると、五時四十分である。

まだ気がつかないのか。それとも電車のなかでうまく返信できないのか。

ここで、妻にでも呼ばれたら大変である。

なんとかメールに気がついて欲しい。祈る気持ちで見つめていると、いきなり電話の大きな着信音が鳴り響く。

間違いなく小西くんからである。

慌ててボタンを押すと、彼女の驚いた声が返ってくる。

「すみません、どうかしたのですか?」

「いや、いま、どこ?」

「メールに気づくのが遅れて。いま二子玉川の駅に着いて、これからそちらに向かうところです」

「それが、困ったことになって……」

威一郎はドアのほうを見ながら声を低める。

「実は、今夜急に通夜があって、これからすぐ行かねばならなくなって……」

瞬時に、思いついた言い訳だが、辻褄《つじつま》が合っていないような気がしないでもない。

「それ、いまわかったんですか」

「それが、行く予定の者が急に行けなくなって、こちらに役が廻ってきてね」

短い沈黙があって、彼女が再びきく。

「何時からですか」

「いや、もう始まっているんだ」

「いま、どちらにいらっしゃるんですか」

「マンションから出るところだ」

「それなら駅で待っていましょうか。方向が同じなら、途中までご一緒してもいいですし……」

とんでもない。ここで喪服でも着て出かけたら、家中、大騒ぎになってしまう。

「いや、僕はタクシーで行くから」

「そうですか、それならマンションで、お帰りを待っていてもいいですよ」

その気持ちは涙が出るほど嬉しいが、とにかく今日はまずい。

「でも、会社の連中が沢山来ているので、何時に帰れるかわからない」

「そうですか……」

残念そうにつぶやく小西くんに、威一郎は携帯を持ったまま深々と頭を下げる。

「ごめん、今日のことは必ず償うから……」

そのまま、携帯は切られたようである。

せっかく遠いところを、目の前まで来てくれたのに追い返すとは、なんとも申し訳ないことをした。

瞬間、再びホームへ戻っていく小西くんの姿が目に浮かぶ。

「ごめんね」と、さらにメールを送ると、このまま駆けつけていきたい衝動にかられるが、それを辛うじて抑えて、「ちきしょう」とつぶやく。

「あいつらが、前触れもなく、いきなり戻ってきたから……」

できることなら、怒鳴り散らしてやりたいが、そこまでやる勇気はない。

ともかく、このまま部屋に長くいすぎると怪しまれる。

携帯を机の抽斗《ひきだし》に入れて、リビングルームに戻ると、待っていたように妻がきく。

「あなた、お水なんか買って……それに、アイスクリームも」

すでに、スーパーの袋のなかは検閲済みのようである。

「いや、ちょっと暑くてね」

「お父さん、こんなに水を飲んでた？」

今度は美佳がきくのに、威一郎は答えず、照れ隠しにキッチンへ行く。

「じゃあ、コーヒーでも淹れるか？」

「へぇ、コーヒーを淹れてくれるの」

妻と娘は互いに顔を見合わせて笑っているようである。

「なんだ、二人して……」

「だって、キッチンになんて間違っても入らなかったあなたが、コーヒーを淹れるようになるなんて……」

「一人住まいだから、仕方ないだろう」

おまえたちが勝手に出ていったからだ、といいたいのを抑えていると、妻がベランダを覗いている。

「ここに来たのは一カ月半ぶりかな」

「わたしは三カ月ぶりだわ、なんだか懐かしい」

勝手なことをいっている二人が腹立たしいが、ともかくコーヒーを淹れる。

やがて沸きあがってきて、「ほら、できたぞ」というと、二人がキッチンのテーブルに移ってくる。

そこで妻が一口飲んでから、思い出したようにいう。

「お父さん、どなたか家政婦さんを雇ったのですか」

「なにっ？」

突然きかれて、威一郎は慌てて首を横に振る。

「いいや……」

「だって、おかしいわ」

「なにが……」

素知らぬふりでコーヒーを飲むと、妻が部屋のなかをゆっくり見廻しながらいう。

「最初のうちは、玄関の靴は出しっ放しだったし、テーブルの上には新聞が山積みになって散らかっていて、それが今日は靴もきちんと下駄箱《げたばこ》に片付いていて、このテーブルも……」

「全部俺がやったんだ」

「急に、お掃除に目覚めたんですか」

なんとも、憎らしいことをいう女である。

「誰が、この家を掃除になんか来てくれるんだ」

「わかりました」

もういいというように、妻は立ち上がると、

「さあ、今夜は駅前に、なにか食べにでも行きましょうか」

「さんせい、さんせい」

娘が手を叩いて、「お父さん、なにがいい？」ときいてくる。

一瞬、威一郎はまだ駅前に小西くんがいるような気がして黙っていると、娘がいいだす。

「ねえ、たまには鰻屋《うなぎや》に行きましょうよ。駅前のデパートの横を入ったところにあるでしょう」

「暑いから、鰻もいいわね。そうしましょうか」

二人で勝手に、食べに行くところが決められてしまう。

とにかく、今夜は突然、襲ってきた台風だと思って、彼女たちのいうことに従うよりなさそうである。

威一郎はあきらめて、自分が淹れたコーヒーを無言のまま飲み続ける。

翌朝、目覚めると、リビングルームのほうで、コタロウと妻の声がする。

「そうだ、今朝は洋子がいるんだ」

そう思うとともに、以前の生活が甦ったような安堵感を覚える。

やっぱりこんな生活を待ち望んでいたのか。一瞬、馴染みそうになる自分にうなずきかけて、舌打ちする。

「甘えてはいかん」

そのまま部屋着を着てリビングルームへ行き、キッチンに立っている妻に「おはよう」というが返事をしない。

朝食を作っているようだが聞こえないのか。

無愛想な奴だ、と思うが、ソファーのテーブルに朝刊がのっている。

このところ、新聞は起きがけに自分で取り、ベッドで読むのが常だっただけに、テーブルにあるのが新鮮に映る。

それを取り上げ、一面の日付を見て、今日が日曜日であることを知る。

たしかに、こんな朝も悪くはない。一人で納得して、うなずくと、背後から、

「ちょっと、いいですか」と洋子の声がする。

なにごとかと振り返ると、妻が真後ろに立っている。

「あなた、誰かここへ呼んだでしょう」

突然なにをいいだすのか。威一郎が無言のまま新聞に目を戻すと、妻がソファーの前まで来る。

「きこえて、いるのでしょう?」

「なにをいっているんだ、戻ってきたかと思ったら朝っぱらから、変ないいがかりはよしてくれ」

「だって、お鍋類が違うところに片付けてあるし、台所の流しの桶まできちんと伏せてあるし、あなたがやったなんて、信じられないわ」

しまった、と思うが、ここはなにがなんでもしらをきり通すよりない。

「俺がやったに、決まってるだろう」

「それに……」

そのまま、洋子はキッチンに行ったようだが、すぐ戻ってきてテーブルの上に白い布巾を置く。

「このたたみ方だって、ほら、わたしのやり方と違うわ」

そういわれても威一郎にはよくわからないが、すべてばれていることはたしかなようである。

「あなたが、こんなたたみ方をする？」

「そりゃするだろう」

「馬鹿らしい、そんなこと信じられないわ」

それより、勝手に家を出ていって勝手に帰ってきた、おまえが悪いのだろう。そういいたいが、こちらにも後ろめたさはあるので、いまは耐えることにする。

だが、妻の不信はとどまりそうもない。

「じゃあおききしますけど、あなた、ここでどなたかとワインを飲んだのですか」

突然、話が変るが、家でワインくらいは飲むこともある。

「誰って、そういえば、前の会社の部下が近くに来たときに一緒に飲んだ。久しぶりだったのでな」

口から出まかせをいうと、妻がけらけらと笑いだす。

「嘘が下手ねえ」

「なんだと……」

「じゃあ、バカラのワイングラスをつかったのに、どうしてあんな場所にしまってあるんですか」

慌てて後ろのサイドボードを振り返ると、いつも二脚のグラスが置いてあるはずの、なかほどの棚がぽっかりと空いている。

「よく、思い出してください」

たしかに半月ほど前、小西くんが来たとき、フランスの美味しいチーズを土産に持ってきてくれたので、ワインセラーにあった赤ワインを開けた。

そのときは威一郎のほうがほろ酔い加減になって、小西くんに絡みつきたくなったが、彼女はほとんど飲まず、正気で付け入る隙がなかった。

それはともかく、バカラのグラスは威一郎が取り出したが、そのまましまうのは小西くんに任せていたようである。

「あのグラスをつかうときだけは、大切だからといって、いつもあなたがサイドボードの棚に戻していたでしょう。それがキッチンの食器棚に入れてあるんですよ」

たしかに、あのグラスには人一倍の思い入れがある。かつて、念願かなってようやく幹部役員に昇格したとき、副社長からお祝いの品として贈られたものである。

だからいつでも見られる場所に飾っておけ、と妻に指示したことがあるだけに、威一郎としてはなにもいえない。

「だいたい昨日、会ったときからおかしいと思っていたんです。普段から食べないアイスクリームを買ってきたり、それもチョコのアイス……あなたはバニラしか食べないじゃありませんか、それとも、急にお好みが変ったんですか」

文句をいいながら、ときどき敬語を入れるところが、一層癪にさわる。

「それを、慌てて隠したりして……」

我慢もこれまでである。威一郎は肚《はら》を決めていってやる。

「他人がここに入ることが、そんなに嫌なのか」

「当り前でしょう」

「それなら、戻ってくればいいだろう」

ここぞとばかり、威一郎がいい返すと、妻は平然と胸をそり返らせていう。

「わたしはいま、あちらで勤めているのに、そんなこと急には無理です。わかっているのに、話をすり替えて……いったい、誰がきているんですか」

いっそ、おまえなんかよりはるかに優しくて若い女だ、といってやりたいが、そこまでいっては、すべてが終りになるかもしれない。

そのまま黙り込んでいると、突然、美佳の声がする。

「もう、よしなさいよ、お母さん」

二人の激しいやりとりを、美佳は入口の手前できいていたらしい。

ゆっくりとリビングに入ってきて、二人の前に立つ。

「なんなのよ」

最後の突っ込みを邪魔されて、妻は面白くなさそうに娘を睨む。

だが娘は、「でもね……」と宥《なだ》めるようにいう。

「お母さんだって、好きにさせてもらっているんだから、お父さんばかり責めるのは可哀相でしょう。少しは、お父さんも自由にさせてあげたら……」

そのとおりだ。美佳の思いがけない加勢に威一郎は救われた気がして、ゆっくりうなずく。

娘にそこまでいわれて、妻も少しは堪《こた》えたのか、「でも、美佳だってわかるでしょう」と、いくらか穏やかな口調でいう。

「キッチンは女の城ですから、使い勝手がそれぞれ違うのよ。そこに知らない人に入られると、その人が自分の家に住んでいるような気がして気味が悪いわ」

そういうものなのかと、威一郎がうなずきかけると、娘がいう。

「お母さんのいうこと、わかるけど。とりあえず、お部屋を綺麗にしてもらったんだから、いいじゃない」

「そんな問題じゃないの。いくら片付いていても、わたしには泥棒にさんざん引っ掻《か》き廻された後みたいで、気分が悪いの」

泥棒とはひど過ぎるが、妻の気分が悪いという気持ちもわからぬわけではない。

そのまま威一郎が軽く頭《こうべ》を垂れていると、妻がきっぱりと命令するようにいう。

「今後、わたしがいないからといって、勝手に誰かを呼ぶようなことは、決してしないでください」

正直いって、それに「イエス」とも「ノー」ともいえない。

それより、ここはいったん引き下がるのが賢明かもしれない。

威一郎はゆっくり立ち上がり、妻と娘と、二人の間を分けるように出口に向かい、自分の部屋に撤退する。


一人になって、威一郎は改めて小西くんのことを思い出す。

昨夜、突然あんなことになったが、その後、どうしたろうか。

もちろん、あのまま帰ったとは思うが、余程、怒っているのではないか。懸命に逢えなくなった理由はいったが、もしかして疑っているのではないか。急に思いついた出まかせをいっただけに、信じてくれたか心配だが、いまさら言い訳しても仕方がない。

それより、昨夜はきちんと駅まで来てくれたのだから、約束のお金は払うことにしよう。

しかし、問題は京都行きである。

部屋を予約するには、できるだけ早く、この二、三日中にもう一度逢う必要がある。

しかし、果たして来てくれるだろうか。あんなことがあったあとだけに不安である。

それに今度来て、彼女が再び食器や鍋の位置などを変えたら、また大騒ぎになるかもしれない。

それにしても、どうしてあんなに怒るのか。いっそ初めから、週に一度か二度、家政婦に来てもらっている、といったほうがよかったのか。

しかしそうしたらそうしたで、お金がかかるとか贅沢だとかいいそうである。

あいつのことだから、誰がきても、文句をいうことは決まっている。

でも、今回で妻の目のつけどころが大体わかったから、大丈夫である。

とにかく、もう一度逢えるよう、メールをしてみようか。

考えて携帯を開いた途端、ドアをノックする音がして美佳が現れる。

「お父さん、帰るわ」

「えっ、もう帰るのか？」

「お母さん、相当怒っているみたいだから、わたしのマンションに戻るって、きかないのよ」

しかし、それだけ家のなかをいじくり回されるのが嫌なら、ここに残るべきではないか。

ここは自分の家だといいながら、空けるのは身勝手で我儘《わがまま》というものである。

威一郎はそういいたいが、といって居座られても困ることは困る。

「じゃあ、もう戻ってこないのか」

「そんなことはないわ。お母さん、なんだかんだといっても、この家が気に入っているのよ」

「じゃあ、なんで出ていくんだ」

「だから、いまは帰りたくないの」

どうも、女の理屈はわからないが、出ていくという者を強いて引き留めても仕方がない。

「わからん……」

威一郎がつぶやくと、美佳が小さく手を振る。

「じゃあお父さん、躰に気をつけてね。もしなにかあったら、わたしに連絡して」

うなずきながら、威一郎はいま一度、きいてみる。

「美佳、ママは、もうこの家へ戻ってくる気はないのか」

「いまのところはね、お仕事で外へ出ていくのが楽しくて仕方ないみたいだから。でも、いずれ戻ると思うわ」

「いずれか」

「それまで、お父さんも暢《の》んびり遊んでて」

瞬間、玄関のほうでコタロウが激しく吠える声がして、妻が出ていくようである。

「勝手にしろ」

胸のなかでつぶやくと同時に、娘が「バイバイ」と手を振り、ドアを閉めて出ていく。

第十五章　弱気の虫

今年はさほどの暑さもなく、季節は秋に入ったようである。

毎朝、日課になっているコタロウとの散歩に出かけても、行き交う人のほとんどは長袖か、半袖の上にカーディガンを羽織っている。

河原の先でしゃがみ込み、水に触れても冷んやりとして、「秋だなあ」とつぶやくと、コタロウもかすかにうなずく。

もう半年以上、一緒にいるのはコタロウだけなので、言葉は交わさなくても、心のなかはわかるようである。

九時過ぎ、散歩から戻ってきてビールを飲み、帰りの途中、コンビニで買ってきたサンドウィッチを食べてから、自分の部屋に戻る。

「さあ、なにをしようか」

思わず心のなかでつぶやくが、なにもすることがないことはわかっている。そのまま椅子に座ってあたりを見廻すと、書棚に本があふれて、一部は横積みに重ねられている。

「たまには、整理しようか」

ゆっくりと立ち上がり、改めて書棚を見ると、いまは不要な本ばかりである。さまざまな広告や宣伝関係の本、そして出版社の社史など、最後に出版関係の部署の役員をしていたので自然に集まったものだが、退職してからは読むこともない。他に小説やエッセイ、美術全集などもあるが、こちらはまた目を通すこともあるかもしれない。

ともかく、さし当り不要になったものだけでもまとめて捨てるか。いや、売りに出してもいいかもしれない。

威一郎は浴室の横の物置部屋から、段ボール箱を二個持ってきて本を詰め込んでみる。

ほどほどの大きさの箱を持ってきたのだが、本がぎっしり詰ると結構重そうである。

こんなとき、息子でもいれば運んでくれるだろうに、いまは誰もいない。

仕方なく自分で玄関まで運ぶことにして、いったんしゃがみ込み、そこで気合を入れて、「よいしょ」と持ち上げる。

瞬間、腰の中程に激痛が走り、そのまま床に倒れ込む。

「なんだ……」

自分でもなにがおきたのか、よくわからないが、腰が抜けたように動かない。

「おいおい……」

こんなことになったのは初めてである。

そのまま腰の下の痛い部分を触ってみるが、とくに変ったことはない。

「どうしたんだ？」

自分で自分にききながら、躰をゆっくり横向きにした途端、再び激痛が走る。

「いてえっ……」

まるで、神経がいきなり引き裂かれたような痛みである。

「ちくしょう」

そのまま横向きに倒れていると、異変を知ったのか、コタロウが駆けつけてくる。

いまは犬でも、側にいてくれるだけで心強い。

「ここが痛くて……」

思わず訴えると、コタロウは「どうしたの？」というように頭から足先、そして腰のあたりへ鼻を押しつけ、首のあたりを舐めてくれる。

まさに、地獄に仏とはこのことである。

「ありがとう……」

威一郎はそれに励まされて、ゆっくりうつ伏せになり、そこから四つん這《ば》いの形でそろそろと腰を浮かすと、また激痛が走る。

どうやら、ぎっくり腰のようである。

威一郎は初めてだが、以前、これにかかった先輩からきいた状況とよく似ている。

「よし、とにかくベッドまで行くからな」

心配そうに、そわそわと動き廻るコタロウにつぶやき、いま一度ゆっくりと起き上がり、前屈みのまま、辛うじてベッドまでたどりつく。

シャツを着てズボンをはいているが、それを脱ぐのも辛い。ともかくベッドにもぐり込み、仰向けに寝ようとすると、また激痛が走る。

「だめだ……」

いまはとにかく、楽な姿勢で休むよりなさそうである。

そのまま徐々に躰を横にして膝を軽く曲げると、いくらか痛みはおさまったようである。

なおも心配そうにベッドの上まであがってきて、手足を舐めようとするコタロウにささやく。

「しばらく休むからな、大丈夫だ」

それにしても、ぎっくり腰は重いものなどを突然、持ち上げた瞬間になる、ときいてはいたが、たかだか本が入った段ボール箱一つである。たしかに持った瞬間、重いとは感じたが、あの程度のものは、これまでも持ち上げていた。

それが呆気なく倒れるとは、やはり年齢《とし》なのか。

「まさか……」

まだ、そうとは思いたくない。いや、たまたま持ち上げかたが悪かったからで、躰が弱ったわけではない。

いろいろ自分にいいきかせるが、現実に腰が痛くてベッドに横たわっていることは、まぎれもない事実である。

「このまま、休むことになるのか……」

これでは外出することも、食事をすることもできそうもない。いや、それどころか、風呂に入ることもトイレに行くのも大変かもしれない。

「どうする……」

考えるうちに、次第に不安になる。

「一人だからな……」

とにかくいまの状態では、側に妻も子供もいない。そしてこのまま黙っていたら誰も訪れてこない。

「そして、俺はただ乾涸《ひから》びて……」

威一郎は慌てて、首を横に振る。

「そんな馬鹿な……」

思わず上体を起こしかけたとき、また腰に激痛が走って、ベッドにうずくまる。

それから二日間、威一郎はベッドにもぐり込んでいた。

さすがに服は脱いで寝間着に着替え、トイレには腰を屈めてそろそろと行き、ときどき冷蔵庫にあるビールを飲み、残っている食パンを食べるだけ。

むろん、コタロウと散歩に行けず、郵便物を取りに階下まで降りることも難しい。

まさしく部屋に籠城《ろうじょう》しているような状態だが、といって妻と娘に連絡する気にはなれない。

むろん、できたら来て欲しいし、いま来てくれたら、どれほど力強く、安心できるかわからない。

しかし、ここで頼むのは、いかにも情けない。自ら白旗を揚げて、敵の軍門に降《くだ》るようなものである。

腰痛ごときで、そこまでは落ちぶれたくない。

その気概が効いたのか、三日目から痛みは少し和らいだようである。

まだ起き上がる瞬間、きりきりと痛むが、ゆっくり腰のまわりに手を当てながら起きると、なんとか立ち上がれる。

歩くのも腰に気をつけ、ゆっくりとなら部屋のなかだけは自由に動ける。

「よし、この調子で治ってくれるといいけど……」

少し元気が出てきて、威一郎の脳裏に小西くんの顔が甦る。

先日、小西くんが二子玉川の駅まで来てくれたのに、突然、逢えないと断って以来、彼女とは連絡が取れなくなっている。

どうしたのか。携帯に何度かけても出ないし、クラブに連絡しても、「お休みをいただいています」といわれるだけである。

突然、昼間の仕事が忙しくなったのか、それとも彼女の身のまわりでなにか変化でもおきたのか。

とにかく、一度逢って、この前のことを詫びたい。

それにこのままでは、せっかく計画した京都行きも、ご破算になりかねない。

気になり、再び電話をかけてみるが、やはり出ない。

ちょうど、いまはぎっくり腰で、彼女が逢えるといっても難しいが、治り次第、逢いたい。

いや、こんなときこそ、彼女が側にいて介護でもしてくれたら、すぐ治るかもしれないが。

少し快《よ》くなって、威一郎の夢は再びふくらみだす。

さらに三日経って、威一郎はようやく外へ出られるようになった。

といっても、階下の郵便受けから郵便物を取ってきたり、そろそろと駅前のコンビニに行く程度である。

そこで四日目の朝、タクシーを呼んで近くの病院に行ってみたが、診断はやはり「ぎっくり腰」のようである。

医師によると、「骨のほうに変化はなく、休んでいたら自然に治ります」ということで安心はしたが、それにしてもどうしてこんなことになったのか。

「あんな簡単なことでなるのですか」ときくと、「そろそろ、お年齢ですから」といわれて、ショックを受ける。

「まだ六十二歳なのに……」

自分では納得できないが、そういうことをいわれる年齢になったのかと、改めて気が滅入る。

ともかく、休んでいたら自然に治るといわれて、できるだけベッドで横になっていることにする。

威一郎の携帯に、突然、騒々しいメロディーとともに、「美佳」という字が飛び込んできたのは、それから三日経った月曜日の朝だった。

平日なのに、朝っぱらからなんの用なのか。不思議に思って出てみると、駅なのか、電話の向こうから外の賑わいが伝わってくる。

「どうした？」

「いま、駅へ向かっている途中なんだけど……」

忙しそうな息づかいで、美佳が話しだす。

「お母さん、今朝、そっちへ帰ったから、知らせておこうと思って……多分、もう着く頃だと思うけど」

「帰った？」

どういう意味なのか、きき返すと、「これ、お母さんには内緒だけど……」といってから、「実は昨夜、お母さんと喧嘩しちゃったの」

また、いつものじゃれ合いだろうと思ったが、珍しく美佳が神妙に話しだす。

「この前、そこへ行ったでしょう。あのあと、お母さん文句をいい続けて、お父さんは勝手な人だから、また誰か女性を家に入れているに違いない。あんな勝手な人だとは思わなかった、許せないって……」

またその話かと、うんざりしていると、美佳の声が高くなる。

「あんまりうるさいから、いってしまったの。お母さんだって勝手に家を飛び出して、お父さんに淋しい思いをさせているのだから、ある程度、仕方がないでしょう。お母さん、虫がよすぎるわって」

そのとおりだと、威一郎が携帯を耳にしたままうなずくと、

「そうしたら、お母さん、今度はわたしに向かってきて。あなたも、もう大人なの

だから、少しはしっかりした生活をしたらどうなのって……」

どうやら事態は、母と娘の争いにまで進展したようである。

「それで？」

「あんまりうるさいから、わたしも売り言葉に買い言葉で、そんなに気に入らないのなら、家に戻ったらいいじゃない、っていっちゃったの」

なにやら、狭い部屋でいい争っている、二人の姿が目に見えるようである。

「そうしたら、昨夜のうちに身支度したらしくて。今朝、起きたら、やっぱり帰るわ、といって出ていったわ」

思わず威一郎が溜息をつくと、美佳が心配そうにきく。

「お父さん、大丈夫？」

「なにが……」

「お母さん戻ったら、喧嘩になると思うけど」

ここでうなずいていいのか、「大丈夫だ」というべきなのか、迷っていると、

「あっ、わたしもう駅に着いたから、電車に乗るわね」

「気をつけてな」

「行ってきまぁす」

朝の騒々しい電話が切れて、威一郎はゆっくりと目を閉じる。

いったい、これからどういうことになるのか。

威一郎はキッチンに行き、冷蔵庫からウーロン茶を取り出し、一口飲んでから考える。

いま、妻が戻ってくることは、歓迎とまではいえなくても、さほど悪いことではないかもしれない。

今度、腰を痛めて初めてわかったことだが、一人住まいはたしかに不便で不安である。

今回は腰くらいで良かったが、あれがもし心臓とか脳でもやられたら、大変であった。

そうした意味では、いいタイミングといえなくもないが、このまま妻が居座ることになると、もはや小西くんをここへ連れてくることはできなくなる。

最近、連絡がつかないので、いつになるのかわからないが、もうここで逢えないとなると、淋しい気がしないでもない。

「とにかく、しばらく様子を見ることにしよう」

そのまま呆んやり考えこんでいると、三十分もせずに、玄関のほうでコタロウが吠え、それを「よしよし」と宥《なだ》める女の声がする。

やはり、妻が帰ってきたようである。

リビングに座って新聞を見ていたが、それから目を離すと、廊下を行く妻の姿が見えたが、こちらを見向きもせず自分の部屋へ消えていく。

仕方なく待っていると、十分ほどしてようやく現れたが、威一郎にはなにもいわず、キッチンへ向かう。

久しぶりに帰ってきたのに挨拶もしない、この無愛想な態度はなんなのか。

思わず「おい」と声をかけると、ようやく気がついたように、リビングルームに入ってきた。

そこで威一郎は朝刊を手にしたまま、とぼけてきいてみる。

「どうしたんだ、こんな朝っぱらから、突然……」

待っていたように、妻が答える。

「戻ることにしたんです」

「ここにか……」

「あなたがまた、女を入れるかもしれないでしょう」

そんなことより、娘と喧嘩をしたのが原因だろう、といってやりたいが、それをいうと、また大騒ぎになりそうである。

仕方なく黙っていると、嬉しそうになつくコタロウに、妻が話しかける。

「よしよし、待っていたのね。久しぶりにシャンプーをしましょうね」

なにやら、「わたしがいないと汚れっ放し」といいたげである。

突然、帰ってきて、なんたる言い草なのか。

改めてよく見ると、美佳の話とは別人の如《ごと》く、なにか憑《つ》き物でも落ちたような、晴れ晴れした表情である。

しかも明るい陽の射すベランダに向かい、窓ガラスを大きく開け放つ。

「埃《ほこり》っぽいから、しばらくこのままにしておきましょうね」

コタロウにささやいてから、ベランダを眺めて、「あら、ベゴニアの茎がすっかり伸びてしまって、今年は二度咲きは無理ね」と歎《なげ》いている。

「まったく、いい気なものだ」

これまで半年以上、俺を放ったらかしにしておいて、いきなり帰ってきたかと思うと、たちまち、昨日までいたかのような顔をして文句をいいだす。

威一郎は次第に苛つき、嫌みの一つくらい、いってやりたくなる。

「美佳と、一緒にいるんじゃなかったのか」

途端に妻は振り返り、ベランダにあった水差しを持ったままいう。

「美佳のマンションは1LDKでしょう。二人でいると息が詰るんです」

そんなことは、初めからわかっていたはずである。

「それで、ヨガの仕事はどうするんだ」

「先生のところは、週に二日のお手伝いに変えてもらいます。ここからはかなり遠いけど、通えないこともないから」

結局、ヨガの仕事も住む場所も、すべて自分の都合のいいようにする、というだけのことのようである。

威一郎は呆れながら、美佳が、「お母さん、虫がよすぎるわ」といっていた言葉を思い出す。

たしかに、これでは娘と喧嘩になるのも当然である。

しょうがない奴だと思っていると、「朝食は食べたのですか」ときいてくる。

「いや……」

「いま、冷蔵庫を見たら、卵とパンがあったから、卵サンドでもつくりましょうか」

突然、優しいことをいわれて戸惑っていると、妻が明るくいう。

「キッチンを点検しましたけど、前のままだったから安心したわ」

どうやら、この前来たときから、女が入っていないことをたしかめて、満足しているようである。

「ついでに浴室も、わたしの寝室も点検させていただきました」

「寝室だと……」

たとえ小西くんが「いい」といっても、妻のベッドなど、つかうわけがない。

威一郎が呆れていると、「だって、この前のように、わけのわからない女を、家に入れられてはたまりませんからね」

わけのわからない女、といわれて思わず顔を上げると、妻は待ちかまえていたように威一郎を睨み返す。

その目に押し返されて、思わずつぶやく。

「もう、誰も呼んでいない」

「ええ、そのようですね。泥棒猫に荒らされて、また嫌な気分になりたくないわ」

泥棒猫とは、なんたることをいうのか。思わず「馬鹿野郎」と叫びたくなるが、妻はかまわず突っ込んでくる。

「あなた、その女とは、別れたのでしょうね」

別れるも別れないも、初めから妻が疑っているような関係なぞない。

「うるさい」

思わず新聞を放り投げて立ち上がった瞬間、腰に痛みが走る。

「痛っ、痛いっ……」

そのまま腰を押さえてしゃがみ込むと、妻が慌てて覗き込む。

「どうしたの？」

「いや、ちょっと……」

思わず、ぎっくり腰になったことをいいかけるが、この場で話すのはなにか口惜しい。

かまわず自分の部屋に戻ろうとするが、腰を突き出したまま、そろそろとしか歩けない。

「いま、痛くなったの？」

「違う、十日ほど前だ」

「ぎっくり腰みたいね」

素早く診断した妻の鋭さに感心していると、

「あれ、あれ……」とつぶやき、「なんか、お爺《じい》さんみたい」という。

こちらが痛みに耐えているというのに、なんということをいうのか。

怒鳴りつけてやりたいが、ここで振り返ると、かえって痛みが増しそうである。

仕方なく、そのまま自分の部屋に向かうと後ろから妻の声が追ってくる。

「すぐ、食事をつくりますから、部屋で待っていてくださいね」

いったい、妻は優しいのか冷たいのか、よくわからぬまま部屋に戻って、まず椅子に腰かける。

そのまま、痛みが落着くのを待っていると、いま妻に、「お爺さんみたい」といわれた言葉が甦ってくる。

たしかに、腰を屈めていたら、爺さんのように見えるかもしれないが、妻とは四歳しか違わない。

「おまえだって、そろそろ六十だろう」といってやりたいが、先日読んだ本のことが甦ってくる。

そこには「熟年世代の生き方」と題して、男と女の平均寿命は現在、女のほうが七年長いこと。これに現実の夫婦の年齢差を足したものが、本当の意味での体力差だと記されていた。

だとすると、七プラス四で、妻とはほぼ十歳違うことになる。

「これでは勝ち目がないのか……」

つぶやきながら、さらに、その本に書かれていたことを思い出す。

ほとんどの夫婦は、妻が夫より十年以上長生きして、夫を看取《みと》ることになる。

逆にほとんどの夫は妻に看取られるのだから、六十歳を過ぎたら妻に優しくすべきである。

できるだけ、「ありがとう」といい、ときには、「おまえのおかげだよ」というように心がけるべきで、それが定年後の老後を快適に過す最善の方法である、と。

それを読んでいるときは、まだまだ先の話だと思っていたが、そうともいえないようである。

実際、たしかにいま、なにかするとしたら妻の手を借りねばできそうもない。

こんなに早く弱るとは思ってもいなかったが、たしかに現実は迫っているのかもしれない。

「ちくしょう」

思わずつぶやくと、妻の叫ぶ声が聞こえてくる。

「ご飯ですよ、大丈夫ですか」

大丈夫に決まっているだろう。威一郎はひそかにつぶやき、ゆっくり立ち上がって廊下に出る。

キッチンのテーブルには、トーストとハムエッグと、ポタージュスープが並んでいる。

とくにご馳走というわけでもないが、妻がつくってくれて、その妻が目の前に座っていることが珍しく、新鮮なことのように思われてくる。

たしかに、朝食はこうして食べるものだった、と改めて納得する。

「腰のほう、病院に行かなくていいんですか?」

「もう、行ってきた」

「お薬は?」

「服んでいる」

その本には、「妻には優しく」と書いてあったが、咄嗟には変えられそうもない。

「でも、どうして、そんなことになったの」

妻は、ぎっくり腰になった原因を知りたいようである。

「ちょっと、部屋の本を整理しようと思って、段ボール箱に入れて持ち上げようとしたら……」

「そんなことで……」

そんなことであろうがなかろうが、痛くなったのだから仕方がない。

「でも、会社に行ってなくて、よかったわね」

すでに辞めているのに、いまさら、そんなことはいわれたくない。

「もう年齢なのですから、気をつけてくださいね」

こちらのことを案じているのか、冷やかしているのか。とにかく妻のいうことをきいていると鬱陶しくなるだけなので、食事を終えると、早々にリビングルームのソファーで横になる。

そのままテレビを見ていると、妻が朝食の後片付けをして、部屋の掃除をはじめる。

威一郎がいるのに、かまわず掃除機を動かすが、不思議なことに、その音が久しぶりに聞く家庭の音のような気がして気持ちが休まる。

いままでなら、こんなことに安んじることなどなかったのに。これも腰を痛めて弱気になった故か。

そのまま三十分ほどして自分の部屋に戻ると、妻が追いかけるように入ってくる。

「どうしたんだ」

思わずきくと、素早くあたりを見廻しながら、

「あのう、前に預けた通帳、どこですか？」

「通帳？」

銀行の預金通帳のことをいっているようだが、どうするつもりなのか。解せずにいると、妻が正面に立つ。

「もう戻ってきたのですから、生活費は要らないでしょう」

そういわれても、通帳を渡したら、こちらはまた無一文になる。

「これから、わたしが預かりますから」

「でも……」

「大丈夫です、お小遣いはきちんと差し上げます」

ここで「渡さない」といったら、妻はまた怒りだして大喧嘩になるかもしれない。いまは体調が悪いときでもあるから、できるだけ穏便にすませたい。

仕方なく、威一郎は机の鍵のかかる抽斗《ひきだし》から通帳を取り出して、妻に渡す。

受け取ると同時に妻は通帳を開き、素早くなかを確認したようである。

「こんなに、費《つか》って……」

驚くとは思っていたが、それはすべて小西くんとのデートに費ったものである。

「まあ、いろいろと……」

曖昧にいうと、妻が即座に切り込んでくる。

「いろいろって……女に入れ込んだのでしょう」

「なにも、そんなわけじゃない。ゴルフに行ったり、食事をしたり……」

「それだけですか？」

厳しい問い詰めに、威一郎は苛立つ。

「俺だって、たまに楽しんでもいいだろう」

「もう、思いきり楽しんだでしょう」

それだけいうと、妻は通帳をするりとエプロンのポケットに入れ、身を翻《ひるがえ》すように去っていく。

まったく、これでは小西くんとの京都行きも難しくなるかもしれない。

不安になって携帯を見ると、明るく点滅して呼出音が鳴りだす。

誰からなのか、慌てて画面を見ると、再び娘の美佳からである。

威一郎は一つうなずき、「もしもし」と出ると、「お父さん」と娘の甲高い声が返ってくる。

「わたし、美佳よ。ねえ、お母さんどうしてる?」

「どうしてるって、家にいるけど」

「うまく、いってる?」

これがうまくいっている状態なのか否か。はっきりわからないが、なにか、ようやく落着いた感じがしないでもない。

「大変でしょう」

たしかに大変だが、そうでもないといったら、そうでもないかもしれない。

「お母さん、勝手だから。お父さんもいいたいことは、はっきりいうようにしたほうがいいわよ」

「うん……」

それはそのとおりだが、いまさら地に乱を呼ぶのも億劫である。

「今度の日曜日には、わたしも行ってみるから、それまで頑張ってね」

ここまできて、とくに頑張る気もないが、威一郎は、「わかった、ありがとう」といって、電話を切る。

最終章　本当の自分

妻が戻ってきて、そろそろ一週間になる。

ようやく二人でいることに馴染んできたというか、元の状態が甦ってきたというのか。威一郎の気持ちも落着いてきた。

さらに、ぎっくり腰のほうも、大分、やわらいできて、ゆっくり歩けばコタロウを連れて河原の先まで行くこともできる。

まさか、妻が身近にいてくれるので治った、というわけでもないが、なにか面倒なことが起きても、妻に頼めば大丈夫、という安心感が、腰の痛みをやわらげた気がしないでもない。

とはいっても、一人暮らしのときの癖はいまもたしかに残っている。

たとえば昨日の午後、チャイムが鳴ったので、インターフォン越しに応対すると、宅配便のようである。

妻はベランダにいて気がつかないようなので、仕方なく玄関に出て受け取る。どうやら、田舎の弟が送ってくれた梨のようである。

そこで受取証に印鑑を捺《お》して振り返ると、妻がうしろでくすくす笑っている。なにが可笑しいのか、不思議に思って「どうした」ときくと、「あなた、いままでは宅配便が来ても、わたしにいわれなければ、腰を上げるようなこと、なかったじゃない」という。

そういえば、これまではインターフォンが鳴っても出なかったし、たまに出ても宅配便だとわかると「おーい」と妻を呼ぶだけだった。

「立派に変って、よかったわ」

「なんだって……」

威一郎は思わず、むっとして妻を振り返る。

これではまるで、留守番がきちんとできて、母親に褒められた子供のようである。

それくらい、一人暮らしをしていれば自然に覚えることである。

「俺を小馬鹿にして……」といい返そうとすると、妻の顔に微笑が浮かんでいる。

「よかった、これでもう安心して外出できるわね」

満足そうな妻の顔を見ているうちに、威一郎のなかに疑問がわいてくる。

もしかして、一時、妻がここから出ていったのは、俺を自立させるための手段であったのか。

ほとんどなにもせず、一日中、家でぶらぶらしている夫を、少しは家事を手伝い、動くようにさせるための策略だったのかもしれない。

そう、はっきりいっているわけではないが、あのほくそ笑んでいる顔には、そんな気持ちが滲《にじ》んでいる。

「おいおい、そんな簡単に、おまえのいうとおりにはならないぞ」

そういいたいが、現実に宅配便が来たら、自分から出るようになったことはたしかである。

それにしても、家にいる以上、それくらいするのは当然である。それをしなかったのは、こちらの怠慢だった、といわれても仕方がない。

「してみると、俺もしつけられた、というわけか」

ふと見ると、コタロウが軽く首を傾げてこちらを見上げている。

「よし、おいで」

招くと、コタロウは尻尾を振りながら威一郎の膝の上へ駆けあがり、手の甲をぺろぺろと舐めはじめる。

その柔らかい感触にふれているうちに、なにか新しいことをしようかと考える。この際、しつけられたのだから、しつけられついでに料理でも習いに行ってみようか。それでは、妻のいうままになったような気がしないでもないが、定年になったいまは、いっそそのほうが生き易いのかもしれない。

いつまでも、大企業の役員のつもりでいても無意味である。すべてが変った以上、自分も変らなければ生き辛くなるだけである。

それに口惜しいけど、年齢《とし》とともに男のほうがはるかに弱く、頼りなくなるようである。

「だから……」

つぶやきながらふと見ると、コタロウがこちらを見上げている。

「そういえば、おまえも雄だったな」

なにか理由もなく雄は切ないような気がして、コタロウの頭をゆっくり撫でてやる。

小西くんの携帯と突然連絡がついたのは、妻が戻ってきた半月あとだった。

今日も、どうせ出ないのだろうと思いながら、彼女のナンバーを押すと、いきなり小西くんの声が返ってきて驚く。

「どうしたんだ」

「あっ、ごめんなさい。大谷さんですね」

初めの一言で、小西くんはわかったようである。

「ずっと出ないので、心配していた」

「すみません、ちょっと切っていたので……」

なにか事情でもあったのか、ともかく声をきけてほっとする。

「クラブのほうにもかけていたんだけど、しばらくお休みをいただいています、ということで……」

その間の淋しかった気持ちは、一言でいい表せない。

「よかった」とつぶやくと、小西くんが再び、「ごめんなさい」という。

謝られて悪い気はしないが、それより早く逢いたい。

「で、逢えるの？」

「ええ、はい……」

「じゃあ、いつ？　僕のほうは明日でも明後日でもいいんだけど」

大分前から、小西くんと秋の京都に行く計画を立ててホテルも調べてある。二泊三日くらいの日程で、できたら琵琶湖にも行ってみたいと考えていた。

「あのう、来週の月曜日にしていただけますか」

たしかにこのあとは週末になるので、平日となると月曜日になるのは当然かもしれない。

「それじゃあ、どこで逢おうか……」

威一郎は少し考えてから、「そうだ、渋谷の、あのホテルにしよう」といってみる。

なにか、少年のような燥《はしや》ぎようだが、久しぶりの再会には、渋谷のホテルの最上階のレストランが最適である。

実際、あそこで逢って、二子玉川の家に誘って以来、二人の間が急速に接近したことは間違いない。

あれから、もう半年になるが、あのホテルは縁起がいい。

「あの、一番上のフレンチにしよう」

「そんな……」

小西くんは戸惑っているようである。

「普通のところで、いいですから」

「いやいや、かまわない。じゃあ月曜日の予約をとっておくから、六時半でいいね」

「はい、わたしのほうは大丈夫です」

「むろん、こちらもオッケイだ」

大きくうなずいてから、さらにいっておく。

「そのこと、クラブに連絡しておくから」

「いいえ……」

途端に、彼女のきっぱりした声が返ってくる。

「クラブには、いわないでください」

これは、いったいどういうことなのか。これまではすべてデートクラブを通して逢っていたのに、連絡しなくても大丈夫なのか。

「じゃあ、プライベートということになるんじゃない？」

「はい……」

あっさり答えるが、威一郎には解せない。

デートクラブとなにかトラブルでもあったのかと思うが、ともかく逢えるならなんでもいい。

「じゃあ、月曜日にね」

そこで威一郎は少し間をおき、思いきって、「楽しみにしている」という一言をそえて、電話を切る。

なにやら、自分のまわりが、急に薔薇色《ばらいろ》に輝きはじめたようである。

これまでは駄目かと思い、半ばあきらめかけていた。その女性と再び電話が通じ、しかも三日後に逢えるという。

こんな奇跡が生じるとは、正直、思ってもいなかった。

「俺も捨てたものじゃない」

威一郎は大きく背伸びをし、「よしっ」と、自分で自分に気合を入れる。

正直いって、このところ、冴えないことばかり多すぎた。

妻が家に戻ってきて、内心、ほっとしたのも束の間、ぎっくり腰が治ってもなにか躰がすっきりせず、疲れ易いので駅前にある病院に行ってみた。

そこでは血圧が少し高いということで、降圧剤を処方してくれたが、同時に、人間ドックで調べてみてはどうかとすすめられた。

この病院でレントゲン検査を受け、血液を調べるだけでできるということで、受けてみると、血糖値も一五〇ミリグラムで、やや高いことがわかった。

威一郎は身長は一七二センチで、やや高めでがっしりしているが、腹囲は八四センチと、辛うじてメタボ手前である。

しかし、六十を過ぎたら、血圧や血糖値が多少高くなるのは仕方がないのかもしれない。

スイスの精巧な時計でさえ、四、五十年も使えば故障するのだから、人間の躰も六十年もつかえば、ところどころ悪くなるのは当然かもしれない。

実際、医師は、「いまから気をつけていれば、大丈夫ですよ」といってくれた。

それで安心して、ときどき薬を服み、さらに運動がいいというので、毎日、コタロウと出かけているが、ときにふと自分も年齢をとったと思うことがある。

たとえば朝など、髭を剃ろうとして鏡に顔を映したとき、鼻から口のまわりの小《こ》皺《じわ》が増えて、刻みが深くなっている。

さらに頬のあたり、とくに右眼の外側のあたりに染みが三個現れてきて、その一つが見る度に、大きくなっていくようである。

「おいおい、もうこのあたりで止まってくれよ」

思わずつぶやき、染みをごしごしこすってみるが、小さくなる気配はまったくない。

「まあ、いいか……」

あきらめながら、小西くんと逢うときだけは、そこに妻が残していったファンデーションを塗ったこともある。

それがまたデートの約束ができたおかげで、必要になったようである。

「ようし、月曜日には、少しおめかしして出かけるぞ」

鏡に映る自分の顔を見ながら、威一郎の気持ちは次第に高ぶってくる。


渋谷のホテルの四十階にある、フレンチレストラン。そこは以前、小西くんと二人で来て食事をしているので、ともに間違うわけはない。

威一郎は約束の六時半の十分前に着き、窓際の席に座って待っていると、小西くんは約束どおり、六時半ちょうどにレストランに現れた。

今夜はシルバーのニットのようなワンピースを着て、胸元に白い三重のネックレスをゆったりと垂らして、どこかのお嬢さまのようである。

とにかく、会社の帰りとは思えない、華やかさである。

「とても、素敵だよ」

以前は、こんなことは女性にいえなかったが、いまは退職した、ただのおじさんになったおかげで気軽にいえる。

小西くんは少し照れたように軽く笑ってから、威一郎と向かい合った席に座る。

「この前、ここで逢ったときはまだ春だったね」

「四月の初めでした」

そのまま示し合わせたように、二人で窓を覗き込む。

「もう、真っ暗だ」

前に逢ったときは、夕暮れの明かりのなかで、眼下の街を見渡せたが、いまはすべて闇につつまれて華やかなネオンが輝いている。

逢わないうちに、すっかり日が短かくなったようである。

早速、ボーイがメニューを持ってくるが、威一郎は迷わず、おまかせコースを頼む。

前回来て、食事代だけで四万円近くかかったが、それくらいかまわない。

むろん、妻が知ったら文句をいわれることは間違いないが、そんなことはかまわない。

なによりも、いつもはほとんどつかわないが、手元にクレジットカードがあるのだから、それで支払ってしまえばそれまでである。

いまさら、勝手に出ていって勝手に戻ってきた妻が、とやかくいったところで平気である。

威一郎はさらにグラスシャンパンを二つ頼んで、乾杯する。

「また、逢えてよかった」

それに、小西くんもゆっくり笑顔でうなずく。

この前、来たときも思ったことだが、まわりに威一郎たちのように年齢の離れたカップルは見当らない。ということは、われわれはみなに羨ましがられるカップル、ということになる。

威一郎は満足して、一口オードブルが出てきたところで、まず謝る。

「この前、駅まで来てくれたのに、ごめん」

そのままテーブルに両手をつき、頭を下げる。

「急に変なことになって、逢えなくなっちゃって……」

あのときは土曜日で、早くから小西くんに家に来てくれるよう頼んでいたのに、突然、妻と娘が戻ってきて逢えなくなってしまった。

それも、小西くんが二子玉川の駅まで来ていたのに、突然、友人の通夜に行かねばならなくなった、という理由で帰ってもらったが、本当に冷や汗をかいてしまった。

とにかく、あの日の件については、何度、謝っても足りることはない。

「悪かった……」

再び頭を下げると、小西くんが「やめてください」という。

「そんなこと、もう終ったことですから」

「でも……」

小西くんと連絡がつかなくなったのは、この前、わざわざ二子玉川の駅まで来てくれたのに、急に断ってからである。

まさか、それが原因だったとは思えないが、何度、電話をかけても彼女は出ないし、クラブのほうも、「休んでいます」という返事がくり返されるだけだった。

「怒ってた？」

「いいえ、ぜんぜん」

あっさり答えられて拍子抜けするが、ここはなんとか機嫌を直してもらうよりない。

「あれ以来、京都への旅行について、いろいろ考えてみたんだけど」

威一郎は思い出したように、バッグから京都のガイドブックを取り出し、テーブルの上に置く。

「季節も大分変ったから、これからは紅葉がいいかと思うんだけど」

このところ妻と一緒に生活していながら、小西くんとの京都への旅行を考えるときだけが、威一郎の気持ちが華やぐときだった。

「もちろん、紅葉の名所はいっぱいあるけど、もし行けたら、京都の西山三山《にしやまさんざん》のあたりに行ってみたいと思ってね」

そこで威一郎はシャンパンを飲み干して、白のワインに変え、小西くんの前にも置く。

「ここは市内から少し離れているけど、素晴らしいところで、意外に穴場らしくてね」

もう何度も見ているガイドブックを開いてみせる。

「行くなら、もちろん平日のほうが混まなくていいんだけど……」

小西くんは黙って、ガイドブックの写真を眺めている。

「やっぱり、二泊できたら、ゆっくり紅葉を見ることができるので」

「………」

「とにかく、早めに日を決めないと、紅葉の頃はホテルも凄く混むみたいでね」

そこまでいってワインを飲んでから、威一郎は慌てていい足す。

「あ、部屋はね、もちろん別々にとるから」

瞬間、小西くんが申し訳なさそうにつぶやく。

「あのう、ごめんなさい。わたしやっぱり行けないんです」

「えっ……」

驚いて顔を見ると、小西くんがかすかにうなずく。

「いろいろ、計画してくださったのに、ごめんなさい」

「いや……」

もう何カ月も、小西くんと京都へ行くことを考え、提案してきたが、それに対して、彼女が「行く」といったことは一度もなかった。

こちらが熱心に説明するので、黙ってきいてはいたようだが、まだ行くかどうか、たしかめたことはなかった。

その点では、こちらの勝手な思い込みといえなくもないが、それにしても残念である。

「行けないの？」

改めてきくと、小西くんがもう一度うなずく。

表情は穏やかだが、目にははっきり拒否の意思が表れているようである。

「…………」

威一郎は急に自分が情けなくなってくる。

正直いって、今日の今日まで、小西くんは行ってくれるものだと思い込んでいた。二人で旅行したいと何度もいってきたし、自宅に来て、掃除をしてくれたあとにもいっている。

それに、小西くんは「行きます」といったことはないが、曖昧な顔でうなずいたこともある。

「はい」とはいわないが、行く気はあるのだと思っていた。

そのすべてが間違いだったとは、なんというお人好し。いや、勝手な思い込みをして、一人だけ浮かれていた。

自分で自分に呆れながら、いま一度、きいてみる。

「本当に駄目なの？」

「ごめんなさい」

改めて、深々と頭を下げている小西くんを見ているうちに、威一郎のほうも切なくなる。

「やっぱり……」

小西くんのような、若い女が自分のようなおじさんを相手にするわけがない。一見、好意を抱いているように見えたのは仕事のためで、それ以上のことではなかったのだ。

そんなことに、自分ほどのものが何故、気づかなかったのか。腹立たしくなってワインを飲み干すと、小西くんがつぶやくようにいう。

「あのう、わたし、結婚するんです」

「けっこん？」

きっぱりうなずく小西くんの目が、瞬間、輝いてみえる。

「しばらく休んでいたのは、そのためで……」

「そうか……」

考えてみたら、それはごく自然の流れかもしれない。二十七歳という小西くんの年齢から考えたら、あるときから結婚に向かって走りだすのも当然のことかもしれない。

自分と同じように、毎日、変化のない生活のなかで、同じことを考えているのだと思っていた、こちらのほうが甘かっただけである。

「そうか……」

威一郎はいま一度つぶやくと、合鴨《あいがも》のローストにしゃぶりつく。


小西くんに結婚するといわれて急に会話が途切れたせいか、食事だけすすんで、テーブルの上には、食後のデザートのマンゴーのババロアとコーヒーが並んでいる。

これを食べて飲み終ると、小西くんと別れねばならなくなる。そして彼女とは、もう逢うこともなくなるかもしれない。

そう思うと威一郎はやりきれなくなり、思いきって誘ってみる。

「あのう、向こうにバーがあるんだけど、少し寄ってみない？」

小西くんはかすかに振り返り、ゆっくりうなずく。

バーはレストランの出口の左手にあり、一段高くなった半円形のラウンジを取り囲むようにカウンターが並んでいる。

まだ九時前で客は誰もいないが、そのカウンターの中程に二人並んで座り、小西くんはカルアミルクを、威一郎は強いのを飲みたくて、ブランデーのストレートを頼む。

「昼間だと、この先に富士山が見えるらしいけど、バーは夜しか来ないからね」

気持ちが落着かぬままそんなことをいうと、小西くんがかすかに笑う。

どうやら、結婚することを報告して、少し気が楽になったようである。

「彼氏は、なにをしているの？」

「サラリーマンです」

「いくつ？」

「三十です」

「そうか、若いねえ……」

自分の半分以下である。そんな男に、定年を過ぎた男が勝てるわけがない。いや、勝ったとか負けたとか、考えること自体が間違っている。

威一郎はブランデーを一気に飲み干してから、いってみる。

「もう、このまま逢えないのかなあ」

「いえ、逢えますよ」

「じゃあ、まだクラブに出ているの？」

「もちろん、あそこは辞めます。でも、大谷さんから連絡をいただければ」

「本当？」

信じられずに顔を見ると、小西くんが笑顔でうなずく。

「じゃあ、食事も？」

「はい、都合がつけばですが」

「デート代は払うよ」

「それはやめてください。もう、辞めたのですから」

「でも、今日の分は……」

「それもいりません。本当にいつも素敵なところに連れていっていただいて、ありがとうございました」

小西くんが深々と頭を下げるのを見ていると、威一郎も礼をいいたくなる。

「こちらも家まで来てもらって、掃除をしたり、ご飯までつくってくれて、本当にありがとう」

「わたしこそ、ご自宅まで押しかけて行って、ごめんなさい」

「冗談じゃない、本当に感謝している」

威一郎はまたブランデーを頼み、少し間をおいてから、いってみる。

「でも、よく、俺のような爺さんに、際《つ》き合ってくれたね」

「そんな、お爺さんなんて、大谷さんはお若くて、とっても素敵ですよ」

「そんなことはない。そんなことがあるわけがない」

否定しているうちに、突然、なにかすべてを吐き出したい衝動に駆られて、威一郎は思いきっていってみる。

「俺、本当は嘘をついていたんだよ。本当は、大手の会社の顧問なんかじゃなかった……」

驚くかと思ったが、小西くんは静かにうなずいて、

「わかっていました」

「わかってた？」

「はい、本当はお辞めになっているんだと」

信じられずに小西くんの顔を見詰めると、彼女はかすかな微笑を浮かべて、

「大手の広告会社に勤めていらっしゃるというので、ネットで調べてみたら、お名前がなくて。会社にきいてみたら、二年前にお辞めになったと」

たしかにそのとおり、調べる気になれば簡単にわかることなのに、なんたる間抜けだったのか。恥ずかしくなって額に手を当てると、

「お仕事の話も、あんまりなさらないし、お逢いする時間も正確なので……」

たしかに、現役だったら、残業などで遅れることもあったろうし、もっと仕事のことを自慢めかして喋ったかもしれない。

実際現役の頃はクラブなどで、自分がどれくらい偉くてどんな権力をもっているか、ホステスたちに話したこともある。

「そうか……」

そこまで小西くんに見抜かれていたとは、正直、思ってもいなかった。

「つまらなかった、でしょう」

「どうしてですか？」

「ただの、定年になった爺さんが、勝手なことをいって……」

「いいえ、とても勉強になりました」

「勉強？」

信じられずきき返すと、小西くんが微笑《ほほえ》む。

「なんでもご存知で、それに、こんなことといっても、いいですか」

「なんでも、いってくれ」

「とても可愛らしくて、チャーミングで……」

「俺が、可愛い？」

「なにか、一生懸命で……」

「そうするしか、ないから……」

「それで、いいじゃありませんか」

「いいの？」

「はい」

きっぱりうなずく小西くんに向けて、威一郎は思わずグラスを突き出し、彼女のグラスとカチンと合わせる。

「ありがとう」

そんなことをいわれたのは初めてである。役職なしでは、どこにいっても通じないと思っていたのに、それを評価してもらったのは初めてである。

「でも、本当かな」

「わたし、偉そうな、威張った年配の人は嫌いなんです」

「………」

「ああいう会に来る人は、地位やお金のある人が多いので、自慢話ばかりでうんざりしていたのです。そのなかでは、大谷さんはとても優しくて、正直で……」

「お家に伺ったときも、奥さまがいらっしゃらないのに、頑張られて」

そこまで見抜かれていたのかと、頭を下げると、「ワンちゃんも一緒で楽しかったわ」

「ありがとう」

いまは威一郎も素直に、小西くんのいうことにうなずくよりない。

「じゃあ、このままでいいのかな」

「もちろんです。いまの大谷さんが、本当の大谷さんでしょう」

そういわれたら、そうなのかもしれない。会社を辞めて地位も役職もすべて失い、ただの大谷威一郎になってしまった。そのことに不満とコンプレックスを抱き続けてきたが、それがいまの自分であることは間違いない。

「肩書きも、なにもないんだ」

「それで、いいじゃありませんか」

「よかった、そういわれて、少し自信がでてきたよ」

「頑張ってください」

励まされて、威一郎はさらにこれからのこともいいたくなってきた。

「恥ずかしいけど、今度、料理を習って、少しつくってみようかと思ってね」

「素晴しいわ」

「素晴しい？」

「そういうこと、男の人もどんどんやるべきだわ」

たしかにこれまで、男は家事などより、もっと知的で社会的なことをやるものだと思っていた。しかしそれだけにこだわるのは、生き方を狭めるだけである。

それより日常の炊事や家事をやれなければ意味がない。それこそ、人間の生きていく原点のような気がする。

「いままで馬鹿にしすぎていたかもしれない」

「奥さま、喜ばれるわ」

別にワイフを喜ばせるためではないが、見方が変ったことはたしかである。

「どれくらいやれるかわからないけど、男も変らなければね」

「そうです、わたしも変って頑張ります」

小西くんが大きくうなずき、ちらっと時計を見る。そこで威一郎はそっときいてみる。

「そろそろ、帰る？」

「よろしいですか」

「もちろん」

今夜は仕事ではないので、これ以上、拘束する権利はない。

「今日も、ご馳走さまでした」

「いや、別に……」

それより、威一郎は小西くんに礼をいいたい。

「君のおかげで、元気になれた。ありがとう」

「わたしもです」

「また逢えるかな」

「はい、携帯に連絡してください」

なにか急に、小西くんがすべてを包みこんでくれる年上の女のように見えて、威一郎は大きくうなずく。

「ありがとう」

いま一度、礼をいい、小西くんに手を差し出すと、彼女も握り返してくれる。

その柔らかくあたたかい手の感触をたしかめながら、威一郎は急に満たされた気分になる。

「さよなら」

そのまま、小西くんが一礼して去っていく。その後ろ姿を見送りながら、威一郎は自分で自分につぶやく。

「よし、今日から新しく生きていこう」

どれだけやれるかわからないが、とにかくいまから一歩踏み出してみよう。すぐ駄目になるかもしれないが、まず変るのだと、威一郎は自分にいいきかせる。

解説

藤田宜永

東京から地元の軽井沢《かるいざわ》に戻った時、タクシーに乗った。運転手は昔から知っている人だったが、彼に会うのは久しぶりのことだった。歳《とし》は六十五歳。一度、退職したが、また働き出したという。

「辞めた時は、時間が自由になるからいろいろやろうと思ったけど、暇を持てあますだけでした。でも、旅行に行くことは増えましたね。佐渡《さど》にも屋久島《やくしま》にも行きました」

「奥さんと？」私が訊《き》いた。

「ええ」

「珍しいね、世の奥さん、なかなかリタイアした旦那《だんな》に付き合ってくれないもんだけど」

「それがね、ふたりだけじゃないんですよ。あんたとふたりきりだと喧嘩《けんか》になるから、って友だちを連れてくるんです」運転手はそう言って力なく笑った。

このエピソードは作り話では決してない。本書の解説を書く前日の会話である。はじめに、この話を取り上げた理由はもうお分かりであろう。

『孤舟』の描き出している世界と深く繋《つな》がっているからである。

本書の主人公、威一郎《いいちろう》は大手の広告代理店を、六十歳の時に退職した男で、ふたりの子供に恵まれた元サラリーマンである。

威一郎も、私の知り合いの運転手同様、退職したら、趣味に生きようと思っていたが、いざそれが現実になってみると、想像していたような心境にはなれず、無《ぶ》聊《りょう》をかこっている。

それでも彼は、充実感を得ようと努力した。図書館に通ったり、カルチャーセンターに出かけて、好きな囲碁を打ったりして……。

しかし、何をやっても、しっくりこず、空虚な気分から逃れられないのである。

〝威一郎は自分が家にいる時間が増えれば、妻は喜ぶものだと思っていた〟

それが間違っていたことに気づく。〝大きな誤算は、妻との関係の悪化〟だったのだ。

主人公は働いていた時と同じように妻に接するが、妻の方は、人が変わったかのように冷たい。朝から家でゴロゴロしている夫を鬱陶《うっとう》しがり、自分の世界に生き、しょっちゅう出歩いている。

人生の大半を仕事に捧《ささ》げ、多少のアバンチュールはあったにしろ、夫としても父親としても、及第点をもらっていい生き方をしてきた主人公だが、〝妻の生活をまったくといっていいほど知らなかった〟。そのことにやっと気づくのだが、長い間、続けてきた生活態度を変えることができない。

財布のヒモを妻にしっかりと握られている主人公は、金を好きに使うこともままならない。そのことに文句をつけると、〝あなたは会社にいた頃と、少しも変ろうとしないじゃありませんか。相変らず威張って、家族を召使のようにつかって……〟と噛《か》みつかれる。

同居している二十六歳の娘も、母親の味方だから、主人公は孤立する。やがて娘も家を出て独立してしまう。

これではいかん、と主人公は、妻との修復を計ろうと知恵を使う。しかし、それが却《かえ》って関係を悪化させることになり、妻は、家を出ていってしまう。

威一郎は、地位のあったエリートサラリーマンで、企業戦士として戦ってきた男である。この手の男が女に求めるものは、〝優しさ〟。ひとりになった威一郎は、出会いを求めようとする……。それ以上、解説で記してしまうのは、未読の読者の興味を削《そ》いでしまうので触れないが、ともかく、本書は〝戦場〟を失った男の孤軍奮闘劇なのである。

深刻と言えば深刻な話なのだが、本書はユーモラスな面も多々ある。犬の散歩をさせられる主人公の姿を読むと、読者の頬《ほお》もゆるむだろう。

渡辺さんは、この小説をある種の誇張をもって描こうとしたと私には思える。威一郎。主人公のネーミングに〝威張る〟の〝威〟が使われているからである。本書が、威張りくさった男を描いているのに、どことなくユーモラスに感じられるのは、渡辺さんが、主人公の気持ちに入り込みながらも、一面的にならずに、女性側の心の動きも知った上で描いているからだろう。

渡辺淳一さんと言えば、恋愛小説の大家である。

恋愛小説が馴染《なじ》みやすいのは、宮廷の世界と青春時代だと私は思う。宮廷で生きる貴族は生活は召使いに任せておける。青春時代は、バイトに明け暮れていたとしても、妻子を抱えているわけではないから、生活の苦労は、家庭を持っている人間に比べたら軽いと言える。両方の共通点は〝生活〟に押しつぶされない点にある。

しかし、渡辺作品の主人公の多くは貴族でもなければ青年でもない。現実を生々しく生きている男たちである。

つまり、彼らがエリートであろうがなかろうが、生活者の一面を持った市民社会の一員だということだ。

このような立場の人間を、〝エ・アロール（それがどうしたの）〟と生活者の倫理観から外れた恋愛に走らせる。貴族でも青年でもない、日常に足をからめとられている男たちが、それでもって非日常の世界に飛翔する。

渡辺さんの恋愛小説の特徴はここにある。

市民社会を生きる人間の恋愛小説を次々と発表し、大成功を収めた作家は、おそらく渡辺さんしかいないだろう。それは〝渡辺マジック〟と言っても過言ではない。

本書も、妻を含めて女性との関係が重要な要素だが、市民社会小説の色が、以前の作品よりも色濃い。

市民社会小説は、身辺の描写がひとつの勝負どころなのだが、私も含めて多くの男性作家は、日常の、何てことない話を描くのが苦手である（女性の作家は、総じて上手）。

〃そのままソファーに座り込んで飲んでいると、妻が先程までの水色のワンピースから普段着に着替えて、エプロンの紐《ひも》を結びながら戻ってくる。

「おい……」

呼びかけたが、妻は相変らず返事をせずキッチンに行き、背を見せたままいう。

「あなた、雨だったら、洗濯物くらい取り込んでくださってもいいじゃありませんか」〃

これはほんの一例にすぎないが、〃水色のワンピースから普段着に着替えて、エプロンの紐を結びながら……〃というような表現に支えられて市民社会小説は息づくものである。

恋愛小説にも同じようなことが言える。だから、渡辺さんにとっては、実に簡単なことなのだろうが、いざペンを走らせてみると、その難しさが分かる。

ともかく、例に上げたような柔軟な表現の上に、企業戦士ではなくなった男の〃退役後〃の姿を活写しているのが本書である。

男は面子《メンツ》の生き物だと言われている。面子を潰《つぶ》されると怒るか、或《ある》いは萎縮《いしゆく》し、立ち直れない状態になりやすい。

大ざっぱな言い方を許してもらえるならば、子供を産む性である女性は、生きる実感というものが、男性よりも強いように私には思える。現実に子供を産んでいなくても、子を産み育てるという〝大事業〟を生物学的なレベルで課せられている女性は、周りには目もくれず、我が子しか見ないという〝自己中心的〟な生き方になりがちである。これは決して悪いことではない。幼子を抱えているのに、他のことに気を取られている方がむしろ不健全だと言える。

一方、男性の方は、拠《よ》って立つものを授かっていない。

経済力、権力、性力、根回し力、知識力……。どんな形でもいいから〝力〟を示すことで、やっと生きている実感が持てる生物なのだ。

しかし、或《あ》る年齢に達すると、個人差はあれど、必ず〝力〟がなくなる。〝力〟をなくしてから、どう生きるか。そのことをまったく気にしていない男はほとんどいないだろう。しかし、男には、実に厄介《やっかい》な面があって、そのことを認めたがらない。いくつになっても〝生涯現役〟だと言い張るのである。

〝おばあちゃんの知恵〟という言葉はあるが、〝おじいちゃんの知恵〟って言い方、ありましたっけ？

本書の主人公は、〝おじいちゃん〟ではない。しかし、第一線を退いた男は〝無用の長物〟になりかねない。私はそう言いたいのである。

私が男だから言うわけではないが、こういう姿も、可愛《かわい》い男の有り様なのだが、上手にやらないと、さらなる不幸が待っている。

私の周りにも定年退職した男たちがたくさんいる。威一郎のような立ち場に立たされている者も少なくないかもしれない。

直球が走らなくなった投手が、生き延びる道は変化球を覚えることである。

本書は、直球で頑張ってきた投手が、変化球を覚えていこうとしている、シニア世代に向けたビルドゥングスロマン（成長小説）。私はそう思いつつ、愉《たの》しく読んだ。


（ふじた・よしなが　作家）

本書は「マリソル」二〇〇八年一〇月号から二〇一〇年一月号の連載をもとに大幅に加筆訂正のうえ、二〇一〇年九月、集英社より刊行されました。

著者オフィシャルブログ「渡辺淳一楽屋日記」
http://ameblo.jp/m-walk/

渡辺淳一

無影燈 上・下

どこか孤高の影を引きずる男、直江庸介。エリートの道を捨て、個人経営の病院で働く一勤務医。看護婦の倫子はそんな直江に惹かれるが、彼には人に言えない秘密があった!? 不朽の傑作医療小説。

集英社文庫

集英社文庫

孤《こ》舟《しゅう》

2013年9月25日　第1刷　　定価はカバーに表示してあります。

著者　渡辺淳一《わたなべじゅんいち》

発行者　加藤　潤

発行所　株式会社　集英社
東京都千代田区一ツ橋2-5-10　〒101-8050
電話　03-3230-6095（編集部）
03-3230-6393（販売部）
03-3230-6080（読者係）
印刷　大日本印刷株式会社

製本　大日本印刷株式会社

フォーマットデザイン　アリヤマデザインストア　　マークデザイン　居山浩二

ISBN978-4-08-745111-5 C0193